Bia

SECUESTRO POR AMOR
Andie Brock

Editado por Harlequin Ibérica.
Una división de HarperCollins Ibérica, S.A.
Núñez de Balboa, 56
28001 Madrid

© 2018 Andrea Brock
© 2019 Harlequin Ibérica, una división de HarperCollins Ibérica, S.A.
Secuestro por amor, n.º 2693 - 17.4.19
Título original: Kidnapped for Her Secret Son
Publicada originalmente por Harlequin Enterprises, Ltd.

I.S.B.N.: 978-84-1307-726-0
Depósito legal:M-5548-2019
Impresión en CPI (Barcelona)
Fecha impresion para Argentina: 14.10.19
Distribuidor exclusivo para España: LOGISTA
Distribuidor para México: Distibuidora Intermex, S.A. de C.V.
Distribuidores para Argentina: Interior, DGP, S.A. Alvarado 2118.
Cap. Fed./Buenos Aires y Gran Buenos Aires, VACCARO HNOS.

MIXTO
Papel procedente de fuentes responsables
FSC® C108412
www.fsc.org

Este libro ha sido impreso con papel procedente de fuentes certificadas según el estándar FSC, para asegurar una gestión responsable de los bosques.

Prólogo

–*Buonasera*!

El hombre la alcanzó en un par de zancadas. Alto, moreno y elegante, llevaba unos pantalones negros y una camisa blanca. Los zapatos, de cuero negro, estaban salpicados por el polvo de Sicilia. Sin mediar palabra, le tomó el rostro entre las manos y atrapó sus labios con un beso posesivo y colmado de promesas.

Leah se inclinó hacia él, cerrando los ojos y aspirando la familiar colonia mezclada con su calor y su olor tras varias horas de viaje. Llevaba anhelando aquel instante desde hacía semanas. Pero llegado el momento...

–Umm, ya me siento mejor –separándose, Jaco bajó las manos y entrelazó sus dedos con los de ella–. Estás... *bellissima*.

–Gracias.

–Te he echado de menos.

–Y yo a ti –Leah intentó sonar tranquila–. Ha pasado mucho tiempo, Jaco.

–Demasiado –Jaco le acarició la mejilla y le dio otro delicado beso–. Pero ya estoy aquí y pienso compensarte.

La estrechó contra sí, dejándole sentir la prueba de cómo tenía pensado compensarla.

Ella se separó de él con un suave empujón.

–¿Cuánto tiempo vas a quedarte?

–Espero que un par de días –Jaco la miró fijamente, como si quisiera volver a familiarizarse con su rostro.

–¿Dos días? –Leah se esforzó por no mostrar su desilusión.

–Sí –él le dedicó una de las sonrisas con las que podía romper el corazón de cualquier mujer–. Así que tendremos que aprovechar el tiempo al máximo.

–Sí, supongo que sí –dijo ella, mordiéndose el labio inferior.

–Voy a darme una ducha y a tomar algo, y luego confío en que podamos retomarlo donde lo dejamos –el pícaro brillo de los ojos de Jaco no dejaba lugar a dudas sobre a qué se refería.

«Donde lo dejamos». A Leah se le encogió el corazón al recordar la última noche que habían pasado juntos. La maravillosa intimidad que habían compartido antes de que Jaco desapareciera de su vida una vez más.

Jaco Valentino: alto, moreno, ridículamente guapo, coqueto, divertido y sexy... Terriblemente sexy... era imposible ignorarlo o resistirse a él. Se lo había presentado su hermana gemela, Harper, el día de su boda con Vieri y la atracción entre ellos había sido inmediata y brutal.

Así que, cuando Jaco la invitó al día siguiente a visitar su viñedo, ella había aceptado sin parpadear. Él había descrito su propiedad de Capezzana como sus «raíces sicilianas», y había hablado de ella con tal sentimiento de orgullo que Leah se había enamorado del lugar aun antes de verlo. Y había sido consciente de que, si no tenía cuidado, también se enamoraría de su dueño.

Y Capezzana había resultado ser tan maravillosa como Jaco había dicho. El viñedo, recortado contra un fondo espectacular de montañas, además de un imponente *palazzo* del siglo XVIII, formaban un conjunto perfecto. Allí habían pasado unos días maravillosos, compartiendo historias, charlando, riendo y probando el delicioso vino de Capezzana. Quizá en exceso, en el caso de Leah.

Aunque era más probable que su sensación de estar embriagada hubiera tenido que ver con la compañía más que con el alcohol. Jaco Valentino no se parecía a ningún otro hombre. Le hacía sentir como si flotara sobre el suelo, como si el cielo fuera de un azul más intenso, como si le faltara el aire. Era una sensación peligrosamente estimulante, pero Leah se había obligado a no dejarse llevar por ella.

Porque había aprendido a no confiar en los hombres. Empezando por su padre, que se había dado a la bebida cuando ella más lo necesitaba, Leah sentía que el sexo opuesto la había decepcionado toda su vida.

Cabía la posibilidad de que ella tuviera parte de culpa. Era impulsiva por naturaleza y una serie de decisiones erróneas le habían causado numerosos problemas. «Actúa primero y piensa después» parecía ser su lema. Y, en su experiencia, había muchos hombres dispuestos a aprovecharse de ello.

Desde la entrevista para un trabajo en Marruecos, donde había terminado dando una bofetada al tipo repugnante que supuestamente iba a entrevistarla; hasta la pérdida de todo su capital en manos de un ludópata en Atlantic City, Leah había conseguido complicarse la vida en todo el mundo.

Pero solo había entregado su corazón en una ocasión, en su pueblo natal, Glenruie, en Escocia. A los dieciocho años, finalmente superados los problemas de riñón que había padecido durante años, se había enamorado perdidamente de un joven pelirrojo llamado Sam, el hijo del terrateniente local y dueño de Craigmore, la propiedad que empleaba a toda su familia. Leah y Harper trabajaban en la casa, y su padre, Angus, era el jefe de guardabosques.

La relación había terminado espantosamente. Cuando llevaban varios meses saliendo, Leah se había enterado de que Sam estaba prometido... a una aristócrata. Y lo que fue aún peor, Harper y ella habían tenido que atender a la feliz pareja durante la boda.

Cuando un cuenco con consomé acabó volcado misteriosamente en el regazo del novio, el señor les había hecho saber a Harper y a ella que si tanto ellas como su padre, cuya afición a la bebida estaba ya causando suficientes problemas, querían conservar el trabajo, Leah debía cambiar de actitud.

Y eso había hecho, Enfurecida por la injusticia de la situación, al tiempo que intentaba reponerse de un corazón destrozado, había jurado no volver a enamorarse.

Por eso, y a pesar de la explosiva química que había entre Jaco y ella, se había concentrado en mantener los pies en la tierra y en averiguar quién era aquel fascinante desconocido que la cegaba de deseo.

Él había parecido sentir lo mismo. Coqueto y táctil, no había ocultado que la deseara, pero había reprimido el impulso de dar un paso adelante. Tratando la relación como si fuera una bomba con temporizador, había sido tan cuidadoso que Leah no había sabido si desmayarse o gritar de frustración.

De manera que, cuando llegó el momento de marcharse, Jaco a Nueva York y ella junto a su familia, había asumido que no volverían a verse. Como él no mencionó la posibilidad de otro encuentro, ella se había tragado la desilusión y había forzado una espléndida sonrisa que solo se había suavizado cuando Jaco le dio un fuerte abrazo.

¡Había sido una sensación tan maravillosa...! Pero él se había separado al instante, la había mirado prolongadamente y, dando media vuelta, se había marchado llevándose un trozo del corazón de Leah.

Sin embargo, habían vuelto a verse doce meses más tarde. Al enterarse de que iban a ser los padrinos del hijo de Harper y Vieri, Leah había estado exultante. Y, cuando una semana antes del bautizo, Jaco le había mandado un mensaje diciendo cuánto anhelaba verla, su cuerpo se había activado con la anticipación del encuentro.

Al mismo tiempo, se había exigido ser sensata. El mensaje no significaba nada, cabía la posibilidad de que Jaco tuviera novia, o toda una serie de ellas...

Intentar sonsacar información a Harper había sido inútil. Y Leah se había dado cuenta de que no sabía nada del hombre que tenía un efecto tan poderoso sobre ella, mientras que él había tenido la habilidad de averiguar mucho más sobre ella

Con el paso de los días su curiosidad se había incrementado y ansiaba saber cómo era el hombre que había tras aquel hermoso exterior.

Así que, cuando tras el bautizo, Jaco la había apartado a un lado diciéndole que quería hacerle una propuesta, Leah apenas había podido contener su ansiedad.

Tomándola de la mano, la había llevado a una de las habitaciones del *castello* Trevente, el nuevo hogar de su hermana. Pero su propuesta la había tomado por sorpresa. En lugar de estrecharla entre sus brazos y hacerle el amor allí mismo, tal y como había fantaseado, Jaco le había ofrecido trabajo en su viñedo. Necesitaba un responsable de marketing y pensaba que ella sería perfecta.

Disimulando su desconcierto, Leah había olvidado toda cautela y había aceptado sin titubear. Un trabajo en Sicilia era un sueño hecho realidad comparado con el tedio de Glenruie, el pueblo del que llevaba toda su vida intentando escapar.

Capezzana era un lugar cálido, exótico y precioso. Y la idea de trabajar junto a Jaco hacía que la oferta fuera aún más tentadora.

Así que Leah se había mudado a Capezzana y Jaco había pasado con ella los primeros días para ayudarla a instalarse. Mientras le enseñaba el *palazzo*, le dijo que lo considerara su hogar y que eligiera las habitaciones que quisiera como despacho y dormitorio.

Que el viñedo era la pasión de Jaco, era evidente por la forma en que se le iluminaban los ojos cuando hablaba de los tipos de uva que cultivaba y la calidad y cantidad de la cosecha del año anterior. Así que Leah se dio cuenta de que, eligiéndola para aquel puesto, manifestaba tener una gran fe en ella. Y en ese instante decidió que haría lo que fuera para no desilusionarlo.

Durante la última noche, mientras compartían una

sencilla cena contemplando el atardecer, finalmente pasó. Finalmente la tormenta de deseo que había ido formándose entre ellos estalló.

Empezó con un leve roce de labios, pero en segundos, se arrancaban la ropa mutuamente y avanzaban a ciegas buscando una cama para entregarse, jadeantes, al ávido y tórrido deseo que los consumía.

Así era como habían iniciado una relación intermitente. Noches apasionadas intercaladas con largos periodos durante los que Jaco viajaba por el mundo.

Como magnate multimillonario que convertía aquello que tocaba en oro, tenía una agenda repleta de compromisos. Leah había aprendido a aceptar la situación, y, a pesar de lo apasionado de su relación, los dos la habían mantenido a un nivel superficial, concentrándose en el presente y en pasarlo bien.

Para Leah, era una cuestión de supervivencia; tenía que evitar enamorarse de aquel enigmático hombre. Para Jaco... era imposible saber qué había detrás de aquella encantadora fachada. A veces Leah se preguntaba si estaba preocupado, si era demasiado volátil y estaba demasiado concentrado en su carrera como para entregarse alguna vez a alguien.

Sin embargo, en aquel momento, al verlo en persona y no solo recordarlo, y viendo cómo la miraba, conseguía hacerle sentir como la mujer más atractiva y más deseada del mundo. Como si fuera todo lo que él necesitaba.

La frágil esperanza que se había esforzado en reprimir se reavivó. Tal vez, de acuerdo a lo que tenía que decirle aquella noche, su relación adquiriría una naturaleza más permanente. Quizá se convertirían en una pareja de verdad... en una familia.

Solo había una manera de averiguarlo.

–Jaco, tengo que decirte una cosa.

–¿Sí?

Pero Jaco se distrajo al vibrar el teléfono que llevaba en el bolsillo y contestar un mensaje tecleando con rapidez. El maldito teléfono. Era como un instrumento de tortura. Esperaba semanas para ver a Jaco y luego tenía que competir con él o con cualquier otro artilugio tecnológico.

Jaco alzó la cabeza.

–Perdona, ¿qué decías?

El teléfono volvió a vibrar y, haciendo un gesto de disculpa, Jaco volvió a escribir.

–*Scusa* –dijo sin levantar la cabeza–. Tengo que contestar.

Leah suspiró exasperada y dijo:

–¿Qué te parece si preparo algo para cenar mientras acabas?

–*Buona idea*. Me doy una ducha rápida y bajo –le dedicó una de sus sonrisas–. A no ser que quieras hacerme compañía...

El teléfono volvió a vibrar y Leah frunció el ceño. Jaco añadió:

–Dame diez minutos –le dio un beso en los labios antes de llevarse el teléfono al oído–. Luego seré todo tuyo.

Leah se quedó mirándolo: su arrogante altura, sus anchos hombros, los músculos que se percibían debajo de la camisa. Y se le contrajeron las entrañas porque en lo más profundo de sí dudaba que sus palabras llegaran a hacerse realidad.

Los diez minutos se convirtieron en veinte. Sentada en la terraza, contemplando el sol ponerse tras las hileras de viñas, Leah dejó a un lado el plato de pasta sin tocarla. Tomó un trozo de pan y distraída, echó migas a los gorriones, que se arremolinaron a sus pies.

Aquello era típico de Jaco, siempre tan ocupado, siempre pendiente de un negocio u otro. Siempre haciéndole esperar. Aunque su trabajo le encantaba y la tenía ocupada, Leah no podía evitar sentir que el tiempo pasado en Capezzana era como estar en un limbo... esperando a que Jaco reapareciera.

Pero aquella noche estaba allí, y aunque todavía no lo supiera, Leah iba a conseguir que le prestara toda su atención. Iba a anunciarle que iba a ser padre y no tenía ni idea de cómo iba a reaccionar. Ella estaba todavía asimilándolo.

Suspirando profundamente, fue al interior y caminó descalza hacia su dormitorio, una de las habitaciones que había elegido al llegar, acogedoras como un pequeño apartamento, y a las que Jaco se dirigía automáticamente cuando llegaba.

A su pesar, su mente evocó imágenes de él todavía desnudo después de la ducha, de la sonrisa con la que la recibiría antes de tomarla en sus brazos y hacerle el amor. Y ella no se resistiría porque con Jaco perdía toda fuerza de voluntad.

Vaciló con la mano en el picaporte. Podía oírlo hablar, con toda seguridad sobre negocios. Giró el picaporte cuidadosamente, y apenas entreabrió la puerta, un sexto sentido le dijo que no se trataba de una conversación de trabajo. Por la ranura, vio a Jaco sentado en la cama, de espaldas a ella y con el ordenador en el regazo. Se trataba de una videollamada, y la mujer de la pantalla era morena... y preciosa.

Leah sintió un escalofrío recorrerle la espalda a la

vez que le oía hablar en italiano, susurrando algo que no comprendía, pero en un tono que no dejaba lugar a dudas: tierno, cariñoso; el tono entre dos amantes.

Aunque con dificultad, Leah consiguió entender algo. Jaco intentaba tranquilizarla, diciéndole que todo iría bien.

—*Lo prometto*, Francesca.

«Lo prometo».

Paralizada, Leah vio cómo la mujer se llevaba los dedos a los labios y le soplaba un beso, sonriendo amorosamente. Y la respuesta de Jaco hizo estallar el mundo de Leah en mil pedazos.

—*Ti amo anch'io...*

«Yo también te amo».

Cegada por las lágrimas, con la garganta atenazada por la emoción, Leah dio media vuelta.

¿Cómo podía haber sido tan estúpida pensando que Jaco y ella podían tener un futuro juntos? ¿Cómo se había dejado engañar por un hombre una vez más?

Salió a la terraza y descendió los escalones que conducían al jardín, cruzó el arco del seto y atravesó el viñedo, corriendo entre las vides, sacudiendo los racimos de uvas a su paso mientras el aire le quemaba el pecho. No sabía dónde iba. Solo sabía que tenía que huir.

Capítulo 1

Un año después

–¡No! –Jaco miró incrédulo a su amigo.

–Es verdad, Jaco –dijo Vieri con calma–. Si no fuera verdad, no te lo diría. De hecho, no debería habértelo dicho, pero creo que tienes que saberlo: tienes un hijo.

–¡No! –repitió Jaco, dando un puñetazo en la barra.

Vieri tomó su copa y bebió mientras miraba a Jaco y le daba tiempo para asimilar la noticia.

–¿Y por qué crees que es mío? –preguntó Jaco.

–Porque Leah se lo ha dicho a Harper y no tiene sentido que mienta. Entre otras cosas, porque no quiere saber nada de ti.

–¿Qué tiempo tiene? –preguntó Jaco pasándose la mano por el rostro.

–Tres meses.

–¿Tres meses? –repitió Jaco con un gruñido.

–¿Es posible... dadas las fechas? –preguntó Vieri con cautela.

–Yo diría que sí –contestó Jaco con una rabia contenida.

–Cálmate, Jaco –Vieri posó una mano sobre su hombro–. Sé que es un golpe, pero no tiene por qué ser tan malo.

–¿Tú crees? –preguntó Jaco con ojos centelleantes–. ¿Y tú qué sabes?

–Tengo un hijo y sé que es lo mejor que me ha pasado en la vida. Junto con Harper, claro.

–Me alegro de que seáis una familia feliz.

–¡Jaco!

–Vieri, no tienes ni idea de lo que esto significa.

Nadie lo sabía. Ni siquiera su mejor amigo. Era demasiado peligroso. Y aquella noticia podía complicar las cosas aún más. Vieri se encogió de hombros.

–Como quieras. Pero no dispares al mensajero.

–Lo siento –dijo Jaco a regañadientes–. ¿Dónde están Leah y mi hijo?

–Eso no lo sé.

–Vieri, no mientas.

Su amigo se puso en pie.

–No me llames mentiroso, y menos cuando intento ayudarte.

–¿Así me ayudas?

–Sí. No tenía por qué habértelo dicho. He tenido que hacerlo a espaldas de Harper y no me gusta. Pero, como te he dicho, pensaba que debías saberlo.

–¿Y Harper sabe dónde está Leah?

–No –Vieri miró enfadado a Jaco–. Así que no se te ocurra intentar sonsacárselo. Acaba de enterarse de lo del bebé. Leah nos lo ha ocultado a todos.

Los dos hombres se observaron con hostilidad hasta que Vieri volvió a posar la mano sobre el hombro de Jaco.

–¿Por qué no te tomas otra copa y te tranquilizas? –llamó al camarero y pidió que rellenara los vasos–. Deduzco por tu reacción que tú tampoco tenías ni idea.

Jaco lo miró inexpresivo, pero aceptó la copa.

–¿Cuándo la viste por última vez? –preguntó Vieri.

–Hace mucho –Jaco se rascó la cabeza–. En agosto. Justo antes de la cosecha. Fue entonces cuando me dijo que dejaba el trabajo.

–¿No te explicó por qué?

–No, desapareció durante horas la primera noche que pasé en Capezzana, y, cuando finalmente la localicé, actuó de una manera extraña. Decidí esperar a la mañana siguiente para hablar con ella, pero para entonces se había marchado... sin dejar rastro.

–¿Y no intentaste localizarla?

–No, Vieri –Jaco volvió a mirar a su amigo con enfado–. Me dejó muy claro que habíamos acabado. El trabajo..., nosotros...

Vieri miró la copa.

–Así que había un «nosotros».

–Supongo que sí. Nada serio.

–Pues las consecuencias sí han sido serias.

Jaco se apretó el puente de la nariz y suspiró.

–Tengo que encontrarla, Vieri. Si Harper tiene la menor idea de dónde...

–No la presiones, Jaco –le advirtió Vieri–.Te he dicho que no lo sabe.

–Pues la encontraré por mi cuenta –Jaco fue hacia la puerta, pero retrocedió y dio a Vieri un abrazo–. Gracias. Sé que te he puesto en una situación incómoda.

Vieri le dio una palmada en la espalda.

–No pasa nada. Solo siento haber sido portador de una noticia tan inesperada. Espero que lo resuelvas bien.

–Yo también –Jaco se metió las manos en los bolsillos–. Yo también...

Leah se despertó sobresaltada. Le pareció oír que arañaban la puerta. Con el corazón acelerado, miró hacia la cuna, donde Gabriel dormía apaciblemente, y fue hacia el salón del pequeño apartamento que era su hogar desde hacía unos meses.

El sonido procedía del otro lado de la puerta principal. Aguzando el oído, oyó un murmullo de voces masculinas. ¡Estaban intentando entrar a robarle!

Volvió precipitadamente al dormitorio para tomar el teléfono de la mesilla, pero fue demasiado tarde. Con la fuerza de un tornado, de pronto estaba a su lado una presencia aterradora.

Su grito fue ahogado por una gran mano que le tapó la boca y la atrapó contra un cuerpo de acero. Leah peleó, pateando y sacudiendo los brazos hasta que el hombre se los sujetó contra el cuerpo.

En estado de pánico y con el instinto de proteger a su bebé, Leah se dijo que se libraría de los ladrones, que les convencería de que la dejaran en paz.

Parecían ser dos. El que la retenía y otro, que cerró la puerta y corrió las cortinas. Solo entonces encendió la luz y se plantó ante ella.

–¡Jaco! –Leah lo observó atónita.

Un pasajero alivio la invadió. Pero le bastó con ver la expresión de su rostro para que sus temores se multiplicaran. Debía de haberse enterado de la existencia de Gabriel. Estaba allí para reclamar a su hijo.

–Sí, es ella –dijo Jaco al matón que la sujetaba–.

El niño debe de estar ahí dentro –añadió, indicando el dormitorio.

Leah se retorció, pero solo consiguió que el brazo se apretara en torno a su cintura.

–No te resistas, Leah.

Jaco la miró fijamente y la frialdad que descubrió en sus ojos hizo que a Leah se le detuviera el corazón.

–Tú y el bebé os venís conmigo. Ahora.

Leah le lanzó una mirada envenenada. No pensaba ir a ninguna parte.

–Le diré a Cesare que retire la mano, pero solo si prometes ser sensata –Jaco esperó sin dejar de mirarla–. ¿Puedo confiar en ti?

Leah asintió frenéticamente y tras unos segundos, Jaco hizo un gesto a su hombre.

Leah gritó a pleno pulmón y una mano volvió al instante a su boca. La de Jaco.

–Has cometido un error, Leah.

Su rostro estaba a apenas unos centímetros del de ella, y su cuerpo tan cerca que Leah pudo sentir el calor que emanaba y la furia que irradiaban sus ojos.

–Si lo prefieres, haremos esto por las malas. Pero, por el bien de todos, te sugiero que me hagas caso.

Leah lo miró, parpadeando al sentir su aliento en el rostro y proyectando con su mirada toda la rabia y determinación de la que fue capaz teniendo en cuenta que estaba atrapada entre dos hombres musculosos.

Miró los profundos ojos marrones de Jaco, bajo cuyo poder hipnótico había caído desde su primer encuentro. Su recuerdo la había perseguido durante semanas tras dejar Sicilia. Pero en aquel momento, removieron algo distinto en ella, algo primario y que le retorció las entrañas. Porque era como mirar a los ojos de su hijo: la misma forma, el mismo color. Gabriel era una versión en miniatura de su padre.

–Te voy a dar otra oportunidad –dijo Jaco–. Cuando retire la mano, vas a guardar silencio mientras te digo qué va a pasar, ¿entendido?

Leah asintió. Jaco quitó la mano lentamente.

–Así... Mucho mejor.

Permaneció muy cerca de ella, mirándole los labios con tal intensidad que Leah los sintió arder.

–Puedes soltarla, Cesare. Quédate junto a la puerta.

Cesare obedeció y Leah preguntó con un susurro indignado:

–¿Qué demonios estás haciendo?

Las palabras brotaron en un torrente de furia. Con la mente acelerada, Leah intentó pensar en formas de distraer a Jaco para huir con Gabriel y escapar de aquella pesadilla.

Solo que no era un mal sueño, sino la realidad.

–Te lo he dicho. El niño y tú venís conmigo. Haz las maletas.

Leah negó con la cabeza.

–¿Te has vuelto loco?

Jaco resopló.

–Te aseguro que estoy muy cuerdo. Haz lo que te he dicho.

–Pero...

–Tienes cinco minutos, Leah.

–¿Y si me niego?

–Dejarás aquí tus cosas. En cualquier caso, tú y el niño venís conmigo.

–¿Me estás raptando? –preguntó Leah en un tono agudo de histeria.

–Prefiero pensar que te llevo a un sitio seguro.

–Aquí estábamos perfectamente seguros hasta que has llegado tú.

–Te equivocas, Leah.

–¿Qué quieres decir? ¡Por supuesto que sí!

–No tengo tiempo para discutirlo ahora. Estás bajo mi protección y vas a hacer lo que yo te diga. Haz las maletas.

Jaco la tomó por los hombros y la giró hacia el dormitorio. Sus dedos le quemaron la piel a Leah.

–Y date prisa –añadió.

Leah se quedó parada en el dormitorio, a oscuras, escuchando la suave respiración de su bebé y los latidos de su propio corazón. Miró en torno, pero no tenía escapatoria. El apartamento estaba en un cuarto piso.

Moviéndose mecánicamente, sacó una maleta del armario y empezó a llenarla con su ropa y la de Gabriel. En realidad, apenas tenía pertenencias desde que había llegado a Londres, hacía nueve meses, se había mudado un sinfín de veces, de un cuchitril a otro; haciendo trabajos que no le daban para vivir hasta que se había tragado el orgullo y había solicitado una ayuda social del estado.

Cuando el ayuntamiento le había proporcionado aquel apartamento, apenas unos días antes de que Gabriel naciera, había llorado de alegría. Era poca cosa, pero se había convertido en su hogar.

–¿Has acabado?

Leah se volvió y vio la silueta de Jaco en el umbral de la puerta.

–¿Por qué haces esto? –Leah caminó hacia él, manteniendo un tono tranquilo pero firme. Si quedaba la más mínima oportunidad de acabar con aquella locura, debía aprovecharla–. Si me dices qué está pasando, estoy segura de que podremos encontrar juntos una solución.

–¿Tú crees? –preguntó él, sarcástico.

–Sí. ¿Por qué no?

–Porque no me interesa llegar a acuerdos con una mujer que me ha engañado hasta el punto de ocultarme que soy padre.

–Jaco... Yo...

–Déjalo, Leah –él alzó una mano–. Ya tendrás tiempo de darme explicaciones. Ahora tenemos que marcharnos.

–¿A dónde? –preguntó Leah en tono implorante.

–Pronto lo sabrás. Dame vuestros pasaportes.

–¿Nuestros pasaportes? –preguntó Leah, aterrada.

–Eso he dicho –Jaco la miró con severidad.

–No pienso dártelos.

–Dámelos, Leah.

–No –Leah se cuadró de hombros–. No puedes obligarme.

–Si me haces esperar, comprobarás que sí puedo hacerlo.

Leah lo miró angustiada. ¿Qué había pasado con el hombre encantador que ella recordaba?

–Jaco... –lo intentó de nuevo–. ¿Por qué actúas así?

Él alargó la mano extendida.

–Los pasaportes. Ya.

Sintiendo que no tenía alternativa, Leah fue hacia la diminuta cocina y sacó los pasaportes de un cajón. Solo entonces se dio cuenta de que podía haber mentido. Si le había sacado el pasaporte a Gabriel era para estar preparada para cualquier circunstancia, incluida la de tener que huir de Jaco.

A lo largo de los últimos doce meses había pensado día y noche en Jaco Valentino. Descubrir que era un mentiroso y que la engañaba le había roto el corazón, pero además, había despertado en ella dudas sobre otros aspectos de su personalidad: su pasado, sus negocios, el tipo de gente con la que se asociaba.

Entonces había empezado a recordar detalles que en el momento le habían pasado inadvertidos. Cómo se tensaba si le preguntaba por su familia, lo obsesivo que era respecto al trabajo, cómo no se despegaba del teléfono...

En más de una ocasión lo había encontrado de madrugada escribiendo en su portátil con expresión contrariada, y había cerrado el ordenador precipitadamente al verla acercarse, al tiempo que le indicaba con una firme amabilidad que volviera a la cama y evitaba sus preguntas con un beso antes de dirigirla hacia el dormitorio.

En retrospectiva, su obsesión por la privacidad le había hecho llegar a la conclusión de que Jaco ocultaba secretos, y no precisamente buenos.

Por eso había decidido huir a Londres y no decirle a nadie que estaba embarazada. Porque cuanto más pensaba en Jaco, más convencida estaba de que debía proteger a Gabriel de él.

Lo más difícil había sido ocultárselo a su hermana gemela. A Harper no le había tomado por sorpresa que decidiera marcharse porque estaba acostumbrada a que su hermana se moviera por impulsos, en busca de sueños que nunca se materializaban. Leah la había llamado regularmente, diciéndole que todo iba bien y que se lo estaba pasando en grande.

De una manera u otra, había conseguido mantener la farsa durante aquellos interminables meses, pero tenía la convicción de que en algún momento se derrumbaría. Y así fue. Apenas hacía unos días, tras una noche más en vela, sola con su bebé, había llamado a su hermana y le había confesado la verdad.

Evitando contestar a las preguntas de su hermana, Leah le había dado los menos detalles posibles, diciéndole que Jaco era el padre, pero que no quería nada de él. Que no dijera ni una palabra. Harper había jurado guardarle el secreto.

Pero, evidentemente, no lo había hecho.

Leah deslizó la mirada desde los pasaportes al rostro implacable del hombre que tenía ante sí. Se los dio con mano temblorosa, diciendo:

—Ahí tienes. Espero que estés contento —dijo en tono retador mientras veía a Jaco fruncir el ceño al ojear el pasaporte de su hijo.

—¿Gabriel McDonald? —dijo con una mueca despectiva—. No solo me has ocultado la existencia de mi hijo, sino que le has dado tu apellido.

—Así es —Leah le sostuvo la mirada—. No quiero que tengas nada que ver con él.

Jaco dejó escapar una carcajada sarcástica.

—Eso es evidente —clavó los ojos en los de Leah—. Pero te aseguro que tus derechos exclusivos sobre él se han acabado. Le cambiaré el apellido. Mi hijo es un Valentino y ese será su apellido.

Leah sintió pánico. Aquella había sido su peor pesadilla: que Jaco irrumpiera en su vida para controlarla. Como buen siciliano, la familia lo significaba todo para él.

Por lo poco que había conseguido sonsacarle, sabía que sus padres habían muerto cuando tenía cinco años, que había vivido en un orfanato durante varios años junto con Vieri, hasta que lo habían adoptado cuando tenía once años. Sabía también que se había distanciado de su familia adoptiva, aunque no había conseguido averiguar por qué.

Pero era evidente que su corazón seguía perteneciendo a la isla mediterránea. Lo había percibido en su voz y en su actitud cuando estaban en Capezzana. Y Leah había tenido la seguridad de que con su primitivo sentido de la posesión, Jaco solo concebiría que su hijo viviera en su país y bajo sus normas. Para él, la sangre era el vínculo más poderoso.

–Jaco... –Leah intentó ganar tiempo–. ¿No podríamos al menos hablar de esto?

–No –él se aproximó–. No estoy dispuesto a escuchar tus patéticas excusas. A partir de ahora vamos a hacer las cosas a mi manera.

La acorraló contra una cómoda al tiempo que la recorría de arriba abajo con la mirada.

Leah tragó saliva. La tensión que percibió en los músculos de Jaco, el brillo acerado de su mirada, la forma en que apretaba la mandíbula, le indicaron que no habría forma de razonar con él. Y aun así, su proximidad provocó en ella una reacción completamente inapropiada, endureciéndole los pezones y contrayéndole el vientre.

Pero lo peor fue que Jaco lo notó y Leah vio, aterrada, que sonreía con la satisfacción masculina de comprobar que seguía teniendo aquel poder sobre ella.

Entonces pensó que tal vez podía usarlo a su favor. Se imaginó abrazándose a su cuello, atrayéndolo para besarlo... porque a pesar de todo seguía queriendo besarlo. A pesar de todo lo que le había pasado en el último año y de que había intentado convencerse de lo contrario, seguía deseando a Jaco.

Por un instante, él la miró como si pudiera leerle el pensamiento. Luego, con un gesto de desdén que hizo que a Leah se le formara un nudo en el estómago, dijo:

–Vístete –Leah le vio guardar los pasaportes en el bolsillo de su chaqueta–. Nos vamos.

Ella fue al dormitorio, se puso un jersey, unos vaqueros, tomó su teléfono y lo guardó en el bolso. Entonces se inclinó sobre la cuna y, con el corazón palpitando de ansiedad y orgullo, tomó a su hijo, que seguía durmiendo apaciblemente, ajeno al drama que se desarrollaba a su alrededor.

Con los brazos alzados a ambos lados de su cabeza y sus pequeños puños cerrados, parecía preparado para enfrentarse al mundo. Pero Leah sabía que eso le correspondía a ella; que haría lo que fuera para protegerlo y mantenerlo a salvo. Incluso aunque eso significara en aquel momento llevarlo a quién sabía dónde, obedeciendo las órdenes de un hombre que, tal y como acababa de comprobar, tenía una faceta mucho más oscura y peligrosa de lo que hubiera imaginado hasta entonces.

Pasándose la mochila por la cabeza, lo colocó en ella tan delicadamente que Gabriel ni se movió.

–¿Estás lista?

Jaco había llegado en silencio hasta su lado; por primera vez estaba cerca de su hijo. Leah contuvo el aliento, esperando ver cómo reaccionaba, asumiendo que al menos querría ver la pequeña cabeza que se apoyaba contra su pecho. Pero Jaco dio media vuelta, miró el reloj y, tomando la maleta, salió de dormitorio.

Cuando Leah cerró la puerta del apartamento, se dio cuenta de que no sabía qué estaba pasando ni a dónde iba. Ni siquiera si alguna vez volvería.

Capítulo 2

LEAH miró la cabeza de su bebé. La succión frenética de hacía unos minutos había dado lugar a una intermitente, que indicaba que estaba saciado. Leah lo acunó, más por reconfortarse a sí misma que a él. Gabriel estaba feliz. Tenía a su madre y una fuente de alimentación continua, y eso era todo lo que necesitaba.

No tenía ni idea de que habían sido secuestrados y acomodados en un helicóptero que el mismo Jaco había pilotado, para aterrizar finalmente en un lugar cuya localización Leah ignoraba.

Agotada por las emociones, Leah se había quedado dormida en el vuelo, y se había despertado al sentir el descenso brusco del helicóptero previo al aterrizaje. Al mirar por la ventanilla, no había podido atisbar nada en medio de la oscuridad, y había sido evidente que Jaco no tenía intención de proporcionarle ninguna información. Así que Leah había dejado que la subieran junto a Gabriel en un todoterreno y que Jaco los condujera por una sinuosa carretera hasta la casa en la que habían pasado la noche.

Pero al menos ya era de día, y en cuanto dejara a Gabriel en la cuna, exploraría la zona y se enteraría de dónde estaba, si es que encontraba su móvil y podía conectar el GPS.

Por lo que podía ver, estaban en una casa lujosa. Su dormitorio era de una moderna elegancia, con paredes de piedra y suelos de madera reluciente, además de una cama en la que cabría una familia entera. El cuarto de baño era de mármol gris y paredes de cristal que ofrecían una vista a un cuidado jardín con olivos centenarios y rocas de granito.

Llamaron a la puerta.

—¿Sí? —Leah estrechó a Gabriel en sus brazos.

Jaco entró con paso firme y actitud imperiosa. Pero al ver a Gabriel al pecho de Leah se detuvo.

—Disculpa.

Leah le sostuvo la mirada. Dar de mamar era el acto más natural del mundo. Además, no tenía los senos desnudos.

—¿Qué querías, Jaco?

Jaco se aproximó, y Leah notó que ni fijaba la mirada en ella ni en su hijo, sino en un lugar indefinido por encima de su hombro.

—Venía a preguntarte si has descansado.

—¡Cómo si te importara!

Su tono agudo hizo que Gabriel aleteara los párpados. Cuando soltó el pezón, Leah se ajustó la ropa y lo dejó en la cuna, junto a la cama.

La noche anterior le había sorprendido encontrarla allí, junto con un paquete de pañales y otros objetos para el cuidado del bebé.

—Me importa lo bastante como para preguntártelo —dijo él en tensión—. ¿Tienes todo lo que necesitas?

—Desde luego —dijo ella con mirada airada—. Todo menos la libertad.

—La tendrás cuando corresponda.

—¿Y cuándo será eso?

–En un par de semanas.

Leah fue hacia Jaco fuera de sí.

–¿De verdad crees que puedes mantenernos aquí durante dos semanas?

–No lo creo, lo sé. Puedo manteneros aquí todo el tiempo que quiera.

–¿Te enorgulleces de poder mantenernos prisioneros?

Jaco se encogió de hombros.

–Tanto como tú de haberme ocultado que fuera padre.

Leah frunció el ceño.

–¡Tú no estás preparado para ser padre, no en el verdadero sentido de la palabra!

Estaba tan cerca de él que tuvo que alzar la barbilla para mirarlo antes de continuar:

–Finges que ser padre es importante para ti y sin embargo no has mirado a Gabriel ni una sola vez.

Jaco apretó los dientes.

–Me relacionaré con mi hijo cuando llegue el momento.

–Uno no se relaciona con un bebé, Jaco –dijo ella con desdén–. Uno lo toma en brazos, lo estrecha, lo ama –le tembló la voz–. Pero tú no conoces ese sentimiento.

–¿No? –Jaco le tomó la barbilla con firmeza para que no pudiera desviar la mirada–. ¿Cómo lo sabes?

–Lo-lo sé –atrapada en la mirada de Jaco, Leah no pudo pensar. Solo sabía que, por más que Jaco se hubiera comportado deplorablemente, en cuanto la tocaba su corazón saltaba de alegría–. Lo intuyo.

–Al demonio con las intuiciones –Jaco la soltó bruscamente y retrocedió–. Los dos sabemos que si no me encuentro cómodo con mi hijo es porque hasta hace una semana no sabía ni que existiera.

–Y, si por mí fuera, seguirías sin saberlo.

–*Esatto* –la voz de Jaco resonó amenazadora–. Por eso a partir de ahora yo pongo las reglas y tú vas a obedecerme, *mia cara*.

–¿Por qué habría de hacer eso? –preguntó Leah incrédula.

–No tienes otra opción –dijo él con una gélida calma–. Puedes intentar resistirte y pelear tanto como quieras. Pero no podrás abandonar esta isla hasta que yo te deje.

«¡Estaban en una isla!».

Leah intentó apaciguar la rabia que le recorría las venas como lava líquida. Para alguien tan impulsiva como ella esa era una tarea heroica, porque instintivamente, habría gritado y pataleado. Pero también era inteligente. Y una luchadora. Puesto que enfurecerse con Jaco no la conduciría a nada, tendría que probar otra táctica.

Cruzándose de brazos. Leah lo miró fijamente, maldiciendo el deseo que seguía despertando en ella por más que intentara sofocarlo.

–Al menos podrías decirme por qué nos has secuestrado. Es lo mínimo que me merezco.

–Tú no te mereces nada, Leah McDonald.

Leah se mordió la lengua. Desde su punto de vista, aquel hombre arrogante que irradiaba odio le debía todo: la vida tal y como la conocía, su dolorido corazón, su cordura. Todo aquello que había destruido cuando sus caminos se habían cruzado. Cuando Jaco había hecho añicos su vida.

–¿Y después de esas dos semanas? –consiguió

mantener la calma, no reaccionar a sus provocacio-
nes–. ¿Cómo puedo estar segura de que no vas a intentar mantenernos aquí para siempre?

–Porque no serviría de nada –la penetrante mirada
de Jaco la quemó–. Y a pesar de lo que puedas creer,
no estoy haciendo esto por divertirme.

–¿Y qué se supone que debo creer? –Leah sintió
la rabia bullir en su interior. Miró hacia un lado y
respiró profundamente para intentar dominarse antes
de volver a mirarlo a los ojos.

–Sinceramente, me da lo mismo lo que creas o pienses de mí. Pero te doy mi palabra de que solo permane-
cerás aquí un par de semanas.

–¿Tu palabra? –preguntó Leah con tanto desdén
como pudo.

–Sí, Leah, mi palabra.

–¿Y luego, qué?

–Luego hablaremos de planes de futuro.

–¿Qué significa eso?

–Pronto lo sabrás.

–Así que estaba en lo cierto –Leah estaba ciega de
ira–. No piensas dejarnos ir. Vas a mantenernos cautivos, desplazándonos de un sitio a otro, encerrándo-
nos en un sótano...

–¡Por Dios, Leah, cálmate!

Jaco cruzó la distancia que los separaba y la tomó
por los hombros para detener el torrente de palabras.
Leah sintió sus manos abrasarle la piel, marcándola,
haciendo que se le endurecieran los pezones.

–No pienso calmarme –intentó soltarse, pero Jaco
la asió con firmeza y la apretó contra su pecho.

–Intenta dominar tu vívida imaginación. Ponerte
así no va a servir de nada. No voy a hacer nada de

eso. Desafortunadamente, las circunstancias me obligan a manteneros aquí unos...

–¿Qué circunstancias? –Leah echó la cabeza hacia atrás para mirarlo a los ojos–. ¿Qué circunstancias? –repitió.

–Mientras estés aquí –continuó Jaco como si no la hubiera oído–, tendrás todo lo que necesites para que tu estancia sea lo más agradable posible.

–Jaco Valentino, te aseguro que no va a haber nada agradable en mi estancia aquí –la respuesta de Leah resonó en la habitación como un disparo.

–¿No? –Jaco escrutó su rostro mientras ella intentaba disimular hasta qué punto la afectaba.

Sus músculos se contrajeron, sus labios se fruncieron como si buscaran un beso. Leah odiaba el poder que Jaco tenía sobre ella, y más aún la satisfacción que él obtenía de ello.

–¿Estás segura, Leah? –la azuzó él.

–Totalmente –balbuceó ella, retrocediendo.

–Está bien, tendré que creerte –dijo él con sorna–. En cualquier caso, solo venía a ver si necesitabas algo. Si quieres venir a desayunar conmigo, reúnete conmigo en la cocina.

–Antes preferiría morirme de hambre.

–Como quieras.

Jaco fue hacia la puerta. Cuando llegó, se volvió hacia Leah.

–Por cierto... –dijo en un tono ligero que contradecía su mirada penetrante–. Si estás buscando tu teléfono, te lo he requisado. Solo durante estos días.

–¿Que has hecho qué? –preguntó Leah perpleja. Jaco tenía que haber entrado en la habitación mientras dormía.

–No puedo arriesgarme a que notifiques dónde te encuentras.

Y tenía razón. Leah había pensado enviar sus coordenadas a Harper, a la policía, a quienquiera que pudiera ir a buscarla. Pero ya no podría hacerlo.

En ese momento fue plenamente consciente de hasta qué punto estaba en manos de Jaco.

Jaco avanzó por el pasillo con paso firme, ansioso por poner la mayor distancia posible entre Leah Mc-Donald y él. Necesitaba tomar aire y aclararse la mente.

Había cometido un gran error al entrar en su dormitorio. Verla dando de mamar al bebé lo había dejado sin aliento. Algo en la forma en la que lo miraba con la cabeza inclinada, acunándolo delicadamente, lo había sacudido de los pies a la cabeza.

Habían presentado una imagen tan natural, tan perfecta, tan inocente... La ternura de la escena lo había conmovido unos segundos antes de solidificarse como un bloque de cemento en el pecho. Porque Leah no tenía nada de inocente. Era manipuladora y lista. Por eso había sido capaz de ocultarle la existencia de su hijo.

Jaco no comprendía cómo podía haber hecho algo tan cruel, tan despiadado. Era evidente que se había engañado respecto a su personalidad.

Tras conocerla, la habría descrito como divertida, inteligente, fuerte, sexy e impredecible. Pero jamás manipuladora; y mucho menos, cruel. Y aunque Vieri le había advertido que era complicada, él no le había prestado atención. Sin embargo, su amigo había estado en lo cierto: Leah McDonald no era tal y como aparentaba ser.

Pero era la madre de su hijo. Y por eso estaba decidido a conocerla a fondo.

Se saltó el desayuno, tomó su portátil y salió a la terraza. Apenas miró a su alrededor antes de ponerse a trabajar. No estaba allí para admirar el paisaje.

Aunque se suponía que la isla era su pequeño paraíso privado, hasta el momento solo había pasado unos días en ella. La villa había sido concluida hacía más de un año, pero nunca encontraba tiempo para disfrutarla, y no le importaba. Para él, no era más que una inversión.

Era su favorita de entre las varias islas que poseía al norte de Sicilia. De una belleza dramática, con arenas negras resultado de la actividad volcánica, algún día disfrutaría de ella. En aquel momento le preocupaban otros asuntos.

Fue leyendo los mensajes de correo electrónico rápidamente. Todo parecía ir de acuerdo a lo planeado. El momento álgido llegaría en cualquier instante. Aquello por lo que tanto había luchado durante tanto tiempo daría sus frutos. Por fin, su despreciable familia de adopción recibiría su merecido.

Finalmente se vería compensado por la detallada planificación y los meses de meticuloso trabajo que había dedicado al proyecto. Su padre legal, sus supuestos hermanos, sus malditos tíos, iban a ser atrapados. No podía cometer el menor error; ninguno de ellos podía escapar. Era o todo o nada.

Jaco había ideado el plan y su obsesión por conseguir que el peso de la justicia cayera sobre su corrupta familia había guiado cada minuto de su vida.

Afortunadamente, sabía cuál era su mayor debilidad: la codicia. Así que, con la ayuda de agencias internacionales antidrogas y de la policía italiana, que llevaba años intentando detener a la familia Garalino, Jaco había puesto en marcha una audaz operación encubierta.

Utilizando la Web profunda y *bitcoins*, la moneda preferida del hampa, había propuesto a su familia un negocio que no podía rechazar: una gigantesca operación de contrabando de cocaína. Utilizando como tapadera la exportación de aceite de oliva a Sudamérica y de importación de café a Europa, la cocaína llegaría a Sicilia, desde donde sería distribuida a Europa. Era una estrategia extremadamente arriesgada, puesto que solo habría algunos sacos estratégicamente situados que contuvieran cocaína real. Algo que su familia solo descubriría cuando se hubieran implicado plenamente.

Había tanto en juego que, si se descubría el engaño, si se enteraban de que Jaco estaba tras la emboscada, habría firmado su sentencia de muerte. Pero Jaco había decidido que valía la pena correr el riesgo. Francesca estaba a salvo. Él estaba soltero, sin hijos, así que no podrían atacarlo más que a él. Y ese era un peligro asumible.

Pero todo eso había cambiado. Tenía un hijo. Y por eso había adoptado inmediatamente medidas drásticas para protegerlo.

En su mundo, uno no traicionaba a su familia, y, si lo hacía, debía esperar represalias. Sin excepciones. Y el hijo de Jaco Valentino sería considerado la diana perfecta.

Oyó a su espalda a Leah caminando hacia la cocina. Y aunque era evidente que prefería ignorarlo, Jaco cerró el ordenador mecánicamente y se pasó la mano por los ojos.

Si los Garalino descubrían que tenía un hijo, Gabriel estaría en peligro aunque la operación no hubiera estado en marcha. Solo por ser hijo de Jaco Valentino, como un medio para hacerle pagar por haber dejado a «La Familia».

Jaco se había separado de su familia adoptiva a los dieciocho años, cuando finalmente había conseguido librarse de sus garras. Solo lamentaba no haber podido llevarse consigo entonces a su hermano pequeño.

Al abandonar Sicilia se había mudado a Nueva York para empezar una nueva vida, y en pocos años había erigido un imperio multimillonario. Una mezcla de astucia para los negocios y una buena dosis de atractivo físico y encanto personal le habían ayudado a llegar lejos.

Pero bajo su apariencia de hombre tranquilo y desenfadado, se ocultaba un hombre muy diferente. Su corazón seguía perteneciendo a Sicilia y poco a poco había vuelto, de forma anónima inicialmente, para comprar propiedades en la isla, hasta que finalmente había adquirido el viñedo de Capezzana.

Capezzana había pertenecido a su familia durante generaciones. Había sido su hogar hasta los cinco años, cuando su mundo se había hecho añicos al morir sus padres cuando su coche cayó por un acantilado. Jaco y su hermano pequeño habían sido llevados a un hogar de acogida hasta que, con once años, fueron adoptados por la siniestra familia Garalino.

Aunque sus padres le habían dejado Capezzana

en herencia, no pudo reclamarla hasta cumplir dieciocho años. Hasta entonces había sido dirigida por
una cooperativa en la que los Garalino se habían
conseguido infiltrar para poner en marcha los planes
criminales a los que sus padres se habían resistido
hasta su muerte.

Su valentía había conducido a un «desafortunado
accidente» que había acabado con sus vidas.

La cooperativa no había podido defenderse de la
poderosa familia Garalino y pronto los vinos habían
sido adulterados con productos químicos nocivos, y
vinos baratos habían sido reetiquetados y vendidos a
los inversores a precios exorbitantes. La familia Garalino se había enriquecido rápidamente, pero su
avaricia no tenía límites

Luigi Garalino había decidido que para tener el
control absoluto sobre el viñedo tenía que hacer algo
con los Valentino antes de que Jaco alcanzara la mayoría de edad. La solución fue adoptarlos. Como su
padre legítimo, le correspondería supervisar Capezzana legalmente durante los siguientes años, lo que
le daría tiempo suficiente para instruir a los hermanos en los métodos de la familia Garalino. Y una
pareja de hermanos saludables siempre resultaban
útiles en negocios como los suyos; particularmente
cuando el mayor, un chico fuerte de once años, podía
convertirse en una gran adquisición.

La producción vinícola de Capezzana se había
disparado con la adulteración de vinos que de otra
manera la tierra no hubiera tenido la capacidad de
producir. Pero la codicia había sido de nuevo su talón
de Aquiles. El gobierno había sospechado y había
requisado la propiedad, pero gracias a sus poderosos

amigos, la familia Garalino no había sido nunca procesada, y Capezzana había quedado abandonada.

Hasta que Jaco había tomado medidas. Tras unas largas negociaciones, había conseguido comprarla al gobierno y así recuperar su herencia. Trabajando arduamente, había logrado que volviera a ser próspera y que recuperara su prestigio. Y de todos sus negocios, Capezzana era del que más orgulloso se sentía.

Jaco sabía que los Garalino seguían todos sus movimientos, pero como él jamás se había enfrentado a ellos ni los había denunciado, le habían dejado en paz y habían mantenido las distancias, probablemente esperando a que llegara el momento adecuado.

Lo que no sabían era que estaban a punto de caer en su trampa.

Aquellos eran días extremadamente peligrosos, y Jaco no había tenido más remedio que secuestrar a su hijo para protegerlo. Debía impedir que supieran de su existencia. Por eso había tenido que llevarse también a Leah, de la que el bebé no podía separarse.

Lo quisiera o no, como era el caso, tendría que mantener consigo a Leah McDonald hasta que los Garalino estuvieran encarcelados.

En aquel momento la oía a su espalda, haciendo ruido en la cocina. Y a pesar de que quería ignorarla y concentrarse en el trabajo que se le había acumulado, no pudo hacerlo. Se levantó y fue a la cocina.

Leah no lo oyó porque estaba abstraída intentando averiguar cómo funcionaba la máquina de café. Llevaba un vestido amarillo y el cabello recogido en una coleta que se balanceaba con el movimiento de su cabeza a medida que apretaba botones y tiraba de palancas. Parecía mucho más joven de los veintisiete años que tenía, y Jaco sintió una súbita punzada de culpabilidad por haberla implicado involuntariamente en las complicadas circunstancias de su vida.

—Deja que te ayude —dijo, sobresaltándola.

Leah alzó la barbilla.

—Puedo hacerlo sola, gracias.

—Perdona, creía que tenías problemas —Jaco permaneció deliberadamente cerca de ella, regodeándose en la evidente tensión que le provocaba—. El mío solo y con doble de azúcar.

Leah frunció el ceño y le pasó bruscamente el paquete de café.

—Háztelo tú mismo.

Jaco puso en marcha la máquina y pronto el aire se perfumó del aroma a café. Le pasó una taza a Leah, que se sentó a la mesa.

—Desayuna lo que quieras. Hay yogur, cereales y toda la fruta fresca que quieras —dijo.

—Me basta con el café, gracias —Leah lo miró por encima del borde de la taza—. No tengo apetito.

—Como quieras.

Jaco sacó yogur del frigorífico y un melocotón. Luego se sirvió yogur en un cuenco y cortó el melocotón pausadamente, consciente de que Leah lo observaba.

—Pero es importante que te alimentes bien... por el bebé —comentó—. Por cierto, ¿dónde está?

—Durmiendo —Leah pasó al ataque—. Y no te atrevas a decirme qué tengo que hacer en lo que respecta a mi hijo.

—Vale, vale —Jaco alzó las manos a la defensiva y luego tomó una cucharada del yogur, aunque tenía tan poco apetito como Leah.

–Y para que lo sepas, tiene un nombre –arremetió ella.

–Ah, sí, Gabriel –dijo Jaco, pronunciando lentamente–. Un nombre sobre el que no he podido opinar.

Creyó intuir un destello de sentimiento de culpabilidad en la mirada de Leah. Añadió:

–Pero me gusta –al ver que la culpabilidad se transformaba en sorpresa, Jaco sintió la satisfacción de haberla desconcertado–. Gabriel era el segundo nombre de mi padre. ¿Lo sabías?

–¿Cómo iba a saberlo? –preguntó ella, recuperando el tono sarcástico.

–Entonces ha sido una gran coincidencia –Jaco le ofreció melocotón. Leah sacudió la cabeza como si fuera veneno–. Giacomo Gabriel Valentino. Me encanta que haya otro Gabriel Valentino en la familia.

Leah fue a protestar, pero cambió de idea porque pensó que era una batalla perdida. Y tenía razón. Para Jaco los nombres eran importantes. Obligado a llevar el apellido Garalino al ser adoptado, se lo había vuelto a cambiar a Valentino en cuanto alcanzó la mayoría de edad. Valentino era su verdadero apellido. Como sería el de su hijo.

En el momento, los Garalino habían intentado impedírselo, pero utilizando la astucia en lugar del enfrentamiento, la lógica en lugar de la ira, Jaco los había convencido. Intentar mantener una buena relación con ellos había estado a punto de acabar con él, pero sabía que debía atraer la menor atención posible sobre sí mismo.

Sin embargo, pronto se cumpliría su venganza y él podría comenzar su vida de nuevo. Una vida que incluía un hijo.

Jaco se pasó una mano por la nuca. Seguía sin asimilar que fuera padre; no sabía cómo procesarlo.

La rabia volvió a asaltarlo al pensar que Leah le había ocultado algo tan fundamental en su vida. Y aún peor. Que pudiera estar sentada ante él, mirándolo con abierto desdén, como si fuera él quien hubiera hecho algo malo. No tenía ni idea de qué se le estaba pasando por la cabeza.

Quizá había llegado el momento de averiguarlo.

Capítulo 3

AL OBSERVAR a Jaco, que cruzaba las piernas en una actitud relajada que contradecía un rictus de tensión, Leah sintió nostalgia del hombre que había creído conocer: el ingenioso, encantador y divertido Jaco que le había robado el corazón. Pero a pesar de la animadversión que sentía por él en aquel momento, su cuerpo seguía palpitando de deseo.

–Ya que tenemos un hijo en común –dijo él, entrelazando las manos en el regazo–, debería saber más de tu familia.

–No hay nada que saber –dijo Leah a la defensiva.

–Solo sois Harper, tú y tu padre, ¿no? –Jaco la ignoró–. Recuerdo que dijiste que tu madre había muerto cuando tenías doce años.

–Sí.

Leah no pensaba sentirse halagada por que Jaco recordara la conversación que habían tenido en su primera visita a Capezzana. Una tarde en la que habían compartido confidencias, Jaco la había mirado compasivamente y le había tomado la mano con ternura cuando ella le había contado la muerte de su madre en un trágico accidente de caza.

En retrospectiva, pensó que habría hecho mejor cerrando la boca en lugar de contarle su vida: la

muerte de su madre, la caída de su padre en el alco-
holismo, el golpe al averiguar que sufría un fallo re-
nal, los cuatro años de diálisis antes de que le reali-
zaran un trasplante gracias a la generosa donación de
su hermana gemela.

Se lo había contado todo. Solo más tarde se había
dado cuenta de que Jaco no le había contado absolutamente nada sobre su pasado.

–¿Qué tal está tu padre? –insistió Jaco.

–Muy bien, gracias –dijo Leah crispada. Pero al
menos no mentía. Angus McDonald llevaba sobrio
más de un año.

–¿Y sabe lo de Gabriel?

–No –Leah enredó la coleta en el dedo con ner-
viosismo.

–Así que solo se lo has dicho a tu hermana.

–Sí –dijo Leah con ojos centelleantes.

–¿Y puedes confiar en que te guarde el secreto?

–¡Evidentemente, no! –Leah se puso en pie y fue
hasta la ventana. Se giró para mirarlo–. Si no, tú no
lo habrías sabido y Gabriel y yo no estaríamos aquí.

Leah pensaba echar una buena reprimenda a su
hermana... si es que volvía a verla.

–En realidad, me lo dijo Vieri.

Claro, los dos amigos cubriéndose las espaldas.

–Al menos él sí pensó que tenía derecho a saberlo.

Leah lo miró con el ceño fruncido.

–Así que, y esto es muy importante, Leah, ¿podemos estar seguros de que solo Harper y Vieri saben
que Gabriel es mi hijo?

–Sí –dijo Leah irritada–. Podemos estar seguros
de ello.

–Algo es algo –dijo Jaco.

Leah vio que sus músculos se relajaban al tiempo que alargaba la mano hacia el café. Por el contrario, ella se tensó. ¿Por qué le aliviaba tanto que nadie supiera de la existencia de Gabriel? Súbitamente le pareció una ofensa contra ella y el bebé.

–Puedes estar tranquilo: tu sucio secreto está a salvo –dijo con sorna.

–Mi hijo no es un sucio secreto –Jaco se puso en pie y en un par de pasos se plantó delante de ella.

–¿Ah, no? ¿Por qué no quieres que nadie sepa nada de él?

–Tengo mis motivos –dijo Jaco–. Pero, cuando llegue el momento adecuado, estaré orgulloso de presentárselo al mundo.

–¿Qué motivos, Jaco? –preguntó Leah con gesto de frustración–. ¿Por qué no puedes contármelos?

–Porque es mejor para ti no saberlos.

Leah lo observó mientras asimilaba sus palabras, emitidas con una heladora frialdad. Jaco se separó de ella, pero era demasiado tarde. Había dejado traslucir más de lo que habría querido. Y no por primera vez, Leah pensó que Jaco Valentino estaba implicado en algo turbio. Muy turbio.

Seguía mirándolo en silencio cuando él se volvió.

–En cualquier caso –dijo él–. Tú no estás en condiciones de criticarme por querer mantenerlo en secreto. Tú no has proclamado su llegada a los cuatro vientos.

–No. Yo también tengo mis motivos.

–Muy bien: cuéntamelos.

–Eso es fácil –Leah le lanzó las palabras como metralla–: Porque sé el tipo de hombre que eres.

Una ráfaga de desconcierto cruzó el rostro de Jaco

antes de que sus facciones se endurecieran como granito.

–¿Qué quieres decir exactamente?

Leah se obligó a sostenerle la mirada. Algo en su actitud tensa, en el brillo de sus ojos, lo había delatado. Aunque intentara disimularlo con una expresión intimidatoria, era demasiado tarde. Leah no sabía qué perversos planes ocultaba, pero sí sabía que era capaz de engañar a una mujer con otra, y eso le bastaba para despreciarlo.

Se mordió el labio inferior con fuerza para detener la avalancha de dolor que amenazó con derruir los frágiles muros de su autocontrol. Enfrentarse a él de aquella manera le resultaba insoportablemente doloroso. Todo el sufrimiento que le había causado: la soledad, el terror de dar a luz a solas, criar a su bebé sin ayuda, se estaba acumulando en su interior, esperando a ser liberado en un torrente de amargas recriminaciones.

Pero había superado todo eso, había sobrevivido. Y Gabriel era lo más maravilloso del mundo; era lo único que le importaba en la vida.

Leah respiró profundamente. ¿Tenía sentido enfrentarse a Jaco por su infidelidad o solo estaría exponiéndose a un mayor sufrimiento? Por otro lado, quizá podía guardarse la información de que sabía que había otra mujer, reservársela como un as en la manga.

–Estoy esperando.

Leah alzó la mirada. Había tomado la decisión de callar, pero al ver la mirada altiva de Jaco olvidó todo pensamiento lógico. La estaba observando como si ella fuera la culpable, casi asqueado. ¿Cómo se atrevía?

–Muy bien. Te voy a decir por qué no te dije lo de Gabriel. Porque... porque....

El sonido del teléfono de Jaco vibrando en su bolsillo la paró en seco.

–Un momento –dijo él, alzando la mano para que se callara. Miró la pantalla antes de aceptar la llamada–. Luego retomaremos esta conversación.

Y sin más, salió de la habitación hablando precipitadamente en italiano.

Leah se quedó sola, perpleja.

Estaba claro que tanto ella como su explicación le importaban menos que una llamada cualquiera. O quizá no era una llamada cualquiera, sino de su adorada Francesca. Por ella, en cambio, Jaco lo dejaba todo. Literalmente.

Temblando de rabia, Leah se recordó que debía ser fuerte. «Ha perdido su última oportunidad», se dijo. Si sentía tan poco respeto por ella, si era tan arrogante como para creer que seguirían la conversación cuando a él le diera la gana, le daría una lección.

Leah se alegraba de no haberle contado la verdad. Y en ese momento decidió que no lo haría.

Al mirar por la ventana lo vio alejarse, hablando por el móvil. Cruzó la zona del embarcadero y desapareció de la vista.

Haría cualquier cosa por recuperar su móvil... Leah miró a su alrededor. Tenía que estar en alguna parte. Aquella podía ser su única oportunidad de encontrarlo.

Lanzando una ojeada para asegurarse de que Jaco no volvía, fue en dirección contraria a su dormitorio, buscando el de él.

Lo encontró fácilmente. Estaba en el extremo

opuesto de la villa, y sus ventanales se abrían al mar. Leah se quedó en la puerta y miró alrededor. Entrar en su espacio personal la afectaba. Era como sentirse rodeada de él, de su olor, de su ropa. Pero lo que reclamó su atención fue la cama, las sábanas revueltas, la marca de su cabeza en la almohada...

Leah cruzó el umbral. No tenía tiempo que perder. Y mucho menos para dejar volar su imaginación pensando en Jaco en esa cama. Empezó a revisarlo todo: los cajones, los armarios, debajo de la cama...

Tardó poco porque estaba todo vacío. Aparte de la bolsa de viaje que había llevado consigo, no parecía tener ninguna pertenencia. Quizá ni siquiera era su casa. Leah ya no estaba segura de nada.

Fue sigilosamente hacia el cuarto de baño. Junto al lavabo estaba su cepillo de dientes, una cuchilla de afeitar y un neceser cerrado. Leah lo abrió. Nada.

Volvió al dormitorio. Rebuscó bajo la almohada, por el borde del colchón. Si pudiera levantarlo, vería mejor. Apoyó una esquina en la rodilla, tomó aire e intentó alzarlo. Pesaba más de lo que había esperado. Inclinó la cabeza y entornó los ojos, escudriñando.

—¿Estás buscando ácaros?

Leah levantó la cabeza bruscamente y el colchón cayó de golpe.

Jaco estaba apoyado en el marco de la puerta, con una pierna cruzada sobre la otra.

—Ya sabes que, si quieres que te invite a mi dormitorio, no tienes más que pedírmelo.

—¿Dónde está? —preguntó Leah furiosa, sin molestarse en disimular.

—¿El qué?

—Lo sabes perfectamente: el teléfono.

—Ah, claro, el teléfono.

Jaco caminó hacia ella lentamente. Con cada paso que daba, Leah se iba enfureciendo un poco más.

—Me temo que no lo recuperarás hasta que nos marchemos de la isla. Pero no te preocupes, lo estoy cuidando muy bien.

Lanzándole una mirada de odio, Leah le dio un empujón al pasar a su lado y salió corriendo.

Jaco la siguió con la mirada. Por mucho que fingiera, por más que pretendiera mostrarse desafiante, él podía ver hasta qué punto era vulnerable. Y aunque debería haberle dado lo mismo, aunque se dijo que no debía preocuparse por Leah McDonald, a pesar de que se repitió que no se merecía que la compadeciera, lo cierto era que lo hacía. La ansiedad que se reflejaba en sus ojos, la forma en que se mordía el labio inferior, cómo se tocaba nerviosamente la coleta. Todo ello lo afectaba a un nivel profundo que no tenía intención de explorar.

Se pasó la mano por la barbilla. Desde el instante que la vio, supo que había algo especial en Leah. Divertida y sin complicaciones aparentes, tenía un fondo mucho más inquietante de lo que su vivaracha apariencia daba a suponer. Al persuadirla de que le hablara de su pasado durante su primer encuentro, había descubierto que no había tenido una vida fácil.

Esa era una de las razones de que él se hubiera contenido a pesar de la chispa sexual que había saltado entre ellos en cuanto se vieron. ¡Y había sido toda una prueba para su fuerza de voluntad! Pero algo le había advertido de que aquella mujer era distinta, especial. Que se merecía que la respetara. Había tenido la sospecha de que, cuando finalmente estuvieran juntos, no habría marcha atrás. Y no se había equivocado. Aunque no en el sentido que había previsto.

Pero a pesar de todo y de lo que había pasado, Jaco sentía su cuerpo vibrar por ella; y su libido se resistía a aceptar lo que su cerebro le decía: que Leah McDonald solo podía causarle problemas. Una mirada de aquellos brillantes ojos castaños bastaba para que su cuerpo quisiera entrar en acción.

Hacía poco se había quedado atónito al darse cuenta de que llevaba más de un año sin acostarse con nadie, de hecho, desde la última noche que había pasado con Leah. Ni siquiera se había fijado en otra mujer. Y eso iba en contra de su naturaleza. Se había dicho que era porque estaba demasiado ocupado, que una vez acabara con los Garalino retomaría su vida sexual.

Luigi Garalino. Le bastaba con pensar en él para que se le revolviera el estómago.

Pero estaba a punto de concluir su tarea. Pronto toda aquella cuidadosa planificación daría sus frutos y finalmente cumpliría la primera fase de su venganza. Quizá no la que él hubiera elegido, que habría sido más lenta y dolorosa, pero sí la de ver a la familia completa entre rejas.

La segunda fase, demostrar que Garalino era el responsable de la muerte de sus padres, llegaría a continuación. Jaco ya casi había reunido todas las pruebas necesarias y estaba seguro de que sus fuentes cantarían en cuanto supieran que la familia estaba encarcelada.

Entretanto tendría que conformarse con saber que su reinado de maldad estaba a punto de concluir. Y con ello, Francesca podría salir de su escondite y finalmente, vivir.

Como una mujer.

El largo y doloroso tratamiento médico había concluido y su hermano pequeño, Franc, ya no existía. El delgaducho niño al que habían sacado de la casa de acogida a la vez que a él, al que su familia adoptiva había insultado y martirizado sistemáticamente, había desaparecido. En su lugar, había nacido una hermosa y elegante mujer.

Y Jaco se sentía enormemente orgulloso de su nueva hermana. Estaba deseando presentarla en público, llevarla a Sicilia, mimarla. La presencia de los Garalino lo había impedido, y llevaba cinco años escondida en Nueva York, pero muy pronto, Francesca volvería a su hogar.

Jaco siguió a Leah y vio un retazo de su vestido amarillo cuando giró hacia el salón. Era como una abeja enfadada que huyera de él. O mejor, una avispa atrapada en un frasco.

Era evidente que no iba a aceptar la situación, así que, si iban a vivir en la villa un par de semanas, si quería que hubiera una mínima armonía, tendría que encontrar la manera de aplacarla.

La primera idea que se le pasó por la mente tuvo que ser aplastada al instante. Inclinar la cabeza, besarle el cuello, luego el lóbulo de la oreja antes de llegar a sus labios... Era extremadamente tentador. Y más porque le bastaba con pensarlo para recordar sus besos. Besarla había sido increíble. El sexo con ella había sido increíble. ¿Cómo era posible que hubieran acabado metidos en aquel lío?

Entró en el salón y la vio parada, mirando inmóvil

la franja de cristal del suelo que dividía la habitación en dos.

—Puedes pisarlo. Es seguro —dijo. Acercándose y saltando sobre el cristal para demostrárselo.

Leah se estremeció y dio un paso atrás.

—Vamos —Jaco sonrió y le tendió una mano que ella ignoró—. Te prometo que no te caerás.

Diseñada por un excelente arquitecto joven, la villa tenía algunas características peculiares. Una de ellas era la piscina que había excavado bajo la casa, dejando piedras naturales y convirtiéndolas en asientos, además de prolongar el borde de madera hasta el mismo acantilado.

Leah claramente no estaba convencida y seguía con la mirada fija en el agua que había a los pies de Jaco.

—No estarás asustada, ¿verdad? —Jaco decidió retarla para vencer su temor.

—Claro que no.

Leah alzó la barbilla y sorteó el cristal de un paso.

—¿Ves? —dijo.

Jaco enarcó las cejas.

—Estar aquí no tiene por qué ser una tortura —se acercó a Leah—. Todo sería más fácil si te relajaras y aceptaras la situación.

—Más fácil para ti, supongo.

—¿Por qué no te lo tomas como unas vacaciones?

Leah lo miró como un toro ante un trapo rojo.

—Unas vacaciones de las que no puedo escapar, en las que me han robado el teléfono. ¡Ni siquiera sé dónde estoy!

Jaco vaciló. Leah era demasiado testaruda y guerrera. Si quería conseguir una mínima tregua, necesitaba paciencia.

–Comprendo que esta es una situación difícil para ti.

–¿Ah, sí? –replicó ella sarcástica.

–En cuanto al sitio, esta es una de mis islas privadas. Y os he traído para manteneros a salvo. Eso es todo lo que necesitas saber.

–No, Jaco. Tengo que saber mucho más. Y no voy a callarme hasta que me lo cuentes.

Jaco dejó escapar un suspiro de exasperación. Habría querido callarla con un beso que la hiciera olvidar su enfado, pero no podía dejarse llevar. Se separó de ella bruscamente.

–Si sales conmigo un momento, haré lo posible por darte una explicación.

Leah no necesitó que se lo repitiera y salió a la terraza en cuanto él abrió la puerta de cristal. Se protegió del sol con la mano y miró en la distancia. Jaco supuso que intentaba avistar tierra o quizá un barco que pudiera rescatarla. Notó que se fijaba en su ordenador, que estaba en el otro extremo de la terraza. Pero, si se le pasaba por la cabeza poder usarlo, descubriría enseguida que estaba bloqueado y requería una contraseña. Él, más que nunca, era extremadamente meticuloso con respecto a la seguridad de sus datos.

–Toma asiento –señaló las tumbonas y esperó a que Leah se sentara de lado en una de ellas antes de hacer lo mismo en la que había a su lado–. Solo puedo decirte que estoy en medio de unas negociaciones muy delicadas que están llegando a un punto crítico –dijo, eligiendo sus palabras cuidadosamente

–¿Qué tiene que ver eso con Gabriel y conmigo? –preguntó ella con el ceño fruncido.

–La gente con la que estoy tratando no es especialmente honrada –Jaco se esforzó por disimular su odio–. Harían cualquier cosa por encontrar algo con lo que presionarme. Si descubren que tengo un hijo, podría convertirse en un objetivo.

–¿Qué tipo de objetivo? –preguntó Leah angustiada.

Jaco se encogió de hombros como respuesta.

–¿Quieres decir que podrían raptarlo? –Leah se puso en pie de un salto y se llevó la mano al pecho.

«O algo peor», pensó Jaco.

–Te puedo asegurar que aquí, en la isla, está a salvo –dijo, poniéndose de pie.

–¡No me lo puedo creer! –exclamó Leah furiosa–. ¿Estás dispuesto a arriesgar la vida de tu hijo por un sórdido negocio?

–Es algo más que eso –Jaco apretó los dientes–. Y no hace falta que te recuerde que hasta hace unos días no tenía ni idea de que tuviera un hijo.

–¿Ese es el tipo de gente con la que haces negocios, ladrones y estafadores? –preguntó ella fuera de sí–. ¿Tu codicia y tu ego son tan exorbitantes que eres capaz de cualquier cosa para satisfacerlos?

La furia de Jaco igualó a la de ella.

–Vas a tener que aprender a morderte la lengua, señorita McDonald –dijo, agarrándole el brazo.

–¿O qué? –replicó ella, mirando la mano fijamente.

Jaco la soltó y se alejó de ella, avergonzado por cómo aquella mujer le hacía perder el dominio de sí mismo.

Leah sacudió la cabeza como si su reacción le diera la razón.

–¿Qué clase de hombre eres, Jaco Valentino? –preguntó con desdén–. No te molestes en contestar. Puedes guardarte tus horribles secretos. Pero no esperes que nada de esto me seduzca.

Indicó con la mano la espectacular vista y la casa, y continuó:

–Porque estoy convencida de que lo has adquirido a costa del sufrimiento de otros, gracias a negocios sucios y a la corrupción... O cosas peores.

–Te aseguro que te equivocas.

–Ahora mismo no tengo ni idea ni de quién eres y de lo que eres capaz...

–No –Jaco fue hasta ella y la acorraló con su cuerpo–. Puede que no.

Percibió un brillo de miedo mezclado con sorpresa en los ojos de Leah. Quizá lo mejor era que creyera que era un ser detestable. Quizá solo así él podría reprimir el impulso de arrastrarla a su cama.

Se produjo un tenso silencio interrumpido solo por las cigarras en el olivar.

–Déjame pasar –dijo ella con voz temblorosa–. Tengo que ir a ver a Gabriel. Gracias a ti, quién sabe qué peligro corre.

Jaco sintió la frustración recorrerlo como un hierro candente, pero dio un paso atrás.

–Leah, te aseguro que aquí estáis a salvo.

Si solo lograba convencerla de una cosa, quería que fuera de eso.

–Sí, ya –Leah pasó a su lado con la cabeza erguida–. Digas lo que digas, me cuesta creerlo.

Capítulo 4

LEAH fue a su dormitorio y se acercó apresuradamente a mirar a Gabriel con el corazón acelerado, como si temiera que hubiera sufrido algún mal. Pero el niño dormía apaciblemente, con la boquita abierta y sus largas pestañas proyectando una sombra sobre la delicada piel de sus mejillas.

A Leah no dejaba de asombrarle lo maravilloso y perfecto que era su hijo. Pero observándolo en aquel momento, tuvo que reconocer que ella no era la única responsable de aquel milagro, de aquella preciosa vida.

El ADN de Jaco era evidente en sus oscuros rizos, en la forma almendrada de sus ojos, incluso en cómo sus labios se fruncían con determinación. No había duda de que, al crecer, sería un doble de su padre.

Al menos, físicamente. Porque ella haría lo que estuviera en sus manos para que no fuera como él, un hombre tramposo y manipulador, obsesionado con el dinero y el poder, capaz de poner a su hijo en peligro por conseguir un turbio negocio.

En cuanto a su moralidad sexual... Era otro ejemplo de hasta qué punto Jaco era depravado. ¿Qué clase de hombre tenía un apasionado romance con una mujer cuando al mismo tiempo mantenía una relación con otra? ¿Cómo podía haberle hecho el amor y menos de media hora más tarde decirle a otra, a aquella pobre Francesca, que la amaba?

Un hombre capaz de eso era un farsante y un miserable. Y por más que Leah se dijera que debía alegrarse de haberlo averiguado a tiempo, le dolía el corazón como si le hubieran clavado un puñal. Y dudaba de que alguna vez pudiera recuperarse del golpe.

Resuelta a ocupar su mente, decidió deshacer la maleta. Al colgar el par de vestidos que había llevado y ver lo que ocupaban en el enorme armario, tuvo que contener la risa. Luego guardó su ropa interior y la ropa de Gabriel en los cajones de una cómoda.

Apenas le llevó unos minutos.

Poniendo los brazos en jarras miró a su alrededor. Mientras Gabriel siguiera durmiendo, ajeno al drama en el que estaban metidos, no tenía nada que hacer. Ni siquiera podía entretenerse con el móvil o un ordenador.

Miró por la ventana el jardín sobre el que caía un sol de justicia. Un calor como aquel era desconocido en su tierra. La costa oeste de Escocia era preciosa, pero allí lo normal era que el tiempo fuera tormentoso, incluso en verano. Desperdiciar tanto sol era una lástima.

Entonces Leah se acordó de la piscina que había visto fuera y que se alargaba por debajo de la villa. ¿Qué clase de persona diseñaba una piscina así? Solo alguien como Jaco Valentino. Pero Leah tenía que admitir que era una gran idea.

Al recordar el temor que había sentido al pisar el suelo de cristal sintió vergüenza. Pero le había tomado por sorpresa y el agua era su *handicap*. Desde que a los cinco años había estado a punto de aho-

garse en las aguas heladas de un lago, el agua la ate-
rrorizaba y nunca había aprendido a nadar. De niña,
gritaba y protestaba cuando sus padres intentaban
que aprendiera; y de adolescente, sus problemas de
salud se lo habían impedido.

Pero ya no tenía ninguna excusa. No tenía por qué
entrar en la parte más profunda, y había observado
que justo en el extremo opuesto a dónde Jaco estaba
trabajando, el agua apenas cubría y se podía entrar
en sus aguas turquesas bajando unos accesibles pel-
daños. La imagen había sido tan seductora, y la posibilidad de refrescarse y liberarse de parte de la tensión que le había causado Jaco era tan tentadora, que
se decidió a probar.

Se puso el biquini que había visto entre su ropa
interior, tomó el monitor del bebé y una toalla, y fue
hasta la piscina con paso decidido.

Lentamente, se metió en la refrescante agua hasta
la cintura. Aunque era más profunda de lo que le
había parecido, mientras permaneciera en la zona
que no cubría, estaría segura. El sol le calentaba los
hombros y decidió meterlos en el agua. Tenía la piel
tan blanca que aunque se hubiera puesto crema, podía quemarse en cuestión de minutos.

Avanzó hasta que el agua le acarició los hombros.
Luego fue hacia el borde y enganchándose por los
codos, dejó flotar las piernas al tiempo que alzaba el
rostro hacia el cielo azul. Aquello era el paraíso. O
podría serlo si su vida no fuera un desastre.

Como en otras ocasiones, Leah se preguntó por
qué tenía tan mala suerte, por qué su vida no podía
ser normal.

Su hermana gemela, Harper, era el ejemplo de todo

lo contrario. Excelente estudiante, nunca se había metido en ningún lío; era la hermana lista, responsable, había cuidado de todos cuando murió su madre y, lo más increíble de todo, le había salvado a ella la vida al donarle un riñón.

Por contra... A ella la muerte de su madre y la enfermedad le habían afectado de una manera muy distinta, había despertado en ella la rabia contra su padre por entregarse a la bebida en lugar de cuidar de ellas. Debido a su enfermedad, había faltado mucho al colegio y lo había acabado con muy malas notas. Pero por aquel entonces, decidió que no le importaba, ¿Quién necesitaba cualificaciones cuando el mundo estaba lleno de lugares exóticos y de apasionantes aventuras?

Pero la mayoría de sus aventuras habían acabado mal, casi siempre por culpa de un hombre. Había perdido la cuenta de las veces que Harper había tenido que acudir en su auxilio. Aunque en la última ocasión había tenido un final extremadamente feliz, y Leah prefería pensar en ello como un éxito propio.

Mientras trabajaba en una discoteca en Manhattan, había llegado a un acuerdo con el atractivo jefe del local, Vieri Romano, para que se hiciera pasar por su prometida por una generosa cantidad de dinero. Todo habría ido bien si ella no hubiera sido tan tonta como para darle el dinero a un tipo que le prometió triplicarlo en el casino. Lo perdió todo.

Así que, una vez más, Harper había intervenido. Pero al menos el desastre había tenido un final inesperado: Harper y Vieri se habían enamorado y se habían casado. Por una vez y aunque involuntariamente, había hecho algo bueno.

Pero ya no cometería más errores. Relacionarse

con Jaco había sido el último, y la consecuencia, Gabriel, era lo mejor que le había pasado en la vida. Era una lástima que Jaco no fuera tal y como ella había creído.

Se soltó del borde de la piscina y, tumbándose boca abajo, alargó los brazos hacia delante. Nadar no podía ser tan complicado. Había llegado la hora de intentarlo. Era su responsabilidad como madre. ¿Y si alguna vez tenía que salvar a Gabriel? Esa espantosa posibilidad le dio el valor que necesitaba.

Se impulsó con las piernas y los brazos. Pero no fue suficiente. Al sentir que se hundía, buscó el borde con los pies. No lo encontró. No hacía pie. Se hundió, consiguió sacar la cabeza y tomar aire, pero volvió a hundirse.

Iba a ahogarse.

Jaco sabía perfectamente dónde estaba Leah. Desde su despacho la había visto entrar lentamente en la piscina, como si no estuviera segura de lo que hacía.

Su cuerpo reaccionó al instante al verla con un mínimo biquini. Su cuerpo había cambiado levemente. Sus curvas se habían pronunciado: las caderas, los senos, apenas quedaban contenidos por los pequeños triángulos azules. Jaco tragó saliva. Siempre había encontrado a Leah atractiva, pero en aquel momento...

Apartó la mirada. Dejarse llevar por la sensualidad de Leah no iba a hacerle ningún bien. Ya tenía bastantes problemas. Pero en lugar de obedecerle, su cuerpo siguió vibrando con la fuerza de su deseo.

Volvió a mirar y le alivió ver que se había sumergido completamente. Así podría concentrarse en su trabajo y olvidarse de ella por un rato.

Pero apenas había abierto el ordenador cuando oyó un grito ahogado. Poniéndose en pie de un salto, corrió a la ventana y vio la cabeza de Leah desaparecer bajo el agua.

Se quitó los pantalones, se lanzó a la piscina debajo de la villa y emergió en el otro extremo, chocando con el cuerpo de Leah, que pataleaba para intentar mantenerse a flote. La sujetó por debajo de la nuca y nado con ella de espaldas hacia la zona menos profunda. Todo transcurrió en menos de un minuto.

Leah salió escupiendo agua y tosiendo violentamente antes de poder tomar aire. Solo entonces se volvió hacia su salvador, que la observaba con una mezcla de preocupación y desconcierto.

—¿Me quieres explicar qué estás haciendo? —preguntó él.

—No estaba haciendo nada. Solo intentaba aprender a nadar.

—¿No sabes nadar? —preguntó Jaco perplejo.

—No —dijo Leah, dando media vuelta.

Jaco la tomó por los hombros para que lo mirara.

—¿Y por qué te has puesto en peligro?

—No he corrido ningún peligro. Me habría arreglado perfectamente —dijo ella encogiéndose de hombros.

—¡Ya lo he visto! —replicó él sarcástico.

—Si te hace sentir bien creer que has salvado a una damisela en apuros, allá tú —dijo Leah, esforzándose por mantener la compostura—. Pero lo cierto es que habría podido resolverlo yo sola.

–¡Ya! –Jaco sacudió la cabeza–. Eres increíble, Leah McDonald.

Pero aunque sonara enfadado, su mirada indicaba otro sentimiento. Sus ojos recorrían el cuerpo semidesnudo de Leah por voluntad propia. Su descarado escrutinio hizo que a Leah se le endurecieran los pezones. Él entonces alzó la vista a sus ojos y ella le sostuvo la mirada a pesar de que habría querido salir corriendo.

Era consciente de que el biquini se le había quedado pequeño desde que sus senos habían crecido al tener a Gabriel. Y Jaco claramente lo había notado. Leah vio que tragaba saliva y que desviaba la mirada antes de volverla de nuevo hacia ella.

–No es que esperara que te deshicieras en agradecimientos, pero un simple «gracias» no estaría de más –dijo, recorriéndola de nuevo con la mirada.

–Está bien –Leah se cuadró de hombros. Haría cualquier cosa con tal de poder escapar de la intensa observación de Jaco y de su glorioso cuerpo–. Gracias –frunció los labios–. ¿Contento?

–La verdad es que no –los ojos de Jaco centellearon con una amenaza–. Está claro que voy a tener que arrebatarte el premio que me merezco.

Súbitamente se acercó a ella, la tomó por la nuca y enredó sus dedos en su cabello mojado mientras Leah se quedaba paralizada, enraizada al suelo por un deseo primario que le quitó el aliento.

Jaco inclinó la cabeza y besó sus labios delicadamente. Leah dejó escapar un gemido ahogado. Llevaba deseando aquello tanto tiempo, aunque hubiera querido negarlo, que se encontró devolviéndolo automáticamente, dejando que su cuerpo sucumbiera a las sensaciones eróticas que Jaco tan expertamente conseguía despertar en ella.

Deslizando las manos por su espalda, Jaco la atrajo hacia sí, aplastando sus senos contra su sólido pecho. Cuando sus lenguas se encontraron, el beso se hizo más ardiente y apasionado. La maestría de Jaco era tal que Leah se perdió en un torbellino de efervescentes sensaciones y en el ensordecedor palpitar de su corazón.

Jaco deslizó las manos por la húmeda piel de Leah hasta llegar a su cintura y asirla posesivamente. *Dio!*, aquel beso era tan maravilloso; tener a Leah en sus brazos era tan maravilloso... Por unos segundos, Jaco olvidó por qué no podía permitirlo, por qué no podía alzarla en sus brazos y llevarla a su dormitorio para hacerle el amor apasionadamente.

Su deseo era tan intenso que resultaba doloroso. Y no solo en su entrepierna, donde su sexo endurecido presionaba sus calzoncillos. Todo su cuerpo sentía la fuerza de su deseo, como si fuera una campana que resonara tras ser golpeada violentamente.

Con el pulgar de la mano izquierda recorrió suavemente la cicatriz de Leah y percibió cómo ella se tensaba. Jaco sabía que le mortificaba aquella huella de su trasplante de riñón. La primera vez que habían estado juntos, desnudos, había intentado ocultarla con la sábana, pero él la había retirado. Para Jaco, la cicatriz formaba parte de quien era, y la hacía aún más hermosa.

Jaco rompió el beso un instante como si intentara recuperar el dominio de sí mismo, pero no lo logró. Al contrario. Al mirarla a los ojos, lo que descubrió en ellos solo sirvió para avivar el fuego que lo consumía. Reflejaban desconcierto, una aletargada sorpresa, y algo más profundo e intenso que contenía la promesa de futuras delicias.

Agachó de nuevo la cabeza y le acarició los labios con los suyos, deleitándose en ellos al tiempo que bajaba las manos hasta llegar a sus nalgas. Contuvo el aliento. Leah siempre había tenido un cuerpo fantástico, delgado y de piernas largas, como el de una modelo. Pero toda ella se había redondeado, adquiriendo unas curvas sensuales. La entrepierna endurecida de Jaco sentía sus caderas acolchadas y sus senos, más grandes, apretados contra su torso. Anhelaba verla desnuda y comprobar aquella evolución de belleza esbelta en sensualidad incandescente.

Ella había entrelazado las manos tras su nuca y lo asía con firmeza. Amoldándose a ella, Jaco buscó el lazo del biquini.

Oyó un gemido, que no supo si procedía de ella o de su propia garganta, pero al notar que Leah intentaba soltarse de él, se dio cuenta de que el origen era otro: el monitor del bebé que estaba junto a la piscina.

Leah se separó de él apoyando las manos en su pecho y se aseguró de tener bien colocado el biquini. Y aunque luego lanzó una mirada furibunda a Jaco, no pudo engañarlo. Se había delatado a sí misma. Y aunque bajó los brazos, no estaba dispuesto a ser el único que reconocía la fuerza de la atracción que sentían el uno por el otro. Transcurrió un segundo cargado de electricidad antes de que Leah diera media vuelta y se fuera apresuradamente, como si huyera de un incendio. Jaco se quedó mirándola y el contoneo de sus caderas no contribuyó a apagar el fuego que le recorría las venas.

Mientras, el volumen de los gemidos procedentes del monitor se había incrementado considerablemente. Jaco lo tomó, entró en la villa y oyó la voz de Leah, dulce y reconfortante. Poco a poco el llanto cesó y solo sonaron un par de sollozos contenidos. Jaco se quedó inmóvil. Había algo conmovedor en escuchar a escondidas aquel tierno intercambio. Pero también fue perturbador, porque se sintió excluido, como si jamás fuera a poder llegar a alcanzar la intimidad que Leah tenía con su hijo.

Apagó el monitor y lo dejó en la superficie más próxima. Cuando llegara el momento, encontraría la manera de acercarse a su hijo. Poco a poco estaba asimilando el hecho de que era padre. Pero en aquel momento debía ocuparse de otras cosas. El día D estaba a punto de llegar y requería toda su atención.

Fue a la cocina y se sirvió un vaso de agua helada. Mientras los cubitos de hielo refrescaban sus labios, tuvo la certeza de que tendría que meterse en un baño igual de frío si quería mantener su cuerpo bajo control. No podía permitirse el tipo de distracción que representaba el cuerpo de Leah o las siguientes dos semanas iban a complicarse aún más de lo que tenía previsto.

Capítulo 5

LEAH se sentó en el áspero escalón de piedra y contempló la vista. A lo lejos, enmarcadas por el cielo límpido y el mar azul intenso, podía intuir la silueta de dos pequeñas islas rodeadas por un anillo de espuma de mar.

Aunque Jaco se hubiera negado a decirle dónde estaban, ella lo había deducido. En su primera visita a Capezzana, él le había hablado de una serie de islas volcánicas que poseía en la costa norte de Sicilia y a las que la llevaría algún día. Jaco debía de haber olvidado que se lo había dicho, pero ella había registrado cada detalle de lo que él le había contado durante aquellos días.

Claro que aquella información no le servía de nada. Ni podía pedir socorro ni nadar hasta la isla más próxima, que, en cualquier caso, probablemente estaba deshabitada o también pertenecía a Jaco, o ambas cosas a la vez. No, por más que le enfureciera, tenía que aceptar que Gabriel y ella eran prisioneros de Jaco hasta que él quisiera.

Con un suspiro de frustración, se inclinó para arrancar una flor morada y se la puso tras la oreja. Llevaban atrapados allí una semana, y en lugar de acostumbrarse, la idea de estar prisionera incrementaba su rabia con cada día que pasaba.

Los secretos de Jaco adquirían en su mente una dimensión descomunal. Porque en la experiencia de Leah, el objetivo de los secretos era ocultar el tipo de mentiras que causaban un espantoso dolor. Como las heridas que su primera relación había abierto en ella. ¿Cómo era posible que hubiera vuelto a cometer el mismo error, enamorarse de un hombre manipulador y mentiroso?

Aquellos eran los pensamientos que la obsesionaban, acompañados siempre por la imagen amenazante y taciturna de Jaco Valentino.

No sabía cómo, pero siempre parecía estar allí donde miraba y al mismo tiempo nunca coincidían. Su presencia permeaba el aire, manteniendo a Leah permanentemente alerta, aunque apenas tuvieran contacto directo. De hecho, desde el beso en la piscina, Jaco parecía haber hecho lo posible por evitarla.

Aquel beso...

Recordarlo todavía la dejaba temblorosa. Habían estado separados tanto tiempo y habían sucedido tantas cosas que Leah había olvidado lo maravillosos que eran sus besos. ¿Quién era capaz de resistirse a caer bajo su hechizo, a una explosión erótica tan gloriosa? Por más que se dijera que era fuerte, lo cierto era que bastaba con que Jaco le dirigiera una de sus hipnóticas miradas para que su cuerpo ardiera.

Así que era una suerte que se estuviera manteniendo alejado de ella. Cuanto menos se relacionaran, mejor. Más aún habiendo confirmado que tenía un lado oscuro del que ella prefería saber lo menos posible.

Tendría que hacer lo necesario para sobrevivir a su lado unos días más, y luego pondría tanta distancia entre ellos como fuera posible. Hasta entonces, tenía que impedir que su cuerpo reaccionara ante su presencia.

La cuestión era cómo lograrlo. Cómo evitar que se le acelerara el corazón cuando lo veía, o que le saltara en el pecho si le hablaba. ¿Cómo ser inmune a su torso de bronce, que a menudo llevaba desnudo? Todos sus movimientos, sus músculos al flexionarse, incluso el murmullo de sus pasos, le provocaban un anhelo y una confusión sobre los que no podía ejercer el más mínimo control.

Se levantó y volvió hacia la villa. Nunca se alejaba demasiado de Gabriel, ni aunque acabara de amamantarlo y supiera que dormiría al menos una hora. Pensar que había alguien que quisiera hacerle daño porque Jaco estaba implicado en algún turbio negocio la llenaba de angustia. Tanto como el hecho de que Jaco hiciera tratos con gente de esa calaña

Pero, extrañamente, y aunque no comprendiera cómo era posible, Jaco le hacía sentir segura. En lo más profundo de su ser tenía la convicción de que mientras estuviera junto a él no podía pasarle nada malo. Exudaba tal autoridad, tal poder, que estaba segura de que era capaz de anticiparse a cualquier peligro. Lo que, por otro lado, explicaba que Gabriel y ella estuvieran allí.

Cuando entró, la villa estaba silenciosa y Leah se detuvo para acostumbrar sus ojos al contraste entre la luz del interior y el resplandeciente sol del exterior. Se encaminó hacia la cocina para hacerse un café, pero cambió de idea y fue hacia el dormitorio. Al llegar, se le paró el corazón. La puerta estaba abierta de par en par y ella recordaba haberla dejado entornada.

La adrenalina le bombeó la sangre, pero, cuando

asomó la cabeza para mirar dentro, se quedó paralizada. De espaldas a ella, inclinado sobre la cuna, estaba Jaco. Leah permaneció inmóvil, esperando a que se le calmara la respiración.

Asumió que Jaco la habría oído llegar, que incluso podría oír el frenético latir de su corazón. Pero pasaron los segundos y no se volvió. Jaco estaba tan concentrado en el interior de la cuna que no se había percatado de su llegada.

Leah se desplazó levemente hacia un lado para poder observar mejor la escena. Oyó que Gabriel se movía, reconoció el sonido de sus piernas pataleando contra la sábana, el de sus brazos sacudiendo el aire con determinación. Observó cómo Jaco se inclinaba aún más y la curiosidad que sintió fue mayor que el impulso de correr a tomar a Gabriel en brazos.

–*Ciao, piccolo uomo* –susurró entonces Jaco: «Hola, hombrecito».

Leah observó hipnotizada cómo Jaco le acercaba un dedo que Gabriel sujetó con fuerza.

–Muy bien.

Leah pudo intuir por la voz que Jaco sonreía.

–Soy tu papá. Encantado de conocerte –alargó la mano para acariciar la cabeza de Gabriel.

Leah contuvo el aliento. Era la primera vez que Jaco mostraba interés por su hijo.

–*Va bene* –Jaco hizo girar los hombros como si se preparara para una batalla–. Voy a levantarte, ¿vale?

Hizo una pausa de unos segundos antes de tomar a Gabriel y sacarlo cuidadosamente de la cuna.

–Así, muy bien –lo sujetó con cautela, con los brazos estirados. Gabriel lo miró, parpadeando–. Eres un chico guapo, ¿eh?

A modo de respuesta, Gabriel pataleó con entusiasmo.

Jaco sonrió:

—Y muy activo.

Transfiriéndolo cuidadosamente al hueco del brazo, Jaco lo acunó contra su pecho.

—¿Estás cómodo?

Ninguno de los dos parecía estarlo. Los bíceps de Jaco eran demasiado duros como almohada para la cabeza de Gabriel, y Jaco lo sujetaba con tanta fuerza que se le hincharon las venas del brazo. Pero asombrosamente, Gabriel no hizo el menor ademán de intentar escapar. Aparte de una pierna, que sacudió por encima del brazo de Jaco, parecía dispuesto a permanecer en aquella posición, mirando a su padre con una expresión rayana en la adoración.

Leah contuvo el aliento. Le había tomado por sorpresa la reacción visceral y primaria que le causó ver a su hijo en brazos de su padre. De hecho, la dejó debilitada, y tan temblorosa que de no haberse apoyado en el marco de la puerta, se habría caído. Porque a pesar de la evidente incomodidad de ambos, daba la sensación de que los dos estaban profundamente conectados, de que aquel instante estaba predeterminado.

Lo cual era una estupidez.

Saliendo de su estupor, Leah se sacudió el sentimentalismo y, tomando aire, entró en el dormitorio.

—¿Qué estás haciendo?

Sabía que había usado un tono innecesariamente agresivo. También que le ardían las mejillas.

Jaco alzó la mirada del rostro de su hijo y la miró con una calma deliberada.

–¿Tú qué crees? Sostener a mi hijo en brazos.

Leah avanzó hacia él.

–Ya estoy yo aquí. Pásamelo.

Se colocó delante de él con los brazos tendidos, pero Jaco se giró hacia el lado contrario y dijo:

–Estábamos empezando a conocernos.

–No vale la pena que te molestes.

La oleada de emoción que la había inundado le había afilado la lengua. Leah volvió a colocarse ante él, esperando a que le pasara a Gabriel.

–No es ninguna molestia –en aquella ocasión, Jaco se mantuvo firme, como una estatua de bronce.

–¿No? ¿Y por qué has tardado tanto en tomarlo en brazos? De hecho, hasta ahora ni siquiera le habías mirado.

La falta de interés que Jaco había manifestado hacia su hijo la había asombrado inicialmente. Había supuesto que intentaría tomar el control sobre él como lo hacía con todo lo demás en su vida, que querría poseerlo como si fuera una de sus propiedades. Pero, en lugar de eso, apenas le había prestado la menor atención.

Leah se había dicho que le daba lo mismo, que debía sentirse aliviada. Pasando por alto el dolor que le causaba que Jaco pudiera desdeñar algo tan maravilloso como su hijo, que no fuera capaz de asombrarse ante lo que habían creado juntos, se había convencido de que aquella indiferencia era lo mejor que podía pasarle. Había sido un recordatorio más de que Jaco era totalmente inapropiado como padre, de que, además de depravado, era un hombre sin corazón.

–Tengo que admitir que no me está siendo fácil hacerme a la idea de que soy padre –dijo él finalmente–.

Pero recuerda que no he tenido tanto tiempo como tú para ello.

La recriminación implícita quedó suspendida en el aire.

–Pero empiezo a acostumbrarme –continuó, mirando a Gabriel, que empezaba a removerse–. He de reconocer que es un *bel bambino.*

Leah le lanzó una mirada furibunda. Le daba lo mismo cómo lo describiera: no quería que tuviera nada que ver con su hijo.

–No tiene sentido que intentes estrechar lazos con él cuando apenas vais a coincidir.

–¿Perdona? –Jaco enarcó una ceja–. ¿Qué te hace pensar eso?

Leah se obligó a sostenerle la mirada.

–Supongo que, cuando tu siniestro acuerdo concluya, Gabriel y yo podremos retomar nuestra vida y que nos dejarás en paz –aunque intentó sonar sarcástica, su tono se tiñó de temor.

–Pues te has equivocado –la mirada de Jaco se endureció–. Tengo la intención de jugar un papel fundamental en la vida de mi hijo.

–Vale –dijo Leah con sorna–. ¿Y cómo piensas hacerlo cuando vivimos en países distintos?

Se produjo un silencio ominoso, entrecortado por los suaves gorjeos de Gabriel. Aun antes de terminar la frase, Leah sintió una trampilla abrirse bajo sus pies. Esperó a oír las siguientes palabras de Jaco con el corazón en un puño.

–He estado pensando en ello –Jaco retiró una pestaña de la mejilla de Gabriel–. Y he decidido que Capezzana es la mejor opción.

−¿La mejor opción para qué? −Leah no quería saber la respuesta.

−Como nuestra casa, por supuesto.

−¿Para quiénes? ¿Nosotros?

−Sí... tú, Gabriel y yo.

−¡No! −exclamó Leah perpleja−. No hay un «nosotros».

−Ya verás como sí −Jaco acunó a Gabriel. Claramente, se sentía más seguro.

−No seas absurdo. Ten por seguro que Gabriel y yo no vamos a mudarnos a Capezzana.

−Si no me equivoco, la primera vez que te lo propuse no dudaste en aceptar −replicó Jaco en un tono forzadamente dulce.

−No es lo mismo −Leah miró a su alrededor como si buscara un salvavidas−. En ese momento yo necesitaba un cambio. Y un trabajo.

−Y ahora tienes un trabajo. El más importante posible. El de ser la madre de mi hijo.

Leah sintió que le hervía la sangre y tuvo que contenerse para no abofetear el hermoso rostro de Jaco. ¿Cómo osaba pontificar sobre la importancia de la maternidad? ¿Y qué era eso de «mi» hijo? Como si pudiera dictar lo que ella fuera a hacer en el futuro.

−No necesito que me des consejos paternalistas, muchas gracias. Especialmente cuando ni siquiera sabes lo que es un bebé −echó la cabeza hacia atrás con dignidad−. Te olvidas de que me he entregado a ese trabajo durante los tres últimos meses.

−Lo sé.

−No, no lo sabes −replicó Leah cortante. Y su enfado fue *in crescendo* a medida que las palabras brotaban de sus labios−. No tienes ni la más remota idea de lo que supone ser responsable de un recién nacido estando sola, de cómo te preocupas por cualquier cosa, por si tiene demasiado calor o frío, si come poco o en exceso, si el sarpullido es solo una reacción a la leche o algo mucho más serio. Las horas que pasas intentando que se duerma y una vez está dormido...

Dio un tembloroso suspiro.

–¿Y entonces qué, Leah? –Jaco la miró fijamente–. Continúa.

Leah volvió a tomar aire antes de concluir:

–Y entonces, cuando finalmente duerme toda la noche, te asalta el pánico al pensar que le ha pasado algo espantoso. El corazón se te para a la vez que miras en la cuna, y solo vuelve a palpitar cuando confirmas que está vivo, cuando vuelves a estrecharlo contra tu pecho, suave y caliente, aliviada por que siga respirando.

Leah se calló bruscamente al darse cuenta de que había hablado demasiado y se llevó las manos a las mejillas.

Jaco escrutó su rostro en silencio. Los ojos de Leah tenían el color del otoño; siempre le habían fascinado. Por cómo brillaban llenos de vitalidad cuando se reía; por las chispas que saltaban de ellos cuando estaba enfadada, o se ensombrecían, derritiéndose, cuando se entregaba. Pero en aquel instante... Solo atisbó en ellos angustia y miedo, y le hicieron consciente del miedo que había pasado los últimos meses; de la responsabilidad que había tenido que asumir. Sola.

Jaco sintió una presión en el pecho al darse cuenta de que su enfado con Leah porque le hubiera ocultado la existencia de Gabriel le había impedido ver la situación desde su punto de vista. Hasta aquel momento.

¿Lo odiaba tanto como para estar dispuesta a pasar por todas aquellas dificultades antes de pedirle ayuda? ¿Por qué? Solo había intentado que se lo explicara en una ocasión, pero una llamada los había interrumpido. Desde entonces, Leah solo reaccionaba con desdén a cualquiera de sus preguntas.

Pero todo eso ya daba lo mismo. Él no podía hacer nada respecto al pasado, pero sí en cuanto al futuro. Lo quisiera o no Leah, ya no pensaba dejarlos. Ella y su hijo serían su prioridad.

—Tienes razón —dijo con vehemencia—. No tenía ni idea.

Vio que Leah se disponía a dominar su vulnerabilidad y volver a la batalla, pero él decidió que ya habían discutido bastante. Se inclinó y dejó a Gabriel delicadamente en la cuna al tiempo que decía:

—Ha debido de ser muy difícil para ti.

—Sí... —Leah lo miró a la defensiva.

—Pero eso va a cambiar. Ya no estás sola. Desde ahora, yo cuidaré de ti y de Gabriel.

—Yo no he dicho que necesite que cuides de nosotros.

—No admito discusión, Leah.

—Pero...

—He dicho que no hay discusión posible —Jaco le tomó la barbilla para obligarla a mirarlo—. Gabriel y tú os venís a vivir conmigo.

A la vez que lo dijo, Jaco fue consciente de hasta qué punto iba a convertir esas palabras en realidad. Y aunque se dijo que lo hacía por su hijo y para aligerar la carga de Leah, dentro de sí descubrió otra razón más importante. Quería a Leah en su cama.

Al mirarla, sintió que le hormigueaban las manos con el impulso de enredarlas en su cabello, de quitarle la flor que llevaba en la oreja. Bajó la mirada a sus labios y un violento deseo lo asaltó al verlos fruncidos en un sensual mohín.

Nunca había comprendido cómo tenía aquel efecto en él, cómo le hacía perder todo dominio sobre sí mismo. Anhelaba tanto besarla que se sentía temblar de los pies a la cabeza, pero debía contenerse. Al menos en aquel momento. Tendría que conformarse con la promesa del porvenir. Porque tenía la convicción de que la ocasión se presentaría: la atracción que existía entre ellos era demasiado poderosa como para que no terminara por estallar.

Soltó la barbilla de Leah y la abrazó para librarse del poder hipnótico de su mirada y de la tortura que representaban sus besos; al menos así podía tratar de convencerse de que intentaba consolarla. Para su sorpresa, Leah no se resistió y permanecieron inmóviles unos segundos, con la cabeza de ella apoyada en su pecho. Hasta que Leah se removió y él la dejó ir.

—No, Jaco, no pienso ir a vivir contigo —dijo ella—. He luchado mucho por Gabriel y me niego a perder mi libertad y mi independencia.

—¿Libertad e independencia? —repitió Jaco sarcástico—. Por lo que dices, han sido tres meses angustiosos.

—En parte, sí, pero...

—Eso se ha acabado. Desde ahora yo cuidaré de vosotros.

–No –dijo Leah con firmeza–. No podemos mudarnos contigo. No puedo permitir que irrumpas en nuestras vidas y determines nuestro futuro.

–Claro que puedes –Jaco le tomó las manos y se las llevó al pecho–. Y lo harás.

Capítulo 6

LEAH se observó críticamente en el espejo. En el pasado, se preocupaba por su apariencia, se alisaba las rebeldes ondas de su cabello y se aplicaba maquillaje para resaltar sus ojos. Pero hacía mucho que ni tenía tiempo ni le importaba. El único hombre de su vida era Gabriel y, afortunadamente, parecía adorarla tuviera el aspecto que tuviera.

Pero en ese momento se inclinó para observarse de cerca y vio las leves pecas que le cubrían la nariz y que quizá eran el efecto secundario de dos semanas bajo el sol del Mediterráneo, pero no podía negar que su piel tenía un resplandor del que había carecido los meses anteriores. Su mirada parecía más clara y menos cansada gracias a que Gabriel había empezado a dormir toda la noche.

Leah se dijo que se debía al silencio que los rodeaba, sin sirenas, ni borrachos, ni la música machacona de los vecinos. Pero lo cierto era que Gabriel parecía sentirse como en casa; lo que era ridículo. En cualquier caso significaba que Leah podía dormir sin interrupciones y se sentía mucho mejor.

Buscó en su neceser y sacó una sombra dorada y rímel. Concluyó con un poco de colorete y brillo en los labios. Al observarse le sorprendió comprobar hasta qué punto volvía la antigua Leah. Aparte del cabello. Lo último en lo que había pensado había sido en llevarse las planchas consigo.

Se soltó la cola de caballo, sacudió la cabeza y su melena rizada le cayó sobre los hombros. Luego se la cepilló enérgicamente hasta hacerla brillar.

Ya lista, se estiró el borde del vestido mini. Dadas las circunstancias, tenía poca ropa entre la que elegir. El vestido verde esmeralda de punto era lo único que podía describir como elegante, y acababa de comprobar que le quedaba mucho más ajustado que antes de tener a Gabriel.

Se lo estiró de nuevo, preocupada por que resultara demasiado sexy, pero no podía evitar que se le pegara a cada curva del cuerpo. Tomó el monitor, echó un vistazo a Gabriel en la cuna y se dirigió al salón. De todas formas, ¿qué más daba el aspecto que presentara?

Jaco ni siquiera se daría cuenta. Iban a cenar juntos para hablar del futuro y de cómo podrían convivir juntos. No tenía otro objetivo.

Leah no podía creerse que estuviera contemplando la posibilidad de un futuro con Jaco, pero no le quedaba otra opción. Era el padre de Gabriel y estaba tan decidido a actuar como tal que estaba segura de que cualquier resistencia era fútil. O peor aún. Tratar de impedirlo podía terminar causando un mal mayor.

Así que, cuando Jaco había sugerido que cenaran aquella noche para charlar y que él mismo cocinaría, Leah había reprimido el impulso de decirle que no y había accedido de mala gana, depositando su esperanza en convencerlo de que la idea de vivir los tres juntos era completamente absurda.

El gran salón estaba vacío y por las puertas de cristal abiertas entraba una agradable brisa. Leah se acercó para contemplar el mar y respirar profundamente el perfume a lavanda y jazmín impregnado de salitre. Desde el exterior llegaba el canto de las cigarras.

Leah pensó que era lo más parecido al paraíso que había visto en su vida, pero que compartirlo con alguien como Jaco Valentino lo convertía en un infierno.

Un ruido a su izquierda le hizo volver la cabeza. Jaco subía los escalones que llevaban al jardín. Con unos vaqueros negros y una camisa blanca, parecía relajado, y estaba tan guapo como siempre. Al verla, él se detuvo, se levantó las gafas de sol y deslizó la mirada por su cuerpo, dejando un rastro abrasador en el recorrido.

–Estás... –vaciló antes de concluir–: *Molto bella.*

–Gracias –Leah desvió la mirada. No quería que Jaco la halagara. Indicó con la cabeza el puñado de hierbas que llevaba en la mano–. ¿Qué es eso?

–Orégano –Jaco avanzó hacia ella. Aplastó una rama entre los dedos y le acercó la mano–. Huele.

Leah inhaló profundamente con los ojos cerrados para bloquear la visión de Jaco. Cuando los abrió vio que él la observaba fijamente. Por unos segundos se quedaron paralizados, en silencio.

–Bien –dijo entonces él bruscamente–. Será mejor que empiece a cocinar.

–¿Puedo ayudarte? –Leah necesitaba desesperadamente hacer algo práctico para ignorar la tensión sexual que se cernía sobre ellos como una tormenta.

–No, no. Lo tengo todo bajo control.

Por supuesto. ¿Había algo que escapara a su control?

Mientras Leah lo seguía con la mirada, sintió su cuerpo vibrar por el efecto de su breve intercambio, por el hambre que había atisbado en la mirada de Jaco, la misma que ella sentía y que había estado presente desde el instante en que se conocieron.

Entró en el salón con paso vacilante y se sentó a la mesa de cristal en la que Jaco había puesto dos platos. ¿Cómo era posible que siguiera sintiendo aquella atracción hacia él? ¿Que su corazón siguiera acelerándose, sus senos se endurecieran y todo su cuerpo clamara por él? ¿Cómo podía desearlo tan desesperadamente después de cómo la había tratado y de saber el tipo de hombre que era? Porque el deseo estaba ahí, intacto. Y no creía equivocarse al pensar que él sentía lo mismo.

Jaco volvió con una cubitera de hielo, sacó la botella, la descorchó y, tras llenar dos copas, le pasó una antes de sentarse frente a ella.

—Pruébalo. Me interesa saber tu opinión.

—¿Es de Capezzana? —Leah tomó la copa, aliviada por la distracción.

—Sí. Es el primer vino espumoso que producimos. Una mezcla de *chardonnay* y *pino nero* utilizando métodos tradicionales.

Leah lo probó. La cremosa espuma se deslizó por su garganta.

—Está delicioso —dio otro sorbo, saboreándolo en la boca antes de tragar—. Tiene toques a vainilla y limón... Seco, pero aromático.

Jaco sonrió de medio lado.

—Veo que te he enseñado bien.

Sintiéndose avergonzada, Leah miró en otra dirección.

–¿Lo has puesto ya a la venta?

–Todavía no –tras dar un largo sorbo, Jaco la miró fijamente y añadió–. Perdí a mi jefa de marketing hace un año y todavía no he conseguido reemplazarla.

Leah se irguió.

–Estoy segura de que hay mucha gente interesada en el puesto.

–Puede, pero nadie lo haría tan bien como tú. Leah.

–Yo no hice nada especial.

–Los dos sabemos que eso no es verdad. Yo diría que fuiste muy especial.

Leah bajó la mirada, irritándose consigo misma al notar que se sonrojaba.

–Fuiste una magnífica encargada y lo sabes –añadió Jaco con frialdad–. Por eso quiero que vuelvas a implicarte.

Leah lo miró asombrada.

–¿Me estás ofreciendo trabajo?

–No, trabajo, no.

–Me alegro –Leah resopló con desdén–. Así me evitas tener que rechazarlo.

Un nervio palpitó en la sien de Jaco. Desvió la mirada y tomó aire para mantener la calma.

–No te estoy ofreciendo un trabajo, sino un estilo de vida. Un futuro. Un lugar en el que Gabriel y tú podáis asentaros. Me gustaría que asumieras un papel activo en el funcionamiento del viñedo.

Miró a Leah y ella vio en sus ojos hasta qué punto aquello era importante para él. Pero en lugar de resultarle reconfortante sintió que los lazos que los unían se estrechaban por segundos, la rodeaban, restringiéndole la libertad de movimientos, presionándole el pecho y dejándola sin aire en los pulmones.

–¿Quieres que trabajemos para ti? –replicó airada para ocultar la turbación que sentía–. ¿Quieres que Gabriel pise la uva, o que gatee bajo las vides para recoger la fruta más baja?

–No sería mala idea.

Recurrir al sarcasmo se volvió en su contra cuando Jaco le dedicó una sonrisa sensual que fue directa a su corazón herido.

–Después de todo, es un negocio familiar –concluyó él.

«Un negocio familiar». Leah miró a Jaco con los ojos entornados. Ella sabía bien qué significaba la familia para un siciliano orgulloso como él. Sabía que era imposible escapar de sus garras.

Bebió vino y dejó que su frescor aliviara la ansiedad que empezaba a elevarle la temperatura.

Que Jaco quisiera convertir precisamente Capezzana en un hogar para Gabriel y para ella cuando tenía propiedades en todo el mundo, le resultaba sospechoso. Capezzana había pertenecido a su familia durante generaciones, hasta el trágico accidente en el que habían muerto sus padres. Los trabajadores le habían contado que Jaco la había vuelto a comprar hacía varios años, había restaurado el *palazzo* y el viñedo en homenaje a ellos. No había que tener mucha imaginación para intuir cuáles eran las intenciones de Jaco.

–¿Creciste en Capezzana? –preguntó como lo haría un rehén intentando hacer hablar a su secuestrador.

–Sí –replicó Jaco bruscamente–. Hasta los cinco años.

–¿Cuando murieron tus padres?

–Sí.

–¿Y significa mucho para ti?

–Sí, es la única de mis propiedades que forma parte de mi historia familiar. Lo lógico es que mi hijo crezca allí.

Jaco acababa de expresar el mayor temor de Leah.

–¿Y mi familia no cuenta? –preguntó a la desesperada.

–Tu hermana y tu sobrino se han establecido en Sicilia. Tu padre será bienvenido siempre que quiera venir –dijo Jaco–. Al igual que tú podrás visitar tu país cuando te plazca. Pero el hogar de Gabriel será Capezzana.

–¿Y se puede saber cuándo has decidido todo esto?

–No tiene sentido que te resistas, Leah. Será mejor que aceptes la situación.

Jaco se puso en pie con una calma irritante y ante la perplejidad de Leah fue hacia la cocina. Girando la cabeza, preguntó:

–¿Cómo te gusta el entrecot?

¿Eso era todo? ¿La idea de Jaco de una charla para tomar decisiones no era más que una excusa para imponer sus condiciones?

Sintiendo una furia impotente, Leah dejó la copa y lo siguió, plantándose detrás de él con los brazos en jarras. Jaco la ignoró mientras encendía la plancha y machacaba unas hojas de romero con ajo y aceite en el mortero.

Era la primera noticia que Leah tenía de que supiera cocinar, pero eso solo servía para confirmar que no sabía nada de Jaco Valentino.

Él tomó dos entrecots, los untó con la mezcla de hierbas y los colocó en la plancha.

—¿Al punto está bien? Yo lo prefiero rojo, pero no a todo el mundo le gusta.

—¿Quieres decir que puedo elegir? —gruñó Leah—. Ya que estás decidido a controlar mi ida, me sorprende que no quieras decidir también qué debo llevarme a la boca.

Aunque pretendió sonar sarcástica, sus inocentes palabras adquirieron un sentido erróneo que le hizo ruborizarse. Jaco se volvió lentamente y le dedicó una mirada deliberadamente provocativa que la dejó sin aliento.

—No osaría decirte qué debes llevarte a la boca —dijo con voz aterciopelada—, aunque recuerdo haber estado íntimamente ligado a ella.

Leah se sonrojó aún más mientras intentaba encontrar una respuesta aguda, o al menos una respuesta del tipo que fuera.

—Por cierto, que fue de lo más placentero...

Demasiado tarde.

Jaco la tomó por la nuca y la atrajo hacia sí. Leah sintió que se le aceleraba el corazón. Sabía que debía rechazarlo, pero en cuanto sintió la presión de su palma en el cuello mientras con el pulgar Jaco le acariciaba la mejilla, se quedó paralizada de deseo. Y, cuando él agachó la cabeza y sintió su aliento en la mejilla, sus labios se abrieron palpitantes, implorando ser besados.

El beso fue fiero y apasionado. Jaco enredó los dedos de ambas manos en su cabello y la pegó contra su cuerpo, utilizando su boca como un arma de destrucción masiva, capaz de aniquilar su fuerza de voluntad, su determinación y cualquier rastro de racionalidad.

Las oleadas de sensaciones se sucedieron mientras Jaco llevaba a cabo su ataque sensual, entrelazando su lengua con la de ella, usando la magia de sus labios y ocasionalmente de sus dientes para mordisquearle el labio inferior en una demostración de su dominio sobre ella.

Sus manos bajaron hacia sus hombros y descendieron hasta la curva de sus nalgas. Desplegó los dedos y la presionó contra su sexo en erección, lanzándola a una espiral de desesperado anhelo.

Tambaleándose hacia delante y llevándola consigo en un amasijo de brazos y piernas, Jaco la empujó contra la pared, la sujetó por los brazos y alzando la cabeza, susurró con una voz cargada de deseo:

–*Dio*, Leah. ¿Qué tienes? ¿Por qué me haces esto?

Leah habría podido hacerle la misma pregunta si hubiera recuperado la capacidad de hablar.

Jaco buscó con la mano el borde de su vestido, lo deslizó hacia arriba y le acarició la parte interior del muslo hasta que llegó a sus bragas. Entonces la acarició delicadamente por encima de la tela de encaje.

Leah se quedó inmóvil, ansiando que continuara y al mismo tiempo sabiendo que no debía permitírselo, que era una locura.

Los dedos de Jaco siguieron la línea de sus bragas hasta el núcleo palpitante de su deseo. Leah quería que siguiera, que metiera los dedos por debajo de la tela y ejerciera aquella magia de la que solo él era capaz.

Gimió quedamente, arqueando las caderas para que la mano de Jaco la presionara con más firmeza, disipando cualquier duda de hasta qué punto lo deseaba, aunque sabía que no era necesario. Él sabía bien que nunca había sido capaz de resistirse a su poder, a su magnetismo sexual.

Él respondió con un primario gemido de satisfacción y empezó a deslizar los dedos por debajo de las bragas. Leah cerró los ojos...

Pero los abrió bruscamente cuando un pitido agudo le taladró los oídos.

–*Merda!*

Maldiciendo, Jaco fue hasta la placa. El humo de los entrecots quemándose había hecho saltar la alarma de incendios. Tomó la plancha y dejando escapar un juramento en italiano, la dejó caer al suelo.

–*Sanguinoso inferno*!

Los juramentos se sucedieron y Leah tuvo que contener la risa al ver a Jaco saltar sobre la isla central para pulsar frenéticamente los botones que apagaban la alarma hasta que el ensordecedor pitido paró. Luego puso los brazos en jarras y su mirada vagó del desastre que había en el suelo a Leah, que se había bajado el vestido.

–¿Ves de lo que eres capaz?

Leah estalló en una carcajada.

–Ven aquí –dijo, acercándose a él–. Déjame ver esa mano.

–No es nada –cerniéndose sobre ella como un coloso, Jaco la observó desde su posición elevada como si no tuviera prisa por bajar.

–Vamos –insistió Leah. Y finalmente Jaco saltó para quedarse ante ella con la mano tendida.

Leah se la tomó y la expuso a la luz para observarla mejor. En la parte baja de los dedos se estaba formando una mancha roja.

–Tienes que ponerla bajo el agua fría –antes de que Jaco protestara lo llevó consigo hacia el fregadero y le puso la mano bajo el grifo.

Jaco la miró de soslayo.

–Serías una buena enfermera –Leah retiró su mano, pero al ver que Jaco hacía lo mismo con la suya, se la tomó de nuevo para colocarla bajo el agua–. Mandona, pero sexy.

–Quédate aquí mientras yo recojo.

Leah dio media vuelta, decidida a distraerse de las bromas de Jaco. Así era como recordaba al hombre que había creído conocer. Divertido, sexy. Era la primera vez que lo atisbaba desde que habían llegado a la isla.

–Déjalo, Leah –Jaco cerró el grifo y la sujetó por el hombro.

–Alguien va a tener que...

–He dicho que lo dejes –poniéndose súbitamente serio, posó la mano en la parte baja de la espalda de Leah y la atrajo hacia sí–. Hemos dejado un asunto a medias.

–Jaco... Yo...

Pero de pronto los labios de Jaco se posaron sobre los de ella, cálidos y exigentes, quitándole la capacidad de pensar. Y, cuando rompió el beso para tomarla en brazos, Leah se asió a él y ocultó el rostro en su pecho, apretando la nariz contra la base de su cuello e inhalando su aroma. Y en ese instante supo que estaba perdida.

Al llegar al salón, Jaco la dejó en el suelo y volvió

a besarla. Leah deslizó las manos por sus hombros y su pecho. Soltándola por un instante, Jaco cruzó los brazos para encontrar el dobladillo de su camiseta y quitársela.

Leah se tomó unos segundos para deleitarse en su físico: sus anchos hombros, la suave curva de sus pectorales, los prietos y oscuros pezones, la franja de vello oscuro que descendía hasta perderse por debajo de sus pantalones. Era la perfección personificada.

Alzó las manos para alisarle el alborotado cabello, pero Jaco se las sujetó por las muñecas y con una mirada de ardiente y primario deseo, dijo:

—Cama.

Una única palabra cargada de promesas.

Entrelazando los dedos con los de ella, la atrajo hacia sí y juntos trastabillaron un par de pasos, con los cuerpos pegados, pisándose, hasta que se dieron por vencidos y se detuvieron sobre la franja de cristal bajo la que espejeaba el agua.

Mirándola fijamente a los ojos, Jaco le levantó el vestido a Leah hasta la cintura y le acarició el trasero por encima de las bragas al tiempo que emitía un gemido gutural contra su garganta antes de volver a besarla.

Leah buscó los botones de sus pantalones con dedos temblorosos. Estremeciéndose al notar cómo la bragueta se tensaba contra la dura columna que había tras ella. Desabrochó torpemente los dos primeros, pero Jaco, impacientándose, los abrió de un tirón y se los quitó, junto con los boxers, quedándose gloriosamente desnudo.

Atrayendo a Leah de nuevo hacia sí, recorrió sus muslos antes de meter los dedos por debajo del elástico de las bragas y bajárselas. Luego se agachó para levantarle un pie y luego el otro y dejar la prenda en el suelo.

Leah bajó la mirada hacia su cabeza, sus rizos oscuros, la piel cetrina de sus hombros. Y súbitamente Jaco estaba en pie de nuevo y apretaba todo su cuerpo contra el de ella, abrazándola, estrechándola con fuerza, desplazándola hacia atrás hasta el sofá blanco, sobre el que se dejaron caer juntos. Leah se encontró sobre Jaco con las piernas entrelazadas a las de él, sus labios entrechocando, sus alientos fundiéndose, jadeantes, hasta que fue imposible distinguir uno de otro, hasta que se hicieron uno.

Leah se soltó de Jaco para quitarse el vestido, que seguía enrollado a su cintura, pero Jaco la detuvo. Inclinándola de nuevo sobre él y arqueando las caderas, se colocó justo debajo de las de ella y tras un agónico segundo, empujó hacia arriba y la penetró con su duro, caliente y sedoso miembro

Leah jadeó de placer. El gran tamaño de Jaco, la intensidad de la íntima sensación hizo que le clavara las uñas en la espalda. Había pasado tanto tiempo que casi había olvidado aquella extraordinaria sensación de un profundo deseo acompañada de un anhelo insaciable.

Y, cuando Jaco empezó a moverse en su interior, alcanzando un ritmo erótico primario, la sensación fue tan deliciosa, tan excitantemente «correcta», como si su cuerpo hubiera permanecido hibernando, congelado, a la espera de que un hermoso príncipe lo despertara. En segundos pudo sentir los temblores de un orgasmo que empezó a vibrar en su interior y fue emergiendo como una ola gigantesca que la golpeó con tal fuerza que la hizo temblar de los pies a la cabeza en su intento por contenerla.

–Todavía no –masculló Jaco, sujetándola por las caderas y apretándola con fuerza para penetrarla aún más profundamente. Sus ojos brillaron tras sus párpados entornados y Leah supo que también él combatía por retrasar el momento, que incluso estando los dos dominados por la lascivia, se empeñaba en mantener el control, en que ella le obedeciera, y en que ninguno de los dos se dejara ir hasta que él lo decidiera.

Pero Leah decidió tomar la iniciativa. Presionando las manos contra el pecho de Jaco, se irguió, arqueó la espalda y echó la cabeza hacia atrás, profundizando la gloriosa sensación de sus embates. Jaco tenía ese poder: el de hacerla sentir como ningún otro hombre la hacía sentir, pero no le permitiría controlar su respuesta.

Y se dejó ir. Entregándose libremente al orgasmo, dejó que este la arrastrara, que la propulsara más al abismo, en una caída libre que la sacudió y convulsionó. Alzó la barbilla al techo y su cabello cayó en cascada por su espalda mecido por sus sacudidas y temblores. En medio de la neblina de su intensa euforia, Leah fue consciente de que también Jaco se dejaba ir. Y de que ambos musitaban, jadeantes, sus respectivos nombres.

Capítulo 7

JACO miró a Leah con los párpados entornados mientras esperaba a que se le desacelerara el corazón y pudiera respirar con normalidad. Leah seguía a horcajadas sobre él, con la cabeza echada hacia atrás y las manos posadas sobre su pecho; y Jaco siguió la delicada columna de su cuello y la forma en uve que formaba su mandíbula. Tan hermosa...

Había fantaseado con hacerle el amor desde el instante en que llegaron a la isla. No, desde la misma noche en que su hijo fue concebido.

Durante el año anterior había intentado convencerse de que Leah McDonald no significaba nada para él. Era la primera vez que alguien lo dejaba y asumió el rechazo con arrogancia, diciéndose que ella se lo perdía. Pero en el fondo sabía que no era solo un golpe a su orgullo, una mera bofetada. La quemazón de una bofetada se extinguía enseguida; la marca que le había dejado el abandono de Leah no había desaparecido, sino que había crecido hasta que la única manera de intentar librarse de ella había sido poseerla una vez más. Necesitaba demostrarse a sí mismo y a ella que tenía el poder de recrear la magia que habían compartido; que podía hacerla gritar su nombre de nuevo.

Que también él hubiese perdido el control, que el nombre de Leah hubiera escapado de sus labios durante el orgasmo, era un detalle en el que prefería no pensar.

Leah alzó la cabeza y el resplandor de euforia de su mirada fue rápidamente sustituido por algo parecido a la confusión.

Tal y como había supuesto, Jaco intuyó que había pasado el momento, lo que era una lástima. Habría querido poseerla de nuevo. Ver sus labios hinchados, sus mejillas sonrosadas y su cabello revuelto, bastó para que se sintiera endurecer dentro de ella.

Elevándose para descabalgar de él, Leah se puso en pie tambaleante, se bajó el vestido y miró a su alrededor con expresión ausente, como si no supiera qué hacer. Jaco se sentó de cara a ella con las piernas separadas y se cruzó de brazos. Leah alzó la barbilla, obligándose a mirarlo.

Jaco se irritó. ¿Por qué le costaba tanto mirarlo a los ojos? ¿Por qué parecía despreciarlo? No habían hecho nada malo. Que él supiera, el sexo voluntario entre dos adultos era legal, incluso en el particular mundo de Leah McDonald.

Él no tenía la menor intención de disculparse por lo que acababa de suceder. No se arrepentía. Pero al observar el dolor y la angustia que cruzaban el rostro de Leah, supo que ella sí.

Si era así, era su problema.

Con un gruñido de frustración, Jaco recogió sus pantalones del suelo y se los puso sin molestarse con los boxers. Luego fue hasta el ventanal y contempló la vista mientras se los abotonaba. Sentir la mirada de

Leah en la piel solo contribuyó a aumentar su frustración.

Sí, de espaldas sí podía mirarlo. Seguro que estaba intentando inventar todo tipo de excusas para justificar sus actos. No le cabía duda de que en su versión de los hechos él era el malo de la película; todo era culpa suya.

Leah tenía la capacidad de retorcer la verdad para que se adaptara a sus deseos y poder convertirse en la víctima. Jaco no comprendía por qué lo hacía. A no ser que fuera porque se sentía culpable por haberle ocultado la existencia de Gabriel.

Pero en aquel momento él no tenía paciencia para intentar averiguarlo. Si iban a vivir juntos, tal y como él estaba decidido a que sucediera, tendría que encontrar la manera de conseguir derrumbar la muralla protectora que Leah había erigido a su alrededor. Una manera que no incluía el sexo. Porque eso parecía ser lo único que hacían bien. Extremadamente bien.

A pesar de todo, si dependiera de él, Jaco tendría a Leah cada noche en su cama, porque estaba seguro de que nunca se cansaría del sensual cuerpo que le entregaba tan libremente, de sus dulces murmullos, de sus gemidos al llegar al éxtasis. La deseaba como no había deseado a ninguna otra mujer. Y eso era una debilidad que no podía permitirse.

Metiendo las manos en los bolsillos, se volvió con premeditada indiferencia. Leah seguía inmóvil.

–Voy a tener que preparar algo para comer –dijo. Y pasó de largo junto a ella hacia la cocina. Sin mirarla, añadió–: ¿Te apuntas?

–No.

Su negativa fue tan enfática como Jaco esperaba que lo fuera.

–Voy... Voy a darme una ducha.

–Como quieras.

Jaco no pensaba intentar persuadirla. Podía darse todas las duchas que quisiera e intentar borrar de su cuerpo el rastro de lo que acababan de hacer, pero el hecho era que se deseaban, que ardían el uno por el otro. Y por más que lo quisieran, no podían hacer nada al respecto.

Leah se quedó mirando la ancha espalda de Jaco y finalmente, dando un tembloroso suspiro, relajó los hombros.

Acababa de hacer precisamente lo último que debía haber hecho. ¿No se había estado diciendo desde el instante en que llegó a la isla que tenía que evitarlo?

Porque una sola mirada de Jaco bastaba para hacerla arder de deseo; y con una caricia, la derretía. Por todo eso, no debía haber aceptado cenar con él. No debía haberse expuesto a quedar en una posición tan vulnerable, en la que no tenía forma de defenderse de él.

Furiosa consigo misma, recuperó sus bragas y se las puso. Y entonces lo vio: el teléfono móvil de Jaco. Debía de haberse caído del bolsillo de sus pantalones y estaba debajo de una mesa, en medio de la habitación.

Leah fue hacia él con sigilo. Podía oír a Jaco en la cocina, haciendo ruido con las cazuelas y los armarios con un brío que sugería que estaba más contento que ella con lo que acababa de pasar. Inclinándose, lo tomó y se irguió, lanzando una mirada furtiva hacia la cocina por encima del hombro.

Tenía en sus manos la oportunidad de salir de la isla, de escapar con Gabriel.

Presionó la pantalla con el corazón desbocado, pero estaba bloqueado. Sin embargo, había un botón de emergencia en la parte baja. Lo tocó y, llevándose el teléfono al oído fue al extremo más alejado de la habitación.

Contestaron al instante.

–Necesito a la policía, *polizia* –dijo Leah con urgencia–, *pronto*.

La mujer que había contestado dijo toda una parrafada en italiano y a Leah se le encogió el corazón.

–¿Inglés? *Inglese*? ¿Habla inglés? –preguntó desesperada.

La mujer contestó afirmativamente.

–¡Gracias! –musitó Leah–. Vengan, por favor. Nos han raptado a mí y a mi hijo. Tienen que rescatarnos –dijo con un hilo de voz–. No sé dónde estamos, pero es una isla privada que posee Jaco Valentino, anteriormente Garalino, en la costa de Sicilia. Nos ha retenido casi dos semanas... ¿Mi nombre? Leah McDonald... No, no puedo levantar la voz porque puede oírme... No, no llamen a este número, es su teléfono... No, no tengo teléfono, me lo ha quitado él. Vengan a salvarnos... No, no corremos un inminente peligro... No, no es físicamente violento, pero le digo la verdad. Por favor... ¡Escúcheme!... Oh, Dios, viene hacia aquí, tengo que colgar.

Leah terminó la llamada apresuradamente y dejó el teléfono donde lo había encontrado.

–¿Sigues aquí? –preguntó Jaco con arrogancia, mirando a su alrededor.

Aunque fingiera estar relajado, Leah supo lo que estaba buscando. Jaco recogió del suelo su camiseta y sus ojos se iluminaron al ver el teléfono. Lo tomó y se lo guardó en el bolsillo.

¡Lo había conseguido! Ya solo le quedaba esperar a ser rescatada.

–Sí, sigo aquí –contestó envalentonada. Y añadió con desdén–. Por el momento.

Jaco escrutó su rostro con suspicacia y Leah se arrepintió de haber hecho aquel comentario. Rectificó:

–Quiero decir que me voy a dar una ducha.

–Muy bien –replicó él con una indiferencia dirigida a demostrarle lo poco que le importaba–. Estás en tu casa.

Leah fue a marcharse, pero se volvió al sentir la sangre hervirle en las venas.

–No estoy en mi casa. Soy tu prisionera.

–Yo te considero mi invitada, pero llámalo como quieras –Jaco se cruzó de brazos–. Pero para estar retenida en tu contra, tienes que admitir que has sido muy complaciente –le brillaron los ojos con sorna–. No te he oído quejarte por sentirte cautiva. Más bien todo lo contrario.

Leah se enfureció.

–Eres un arrogante hijo de... –se lanzó hacia él con la mano levantada, ansiosa por borrar de su rostro aquella expresión de desdeñosa superioridad.

Pero Jaco la asió por la muñeca, la atrajo hacia sí y le presionó la mano contra su pecho.

–¡Qué carácter! –dijo con una irritante sonrisa bailándole en los labios–. Vas a tener que aprender a controlar estos arrebatos.

Leah gruñó con rabia, tirando de la mano para liberarse.

–O puede que sea una característica de las escocesas.

La furia impedía hablar a Leah.

–¿Será la sangre celta...? ¿Por eso hay tantas pelirrojas?

–¿No tendrá más que ver con que tú eres un mentiroso, un estafador y un bastardo infiel?

Tras un ominoso silencio, Jaco le soltó la muñeca como si le quemara y preguntó:

–¿Qué acabas de llamarme?

–¡Mentiroso, estafador y bastardo infiel! –repitió Leah con tanto aplomo como pudo, dada la mirada asesina que le dirigía Jaco–. Eso es lo que eres.

Los ojos de Jaco brillaron como el acero al tiempo que se llevaba una mano al cuello como si quisiera retener las palabras que se le estaban formando en la garganta.

Leah cambió el peso de un pie a otro. Tenía que controlar el temblor de sus rodillas. Jaco tenía una presencia tan imponente que era imposible no encogerse ante la animosidad que irradiaba.

Pero ella no pensaba amilanarse. No había hecho nada malo. Solo había dicho la verdad.

–Aclárame una cosa –Jaco alargó la mano, la tomó por la nuca con una firme suavidad y la obligó a mirarlo a los ojos–. ¿Me estás acusando de engañarte?

–Sí –dijo Leah, tragando saliva.

–¿Y puedes explicarme qué derecho tienes a echarme

en cara lo que haya hecho en estos meses? –preguntó con una aterradora calma, haciéndole sentir el aliento en la mejilla.

–¡Así que no lo niegas! –insistió Leah, a pesar del profundo dolor que la golpeó.

–No pienso negar ni confirmar nada –Jaco la soltó como si ya no quisiera tocarla. En un tono cargado de desdén, añadió–: ¿Tengo que recordarte que fuiste tú quien se marchó? Lo que haya hecho desde entonces o con quién me haya acostado no es de tu incumbencia.

–No me refiero a estos últimos meses, sino a cuando estábamos juntos –dijo Leah, intentando ignorar el puñal que se le clavó en el corazón al imaginárselo con otra mujer.

–¿Cuando estábamos juntos?

Jaco retorció el puñal en la herida al repetir la frase como si hubiera ocurrido hacía siglos, o peor aún, como si hubiera sido demasiado insignificante como para recordarlo.

–¡Sí! –Leah tuvo que hacer acopio de valor para afirmarlo en lugar de lanzarse contra él y golpearle el pecho con los puños.

–¿Crees que te engañé?

Jaco pareció genuinamente desconcertado. ¡Qué gran actor era!

Leah lo miró furiosa. Si intentaba convencerla de que se equivocaba a base de mentiras lo odiaría aún más.

–No lo creo, lo sé. Nos engañaste a las dos.

Jaco frunció el ceño como si estuviera verdaderamente perplejo.

–No tengo ni idea de a qué te refieres, Leah. ¿De dónde ha sacado esa idea esa loca cabeza tuya?

–Loca, ¿eh? –le espetó Leah–. Eso es lo que a ti te gustaría, hacerme creer que estoy loca porque sé lo que haces, porque he descubierto tu vergonzoso secreto.

Jaco se quedó súbitamente paralizado, como una cobra a punto de atacar.

–¿Qué quieres decir con eso exactamente?

Finalmente, había logrado su total atención. Clavándole la mirada, Leah dijo:

–Que sé lo de Francesca, Jaco.

Por fin lo había dicho, había dejado salir el veneno que llevaba meses consumiéndola.

Tras un segundo de tenso silencio, Jaco dijo:

–¿Francesca?

El nombre salió de sus labios musitado con una dulzura que le encogió el corazón a Leah. Jaco había palidecido y se había erguido en tensión. Parecía atónito, horrorizado por la revelación.

Pero, si Leah creía que iba a obtener alguna satisfacción de su tormento, que se iba a sentir vengada, se había equivocado. La reacción de Jaco solo sirvió para demostrar lo que aquella mujer significaba para él. Se podía leer en su rostro.

–¿Cómo demonios sabes de la existencia de Francesca? –preguntó, lanzando las palabras como metralla.

Así que no lo negaba; no buscaba excusas.

–Eso no importa –Leah desvió la mirada y se retorció las manos. Oírle nombrar a su amante le causó un indescriptible dolor, como si abriera una herida profunda que ni siquiera hubiera empezado a cicatrizar–. El caso es que lo sé.

–Te aseguro que sí importa –dijo Jaco, tomándola

por los hombros para obligarla a mirarlo–. Dímelo, Leah. Dímelo ahora mismo.

–Muy bien –la ansiedad de Jaco, sus ojos desorbitados, empezaron a asustar a Leah. Apenas podía reconocer a aquel intimidante desconocido que estaba fuera de sí–. Te vi... a los dos... mientras manteníais una videollamada de lo más cariñosa.

–¿Cómo? ¿Cuándo? –Leah prácticamente podía ver la mente de Jaco intentando identificar el momento–. ¿Antes de que dejaras el trabajo y te fueras?

Leah se limitó a enarcar las cejas. No pensaba molestarse en asentir.

–*Dio*, Leah –la angustia que reflejaba el rostro de Jaco se transformó en determinación–. ¿Y qué has hecho con esa información?

¿Qué clase de pregunta era esa?

–Creía que estaba claro. Me marché. En cuanto supe el tipo de hombre que eras decidí que no quería saber nada de ti. Y sigo pensando lo mismo.

–¿Le has hablado a alguien de Francesca?

–No.

–¿Ni siquiera a Harper?

–Ya te he dicho que no.

¿Qué era aquello, un interrogatorio? ¿Cómo era posible que la tratara como si hubiera cometido un crimen?

–No te preocupes. Tu sórdido secreto está a salvo conmigo.

Jaco volvió la cabeza hacia un lado, maldiciendo en su lengua. Luego se volvió a mirarla.

–A ver si lo entiendo –dijo, taladrándola con la mirada–. ¿Te marchaste porque pensabas que tenía una aventura con Francesca?

–Bingo.

–¿Aun sabiendo que estabas embarazada?

–Precisamente porque estaba embarazada –dijo Leah en actitud retadora–. Preferí criar a mi bebé sola que junto a un padre sin ética ni sentido de la decencia.

–*Dannazione*, Leah –masculló él entre dientes–. Lanzas acusaciones contra mí, desapareces de mi vida y me ocultas que tengo un hijo, ¿y no se te pasó por la cabeza preguntarme por Francesca?

–No, la verdad es que no –dijo Leah, negándose a sentirse acorralada–. En la misma medida que tú nunca te molestaste en mencionarla.

–Pues has de saber una cosa: mi relación con ella no es la que crees.

–¿No?

Pero había usado el presente. Y saber que seguía viéndola redobló el dolor de Leah. Claramente, ella sí significaba algo para Jaco. Leah tomó aire y dijo:

–Dime, ¿cuál es exactamente tu relación con la encantadora Francesca? –preguntó destilando sarcasmo.

Hubo un segundo de silencio, de vacilación. Leah observó a Jaco morderse el labio inferior y apretar los dientes con los músculos en tensión mientras se decidía a contestar. Finalmente, dijo:

–Francesca es mi hermana.

A Leah se le hundieron los hombros ante aquella vergonzosa mentira. ¿Esa era la mejor excusa que era capaz de inventarse?

–Sí, ya –dejó escapar una risa seca–. Me temo que sé que solo tienes un hermano, junto con el que te adoptó una familia en la que había otros dos varones. Ya ves que he hecho los deberes.

–Tu investigación ha pasado por alto un detalle importante porque nadie lo conoce –Jaco volvió a vacilar antes de seguir–: Mi hermano de nacimiento, Francesco, ahora es mi hermana... Francesca.

–¿Qué...? –Leah se quedó boquiabierta–. ¿Quieres decir que...?

–Sí, Leah, exactamente eso. Se ha sometido a una operación de cambio de sexo.

Leah lo miró con los ojos desorbitados mientras asimilaba la información. Pensándolo bien, había ciertas similitudes entre la cara que había visto en la pantalla y Jaco: la inclinación de la cabeza, la intensidad de la mirada...

–¿Pero por qué tanto secreto? –le espetó–. ¿Por qué no lo sabe nadie?

–Porque hay gente que usaría esa información contra ella; gente que le haría daño.

–¿Quién? ¿Qué gente?

–Eso no debe preocuparte.

Leah dejó escapar un gruñido de frustración.

–Pero no puede permanecer aislada del mundo el resto de su vida después de todo por lo que ha tenido que pasar.

–Pronto podrá ser libre.

Leah pudo oír la determinación en su tono; también la emoción y el orgullo que sentía. Y súbitamente supo sin ningún género de duda que todo lo que Jaco le había dicho era verdad.

Esa certeza hizo que la cabeza le diera vueltas. En cierta forma, el puño que llevaba apretándole el corazón se aflojó, pero, por otro lado, fue consciente de que había acusado a Jaco de una traición que no había cometido y le había ocultado la existencia de su hijo.

–¿Estás bien?

La voz de Jaco le llegó débilmente. El tono autoritario había sido reemplazado por la preocupación.

–¿Leah?

Jaco le retiró el cabello de la cara para verla mejor.

–Sí –Leah se esforzó por sonreír–. Perfectamente.

–Será mejor que te sientes.

Sin esperar a que respondiera, Jaco la llevó hacia el sofá, pero la intensidad y la compasión que Leah percibió en su mirada no contribuyó a calmar su ansiedad.

–Estás muy pálida. ¿Seguro que estás bien?

–Sí, de verdad –Leah se irguió, esforzándose por sonar normal–. Pero voy a por un vaso de agua...

–Quédate quieta –Jaco plantó la mano con firmeza en su muslo–. Ya te lo traigo yo.

Leah respiró profundamente mientras lo seguía con la mirada. ¡Francesca era su hermana! Eso lo cambiaba todo y al mismo tiempo no cambiaba nada. Explicaba que hubiera estado tan furioso con ella, pero no que la hubiera raptado junto con Gabriel y que los mantuviera prisioneros.

Pero no consiguió poner en orden sus pensamientos antes de que Jaco volviera, le tendiera el vaso de agua y se sentara a su lado.

El agua estuvo a punto de desbordarse por el temblor de su mano. Dio un sorbo.

–Así que piensas que soy «un mentiroso, un estafador y un bastardo infiel», ¿no?

–No... Bueno, antes sí –Leah volvió a beber.

–Me alegra saber que me tienes en tan alta estima.

Jaco le quitó el vaso y lo dejó en la mesa antes de

hacerle volver el rostro hacia él para que viera que bromeaba.

—¿Qué otra cosa podía pensar?

Leah echó la cabeza hacia atrás, pero Jaco la sujetó con firmeza por la barbilla. Estaba claro que no iba a tener clemencia.

—No lo hagas —dijo él.

—¿Que no haga el qué? —la mirada de Jaco le impedía razonar. Ya no sabía ni qué pensar.

—No pienses —Jaco le recorrió la barbilla suavemente con un dedo—. Pensar solo te causa problemas. Ha llegado la hora de que me demuestres lo arrepentida que estás.

—¿Quién dice que esté arrepentida?

La arrogancia de Jaco era tan asombrosa como la súbita ausencia de oxígeno en la habitación y la corriente sexual que estaba arrastrándola y que le impedía respirar.

—Yo, Leah —dijo Jaco con voz grave y un brillo abrasador en los ojos—. Sé que estás muy arrepentida, pero, si no puedes pedirme perdón, tendré que encontrar otra manera de que lo hagas.

Inclinó la cabeza hasta quedarse a unos centímetros del rostro de Leah. El calor de su aliento le abrasó las mejillas.

—¿Y lo que yo diga no importa? —preguntó ella.

—Ni lo más mínimo —aproximando sus labios a los de ella, Jaco le susurró como si fuera una erótica promesa—. Vas a tener que empezar a compensarme. Y te voy a demostrar cómo.

Con un brusco movimiento, la atrajo hacia sí y la apretó contra su pecho. Sus labios reclamaron los de ella con una posesiva y fiera codicia, como si quisiera borrar todas las equivocaciones del pasado y convertir aquel surrealista momento en lo único que importara.

Y al cerrar los ojos y dejarse ir, al rendirse ante la fuerza y la dicha de su beso, Leah se descubrió respondiendo con la misma intensidad. Porque era lo único que podía hacer.

Capítulo 8

EN MEDIO de la neblina de un profundo y reparador sueño, Leah oyó el familiar murmullo procedente del monitor del bebé. Fue a moverse, pero se encontró atrapada en unos poderosos brazos y al abrir los ojos recordó súbitamente dónde estaba. En la cama de Jaco, en brazos de Jaco, con la cara tan pegada contra su cuello que lo único que podía ver era un trozo de su piel.

Al parpadear, sus pestañas lo acariciaron. Alzó la cabeza y la separó hasta poder mirarlo. Y se encontró con sus oscuros ojos abiertos mirándola.

–*Buongiorno* –la saludó, sonriendo.

–Buenos días –Leah se incorporó sobre el codo–. ¿Cuánto tiempo llevas despierto?

–Un rato, pero no quería molestarte. He pensado que después de anoche, necesitarías dormir –dijo con una mirada pícara.

–Supongo que tú también.

Leah sonrió con la misma expresión al acudir a su mente cada detalle de la gloriosa noche anterior. La pasión, la ternura, la explosión erótica de alcanzar el éxtasis al unísono... había sido maravilloso. Todavía tenía el sabor de Jaco en sus labios; aún sentía su núcleo palpitante.

–Pero está claro que nuestro hijo no siente la misma compasión por su madre –Gabriel había empezado a llorar–. Ya me ocupo yo.

Dándole un beso cargado de ternura, Jaco se desenredó de sus brazos y de sus piernas y levantó la sábana.

–Mejor voy yo. No vaya a ser que le desconcierte verte –dijo ella, posando una mano en su espalda.

–Cuanto más me vea, menos se desconcertará –Jaco se puso unos boxers y se sentó al borde de la cama–. Sabes que quiero formar parte activa de su vida, ¿verdad?

–Sí, claro que sí.

–*Bene* –Jaco se puso en pie y añadió insinuante–: Y también espero ser aún más activo con su *mamma*.

Inclinándose, le plantó un beso en los labios y salió de la habitación.

Leah esperó un par de segundos. El llanto de Gabriel iba subiendo de volumen, pero aunque su instinto fue acudir a su lado, sabía que Jaco tenía razón: tenía que familiarizarse con su padre.

A través del monitor oyó a Jaco entrar. Gabriel se calló por un instante y Jaco lo saludó dulcemente en italiano; luego se oyó el roce al levantarlo de la cuna y el gorjeo de placer de Gabriel. Leah escuchó alerta. Jaco tenía mérito. Sin que Leah supiera cómo ni cuándo, ya se había ganado el corazón de su hijo.

Se levantó, fue al cuarto de baño y se puso un albornoz de hombre que estaba colgado en la puerta. Se lavó las manos y la cara y se miró al espejo. Estaba despeinada y tenía una expresión de satisfacción... como una mujer que acabara de pasar una noche salvaje con el hombre más sexy del mundo. Que era lo que había pasado. También parecía, y eso la sorprendía aún más, feliz. Sus ojos tenían un brillo del que habían carecido mucho tiempo.

Al volver al dormitorio, se quedó paralizada en la puerta y sonrió de oreja a oreja ante el espectáculo que le ofrecían sus ojos. Gabriel estaba echado en la cama. Pataleando con fuerza mientras Jaco intentaba ponerle un pañal.

—Venga, coleguita, no me pongas dificultades.

Intentó poner el pañal debajo del niño, pero Gabriel se giró hacia un lado, de manera que la tira adhesiva acabó pegada a su rechoncha nalga.

—¡Vaya! —Jaco se rascó el mentón—. No sabía que fuera tan difícil.

—¿Algún problema? —preguntó Leah, riéndose.

—No sé qué te hace pensar eso —dijo Jaco con expresión inocente.

—¿Quizá esto? —Leah tomó a Gabriel en brazos y los dos se quedaron mirando cómo el pañal se quedaba colgando.

—Bueno, siempre puede mejorarse —dijo Jaco.

—Seguro que sí —dejó a Gabriel en la cama y sujetándolo de los tobillos, Leah recolocó el pañal con destreza—. ¿Por qué no preparas un café mientras le doy de mamar?

—*Buona idea.*

Jaco le dio un beso antes de irse.

Cuando volvió, Leah estaba dando de mamar a Gabriel en la cama, y Jaco se detuvo un instante para observar, conmovido, la escena. Gabriel asía un mechón de cabello de Leah mientras ella lo mecía suavemente contra su pecho y le cantaba con dulzura. Era la primera vez que en lugar de sentirse excluido,

Jaco los veía como su familia, y el corazón se le hinchió de orgullo.

—Aquí tienes —dijo, dejando una taza en la mesilla de Leah a la vez que dominaba la punzada de emoción y, tras rodear la cama, se metía en el otro lado.

Leah se desplazó para hacerle sitio.

—¿Qué tal va? —preguntó Jaco, acariciando la cabeza de Gabriel.

—Casi ha acabado —en ese momento, Gabriel, adormecido, soltó el pezón y Leah se lo puso al hombro para hacerle expulsar el aire.

—¿Quieres que lo sostenga yo para que puedas tomarte el café?

—Sí, por favor —Leah se lo pasó y se reajustó la bata antes de tomar la taza.

Jaco acomodó a Gabriel en el hueco del brazo y le asombró que le resultara lo más natural del mundo cuando hasta ese momento la idea de tener hijos había formado parte de un futuro indeterminado.

Toda su vida de adulto había consistido en hacer negocios y ganar dinero para gastarlo en propiedades y restaurantes de lujo, y en salir con una sucesión de hermosas mujeres. Había asumido que esa era la vida que quería y a la que volvería cuando acabara con los Garalino. Pero en aquel momento, sosteniendo a Gabriel en sus brazos y mirando de soslayo a la hermosa mujer que tenía a su lado, sintió una extraña sensación de plenitud.

Y algo más, algo con lo que estaba tan poco familiarizado que le costaba reconocerlo: felicidad. Eso tenía que ser.

Jaco se dio cuenta de que nunca la había echado de menos. Desde la muerte de sus padres había asumido que la verdadera felicidad era algo de lo que disfrutaban otras personas, o que no existía. La brutal educación que había recibido en manos de los Garalino no había dejado espacio a la alegría, y por eso él se había concentrado en tener éxito en la vida. Y lo había conseguido. Pero felicidad... eso era para los muy jóvenes o para los ingenuos.

Y como si quisiera confirmar su teoría, Jaco sintió un leve escalofrío, una inquietud que emergió desde el fondo de su mente. Necesitaba saber algo...

Tomó la mano de Gabriel y mientras estudiaba sus diminutas uñas, dijo:

—No te lo tomes a mal, pero tengo que preguntarte algo.

—¿El qué? —Leah lo miró y sus ojos perdieron el brillo al ver la expresión seria de Jaco.

—¿Ha habido otros hombres?

Leah dejó la taza en la mesilla.

—¿Quieres decir que si he tenido tiempo para un par de amantes entre que me enteraba de que estaba embarazada, huía, daba a luz y acababa siendo arrastrada a una isla?

—Sí, Leah. Eso es exactamente lo que te pregunto.

—Pues estate tranquilo. La respuesta es que no.

Grazie Dio.

La mera idea de que Leah hubiera estado en brazos de otro hombre lo sacudía hasta la médula.

—¿Y tú? —contraatacó Leah—. Supongo que ha pasado por tu cama una colección de bellezas.

—No —Jaco sacudió la cabeza.

—¿Solo una o dos?

Leah le miró tan expectante que a Jaco se le derritió el corazón.

–Ni siquiera eso.

–¿Qué? ¿Ni una? ¿De verdad? –la incredulidad y el alivio bailaron en los ojos de Leah.

–Ni una, Leah.

–¡Vaya...! –exclamó Leah. Y le dedicó una espléndida sonrisa.

Jaco dejó a Gabriel cuidadosamente delante de él y abrazó a Leah con fuerza. Algo en la vulnerabilidad que había manifestado había tocado en él una fibra sensible que ni siquiera sabía que tuviera. Y al tenerla en sus brazos, tuvo que admitir que sus sentimientos por ella tenían la capacidad de transformar su vida.

Jaco aflojó el abrazo y al besarla, se reavivó el deseo que ya habían activado la fragancia de su piel y de su cabello. El beso se hizo más apasionado... hasta que un grito de protesta de la tercera parte implicada les recordó que estaba allí.

–Continuará... –prometió Jaco a Leah con una sonrisa pícara al tiempo que se levantaba y tomaba a Gabriel en brazos–: Vamos, *mi figlio*, vamos a preparar el desayuno a tu *mamma* mientras se ducha.

Veinte minutos más tarde, Jaco contemplaba con satisfacción el resultado de su labor: una mesa con fruta, yogur, brioche, mantequilla y mermelada, y un ramo de flores silvestres.

Gabriel estaba acomodado en un puf, con una cuchara de palo que chupaba o blandía con entusiasmo para intentar golpear un cazo que tenía delante.

Jaco suspiró observando a su hijo y miró hacia la puerta por la que Leah saldría al porche en cualquier momento y se dijo que no le costaría acostumbrarse a aquello. O mejor, que realmente eso era lo que quería. Una mujer e hijos a los que podría dar aquello de lo que él había carecido: seguridad, felicidad, amor. Y por primera vez en su vida, parecía factible.

Cuando su misión concluyera, podría empezar de cero. Y ya rozaba el final con la punta de los dedos.

A pesar de su insistencia previa de que Leah y Gabriel vivirían con él lo quisieran o no, Jaco deseaba que Leah tomara la decisión voluntariamente, no forzada. En cuanto al matrimonio y los hijos... Los quería con ella, no con ninguna otra mujer. Leah McDonald, lo veía en aquel momento con absoluta claridad, era crucial para todos los aspectos de su vida futura.

Como si la hubiera invocado, Leah apareció con las mejillas sonrosadas y el cabello húmedo.

—Ooh —miró a su alrededor, se agachó para tomar la cuchara que Gabriel había dejado caer a un lado y se la devolvió—. ¡Qué buena pinta tiene todo! ¡Y no huele a entrecot quemado!

—¡Muy graciosa, jovencita! —separando una silla, Jaco le indicó que se sentara y le acercó el brioche—. Has de saber que este bollo ha sido horneado con el mayor cuidado.

—Umm... —Leah lo probó y sonrió—. Se nota.

—¿Qué sueles desayunar en Escocia? —preguntó Jaco al tiempo que le servía un vaso de zumo de naranja—. ¿Morcilla escocesa?

—Eso es solo un estereotipo —contestó Leah sonriendo—. Lo habitual es tomar avena o un tipo de bollo llamado *clootie*.

—Me encantará probarlo —dijo Jaco, mirándola fijamente.

—¿De verdad? —preguntó Leah sorprendida.

–Me encantaría conocer tu país y a tu padre. Cuando todo esto acabe, deberíamos ir de visita.

–¿Y cuándo va a acabar «todo esto», Jaco? –poniéndose súbitamente sería, Leah clavó sus ojos castaños en los de él–. ¿Cuándo vas a explicarme qué está pasando? ¿O a devolverme el teléfono, o a dejar que Gabriel y yo abandonemos la isla?

–Pronto, te lo prometo –Jaco le tomó la mano–. No estaría haciendo esto si no fuera de una vital importancia.

Leah miró sus manos unidas sobre la mesa antes de retirar la suya.

–No entiendo por qué no puedes explicármelo ahora.

Jaco vaciló. Leah se merecía que le contara la verdad.

Hasta la noche anterior no había tenido sentido darle explicaciones después de que ella le hubiera ocultado la existencia de Gabriel. Pero había llegado a comprender sus motivos, y aunque fueran equivocados, eran propio de ella tomar decisiones precipitadas sin esperar explicaciones. Leah era tan impulsiva como apasionada, pero él nunca podría enfadarse con ella por eso. Al contrario.

–La discreción es esencial –frunció el ceño mientras intentaba decidir cómo continuar–. En mi experiencia, para evitar ser traicionado lo mejor es confiar en el menor número de gente posible.

Él había aprendido la lección cuando, siendo un inocente niño de once años, había confiado, e incluso querido, a la familia Garalino.

Con la emoción de que lo adoptara una gran familia de hermanos y tíos liderada por el carismático

Luigi Garalino, había hecho todo lo posible por agradarlos, con la esperanza de que le dieran el afecto del que él y su hermano menor habían carecido desde la muerte de sus padres.

Pero pronto había descubierto que no conseguiría amor de aquella familia. Y con el paso de los años había ido descubriendo hasta qué punto todos ellos eran corruptos. Años en los que le habían pegado con cualquier excusa, en los que le habían negado la comida si se enfrentaba a ellos para proteger a su hermano, en los que lo encerraban durante días en la carbonera para volver a pegarle cuando por fin lo sacaban de ella.

Pero eso no era nada comparado con el infierno por el que había pasado Francesco. Las palizas que él recibía no le dolían tanto como ver a su hermano pequeño en un rincón, tembloroso, sin poder hablar o moverse, destrozado por la crueldad de los Garalino.

El sentimiento de culpabilidad por no haberlo podido proteger le había torturado toda su vida. Pero al menos Francesca estaba a salvo, y pronto sería libre. Y al llevarse consigo a Leah y a Gabriel también los había protegido, había cumplido con su deber, por más que ella no lo viera así.

—¿Quieres decir que no confías en mí? —preguntó ella.

Jaco la observó unos segundos antes de contestar.

—Quiero decir que en este momento no puedo cometer el más mínimo error. Por eso, cuanta menos gente lo sepa, mejor.

Leah apretó los labios en un gesto que indicó que la respuesta no le satisfacía.

–¿Y vale la pena tanto secreto y tanta maquina-
ción solo por un negocio?

–No se trata de un negocio, Leah. Es algo mucho
más importante –Jaco vaciló antes de seguir–: Tienes
que entender que estáis aquí por vuestra seguridad.
Es esencial que nadie sepa dónde estáis.

Leah palideció.

–¿Leah? –Jaco intuyó que pasaba algo.

–Pensaba decírtelo, pero... –Leah se revolvió en
su asiento.

–¿Decirme qué?

–Que alguien lo sabe.

–¿Cómo? –Jaco dejó la taza bruscamente en el
plato.

–Anoche, cuando estabas en la cocina, llamé a la
policía –Leah frunció el rostro en una mueca de arrepentimiento.

–¿Que hiciste qué?

Jaco se puso en pie de un salto. Leah lo miró aterrorizada al ver la tensión que constreñía su cuerpo y
la furia con la que centelleaban sus ojos.

Aunque no había estado segura de que su llamada
tuviera resultado, había pensado contarle a Jaco que
la había hecho. Pero por la mañana, al no haber ninguna señal de que fueran a «rescatarlos», había retra-
sado el momento.

Ni por un instante había esperado que reaccionara
como lo estaba haciendo.

–Por favor, dime que estás bromeando –Jaco posó
una mano en su hombro–. Dime que no es verdad.

–Me temo que sí lo es –Leah se mordió el labio
inferior–. Lo siento, Jaco, pero encontré tu teléfono
en el suelo y llamé. Pero no parecieron tomarme en

serio –quiso aferrarse a aquel rayo de esperanza para intentar apaciguar a Jaco–. Y puesto que no ha venido nadie...

–¿Qué les dijiste? –preguntó él en lo que sonó como un rugido contenido.

–Que... que Gabriel y yo estábamos siendo retenidos y queríamos que nos rescataran –balbuceó Leah.

–*Dio*, Leah –dijo Jaco entre dientes–. ¿Diste mi nombre?

–Sí, pero...

–¿Qué más les dijiste?

–Nada más –Leah intentó recordar–. Puede que dijera que pertenecías a la familia Garalino. Pero apenas tuve tiempo de añadir nada más porque tú volviste y...

–¿Mencionaste a los Garalino?

–Sí –Leah asintió con gesto de culpabilidad–. Estoy segura de que sí.

–Muy bien. Nos vamos de aquí –Jaco tomó a Gabriel bruscamente, sobresaltándolo–. Ahora mismo. Recoge tus cosas.

–¿Qué? ¿Por qué?

Leah se puso en pie y lo siguió al interior.

–Ni siquiera saben dónde estamos. No les pude decir el nombre de la isla.

–Pueden localizar mi teléfono, Leah –Jaco apenas podía contener la ira–. Sabrán dónde estamos.

–Ya ves que no ha venido nadie –insistió Leah–. Puede que hasta se hayan olvidado, que creyeran que era una broma.

–Recoge tus cosas.

Tras abrir la puerta del armario, Jaco sacó la maleta de Leah y la tiró sobre la cama mientras sujetaba a Gabriel en el otro brazo.

—Y date prisa —dijo con ojos centelleantes.

Leah empezó a meter sus cosas en la maleta mecánicamente hasta que de pronto se detuvo. ¿Qué estaba haciendo? Ya se había visto obligada a abandonar su casa en una ocasión, y Jaco volvía a exigirle, sin darle la menor explicación y asumiendo que lo obedecería, que se preparara para volver a huir. Pero ya estaba harta.

Cruzándose de brazos, dijo:

—No, Jaco. Siento haber cometido un error y haberte creado problemas, pero yo no tengo la culpa. Si me hubieras dicho desde un principio qué pasaba, no habría llamado a la policía. O me dices ahora mismo qué sucede, o me niego a irme.

—Claro que te vas. Nos vamos todos —tras dejar a Gabriel en la cama, Jaco cerró la maleta—. Tu imprudencia os ha puesto en peligro a ti y a Gabriel. Debemos marcharnos inmediatamente.

A pesar de que le temblaron las rodillas, Leah se mantuvo firme.

—¿Nos he puesto en peligro o simplemente he arruinado tu tapadera?

Horrorizada, Leah tuvo la certeza de haber dado en el clavo. La gente de la que Jaco quería protegerlos no eran los malos. Él era el malo. Jaco Valentino, el sofisticado multimillonario, encantador y educado. El hombre que le había robado el corazón y del que se había enamorado profundamente, no era más que un repugnante delincuente.

Su mente funcionó aceleradamente. ¿Era esa la razón de que los mantuviera ocultos, porque la policía podía utilizarlos para rastrearlo? ¿Sabría ella algo de lo que no era consciente y que podía ser usado en su contra por la policía? ¿Sería Capezzana la tapadera de un siniestro negocio de blanqueo de dinero en el que ella había participado inadvertidamente?

Además estaba Francesca, a la que Jaco también ocultaba. ¿Qué había dicho...? Que había gente que quería hacerle daño. ¿Quién era esa gente? Probablemente la misma que los amenazaba a Gabriel y a ella. ¿Gente con la que Jaco hacía negocios? ¿Criminales? ¿Gánsteres?

¿La mafia? No era de extrañar que se hubiera distanciado de su familia adoptiva. Probablemente se avergonzaban del ruin camino que había elegido.

Su desbocada imaginación estaba reuniendo las piezas de un puzle que completaba una espantosa imagen.

—No tienes ni idea de lo que dices.

Atravesando sus pensamientos como una afilada daga, Jaco tomó la maleta y esperó con impaciencia a que Leah reuniera los últimos objetos en su bolso de mano y tomara a Gabriel en brazos.

Luego los condujo apresuradamente hasta un helicóptero que esperaba en el jardín. Tras instalar a Leah y a Gabriel en su regazo y ponerles el cinturón de seguridad, se dirigió hacia la parte delantera, pero en lugar de subirse, se acercó al borde del acantilado y lanzó con todas sus fuerzas el teléfono al mar.

Leah sintió que una parte de ella se ahogaba junto con aquel teléfono. La parte que había querido creer que estaba equivocada.

En cuanto pudiera, se escaparía. No pensaba permanecer junto a aquel siniestro hombre ni un segundo más de lo estrictamente necesario.

Capítulo 9

JACO cerró la puerta de su despacho y observó el reluciente laminado de madera, las ventanas inmaculadas, los brillantes focos de luz, y súbitamente se preguntó por qué habría encargado una decoración tan ostentosa, o por qué lo había bautizado *Alessia*, en honor a su madre, cuando no tenía nada que ver con su discreta y amable personalidad.

En el momento, el yate de lujo le había sido un complemento a su imagen de playboy, junto con los coches rápidos y las propiedades suntuosas repartidas por el mundo. Pero él ya no era el mismo hombre.

El recuerdo de todos aquellos años de sexo vacío con mujeres que no significaban nada para él, le repugnaba. Se había dicho que lo pasaba bien, que el sexo con una sucesión de mujeres hermosas era lo que anhelaba cualquier hombre de sangre caliente. De pronto todo le parecía una pérdida de tiempo y tenía la seguridad de que si nunca se había querido comprometer era porque no había encontrado a la persona adecuada.

Hasta el día en que Leah McDonald había irrumpido en su vida como un rayo de sol, dotando a todo lo que la rodeaba de un resplandor de vitalidad con su sonrisa y su contagioso entusiasmo. Aunque entonces no lo hubiera sabido, aquel día había transformado su vida.

Avanzando por el corredor enmoquetado, Jaco se concentró en lo que debía hacer. Llevar al yate a Leah y a Gabriel no había entrado en sus planes, pero Leah no le había dejado otra opción. Al llamar a la policía había puesto en peligro la operación y su propia vida. Además de la de Gabriel.

Porque Jaco no confiaba en la policía. Solo confiaba en un puñado de personas que habían demostrado una lealtad sin fisuras a lo largo de los años. El resto, era sospechoso. Solo así se había evitado sorpresas desagradables.

No tenía ni idea de con quién había hablado Leah; pero sí que al mencionar a los Garalino había activado todas las alarmas. Los Garalino tenían conexiones tanto entre los *carabinieri* como entre la *polizia di stato*. Los sobornos y la extorsión eran habituales monedas de cambio.

Por eso su única opción había sido llevar a Leah y a Gabriel al yate.

Habían atracado cerca de la costa de Palermo para estar cerca de la acción cuando todo se pusiera en marcha aquella noche. Aunque el yate era seguro, Jaco había tomado la precaución de asignar a su mejor guardaespaldas, Cesare, la custodia de Leah.

Ni siquiera habiendo reducido a la tripulación al mínimo se sentía completamente seguro. Nadie, absolutamente nadie, podía conocer los planes de aquella noche, y eso incluía a Leah. No podía correr ese riesgo. Leah tenía tanto fuego interior como para causar un incendio, y más valor que ninguna otra mujer que él hubiera conocido. Las mismas cualidades por las que le resultaba fascinante, la convertían en un peligro.

Encerrarla en una suite con Gabriel no había sido precisamente de su agrado. La mirada de desprecio que ella le había lanzado al ver a Cesare apostado a la puerta habría provocado un escalofrío al propio diablo. Pero era una precaución necesaria. Y duraría poco tiempo.

El carguero procedente de Sudamérica llegaría aquella noche, a la hora convenida. Toda la familia Garalino estaría ansiosa por echar mano al mayor cargamento de cocaína jamás transportado. Las agencias antidroga internacionales estaban alerta y preparadas para entrar en acción en el momento apropiado. Todo estaba listo.

Pero bastaría un solo movimiento en falso para hacer descarrilar la operación.

Por eso Jaco estaba pendiente de cada paso. Como si observara un siniestro juego de ajedrez, seguía los momentos en la pantalla de su ordenador, en el que recibía actualizaciones cifradas de los agentes de inteligencia a medida que el momento crucial se acercaba.

Tener a toda la familia Garalino bajo vigilancia en sus distintas localizaciones representaba una gigantesca operación. Pero el trofeo real era Luigi Garalino. El líder de la familia estaba detrás de toda una serie de atrocidades perpetradas a lo largo de varias décadas.

El hombre que había matado a sus padres.

Jaco solo había confirmado aquella espantosa información hacía poco tiempo. Siempre había tenido sospechas sobre cómo habían muerto, cómo había sido posible que su coche hubiera caído por un precipicio en una carretera que conocían a la perfección, sin que hubiera otro vehículo implicado, ni condiciones meteorológicas adversas. Por eso, descubrir la verdad se había convertido en su misión. Finalmente había dado con alguien que había trabajado en aquel tiempo con los Garalino y, ofreciéndole el suficiente dinero como para que hablara, había averiguado la sórdida historia.

Había sucedido tal y como él había sospechado. El día que Luigi Garalino había puesto el ojo en el rentable viñedo Capezzana, el destino de sus padres había quedado sellado. Al plantarle cara a él y a sus matones y no querer participar en sus planes criminales, habían firmado su sentencia de muerte... Alguien había manipulado los frenos de su vehículo.

La confirmación del asesinato había estado a punto de enloquecer a Jaco, que desde ese mismo día había dedicado toda su energía a preparar su venganza.

Luigi Garalino se creía invencible. Pensaba que su diabólico poder e influencia eran tales que nadie se atrevería a presentarlo ante la justicia. Pero él iba a demostrarle que se equivocaba.

Estaría en el muelle cuando se abriera el contenedor, cuando el esbirro de Luigi de más confianza, un policía infiltrado meticulosamente preparado, abriera los dos sacos elegidos para verificar el contenido. Estaría allí cuando el dinero cambiara de manos, y en el preciso momento en el que Garalino fuera arrestado, saldría de entre las sombras, le miraría a los ojos y le diría que así vengaba la muerte de sus padres.

Leah recorría arriba y abajo la zona de estar de su
suite mientras Gabriel dormía profundamente en medio de la cama, ajeno al drama que se desarrollaba a
su alrededor.

Que Jaco la hubiera llevado allí y hubiera puesto
un guardaespaldas a la puerta, el mismo que le había
ayudado a raptarla de su piso, había sido la última
gota en desbordar el vaso de su ira. La excusa de que
Cesare estaba allí para protegerla era tan inverosímil
como todo lo demás. La labor de Cesare era asegurarse de que no se escapaba, tal y como Leah había
comprobado al intentar convencerlo de que su jefe
era un miserable y que debía ayudarla a huir.

Él se había limitado a decir que su misión era protegerlos a ella y a su hijo, y había guardado silencio.

Leah miró al exterior por la cristalera de un lado
y otro del barco, pero solo veía agua espejeando bajo
el sol del atardecer. En la distancia atisbó un par de
botes. Quizá, si uno se acercaba lo bastante, podría
hacerle señales, sacar una sábana por la ventana.
Pero al inspeccionarlas, vio que estaban herméticаmente cerradas.

Podía intentar gritar. De hecho, ansiaba hacerlo.
Gritar y aullar y golpear la puerta y las paredes con
los puños hasta que alguien acudiera a rescatarla.
Pero sabía que era inútil. Quienquiera que pudiera
oírla estaría a las órdenes de Jaco.

Así que estaba atrapada, a la completa merced de
Jaco Valentino.

Dejándose caer en un sofá, sofocó el llanto con un cojín. Lloraba de rabia y frustración, pero sobre todo de tristeza, por el hombre al que había creído conocer y al que seguía amando con todo su corazón.

Como tenía el rostro presionado contra el cojín, no oyó a Jaco acercarse y dio un grito de sobresalto al sentir que alguien le tocaba el hombro.

–*Per Dio*! –sentándose a su lado, Jaco le retiró el cojín de las manos–. Tranquilízate, Leah.

–¡No te atrevas a decirme que me tranquilice! –exclamó ella, alejándose de él con mirada de odio–. ¡No te atrevas a decirme cómo debo comportarme! Puedes mantenerme prisionera e imponer tu autoridad por medio de la fuerza, pero nunca, jamás, podrás dictarme qué debo pensar.

–Has estado llorando –dijo él, ignorando su estallido y alargando la mano a su rostro.

Leah se separó de su mano y se secó la cara con el dorso de la mano. De no haber sabido cómo era, habría creído que la expresión de preocupación de Jaco era sincera.

–Te juro que no hay motivo para que te pongas así –él dejó escapar un suspiro de exasperación–. *Vieni qui...* Ven aquí.

–¡No!

Pero ya era tarde. Jaco había recorrido la distancia que los separaba y la envolvía en uno de sus cálidos y protectores abrazos.

–Suéltame –masculló ella contra su pecho.

–No –Jaco la estrechó con fuerza–. No, hasta que escuches lo que tengo que decirte.

–No me interesa, Jaco –Leah se revolvió entre sus brazos–. No quiero oír más mentiras.

–Nunca te he mentido, Leah –soltándola, Jaco tomó su rostro entre las manos para que lo mirara–. Puedes acusarme de lo que quieras, pero no de mentirte.

–Mentir por omisión sigue siendo mentir –dijo ella temblorosa.

–¿Aun cuando la omisión sea por el bien de todos?

–¿Por el bien de todos? –Leah se rio con desgana–. ¿Quién te crees que eres, Jaco Valentino? ¿Un ser superior que no tiene por qué obedecer las normas básicas de la decencia? ¿Que nos considera seres inferiores que deben rendirse a su autoridad? Pues estás muy equivocado.

–Está bien, lo hago por tu propio bien –dijo Jaco, frunciendo el ceño–. ¿No entiendes que hay ocasiones en las que tener información es peor que no tenerla?

–No. Solo veo un hombre tan egocéntrico, tan obsesionado por la codicia y el poder, que ya no sabe distinguir entre el bien y el mal. Un hombre sin ética, podrido hasta la médula.

–¿Eso piensas? –preguntó él en un tono aterradoramente grave.

–Sí. Y me das lástima.

–¿Ah, sí? ¿Y por qué te da lástima alguien así?

–Porque vas a terminar solo a pesar de todo tu dinero. Porque nadie decente querrá relacionarse contigo.

–¿Has terminado?

–Sí. Bueno, no –Leah tomó aire–. Entérate de que no puedes tratar a la gente como nos has tratado a Gabriel y a mí y esperar que quieran seguir a tu lado.

Tienes que hacer un ejercicio de introspección. Solo así puede que veas cómo eres realmente, y por qué estás tan solo –Leah clavó la mirada en él y concluyó–: Por qué hasta tu familia te ha abandonado.

–*Chiedo scusa*? –Jaco se inclinó hacia delante con gesto sombrío–. ¿Qué has dicho?

–¿Acaso no es verdad? –Leah sintió la rabia apoderarse de ella–. ¿Por qué crees que has perdido el contacto con tu familia?

–Mi relación con la familia Garalino no es de tu incumbencia –dijo él destilando ira–. Y te aconsejo que reserves para ti tus erróneas opiniones a ese respecto.

–¿Qué pasa, Jaco? ¿He metido el dedo en la llaga?

–Te lo advierto, Leah...

–¿Me estás amenazando? –Leah se puso en pie de un salto–. Yo no soy uno de tus matones dispuesto a obedecerte en todo. ¿De verdad crees que puedes callarme a base de amenazas?

–Tal vez con amenazas, no –Jaco se puso en pie ante ella y su proximidad la dejó al instante sin aire–. Pero se me ocurren otros métodos.

Inclinó la cabeza y la besó con fiereza, con una urgencia destinada a dejarle saber quién estaba al mando, quién llevaba las riendas.

Y, cuando la rodeó con sus brazos, Leah reaccionó. No estaba dispuesta a actuar como una mujer pasiva, fingir que no se sentía atraída físicamente hacia él. No, respondería a su nivel, exigiendo y no solo dando. Le demostraría a Jaco que el fuego que ardía entre ellos no lo prendía solo él. Que él estaba tan indefenso como ella ante la primaria pasión animal que sentían el uno por el otro.

Abrazándose a su cuello, lo atrajo hacia sí, presionándose contra su cuerpo hasta que percibió que reaccionaba. Aquella respuesta tan masculina la hizo estremecer, licuándole los huesos, derritiéndola por dentro. Pero su mayor satisfacción procedía de haberlo desarmado, de arrancarle una respuesta que Jaco no podía controlar.

¿Quién llevaba las riendas en ese momento?

Leah abrió los ojos. Quería ver el efecto que tenía sobre él, no solo sentirlo... vivirlo por última vez.

Jaco abrió las piernas y acomodó a Leah entre ellas, presionándola con fuerza contra su erección. Gimió y el murmullo gutural resonó en Leah como un eco de deseo. Le había hecho caer en su propia trampa. O tal vez era ella quien había caído. En cualquier caso, le demostraría el poder que tenía sobre él. Para que, cuando ya no la tuviera cerca, puesto que pensaba escaparse en cuanto pudiera, lo torturara el recuerdo de lo que había perdido.

Jaco la estaba empujando hacia atrás, jadeante, palpándole el cuerpo a ciegas.

No cabía duda de a dónde se dirigían si ella no era capaz de detenerlo. Haciendo un esfuerzo sobrehumano para concentrarse, Leah le empujó el pecho para separarse de él.

Al instante sintió que Jaco vacilaba y le dejaba espacio para respirar. Ella lo aprovechó. Retrocediendo, y Jaco dejó caer los brazos pesadamente.

Se miraron en silencio, con la respiración agitada y los ojos brillantes de deseo. Leah tomó aire y se pasó la mano por el cabello sin apartar la vista para demostrarle que se negaba a ser una víctima.

Jaco finalmente desvió la mirada, fue hasta la ventana y luego se giró de nuevo hacia ella.

–Se ve que estamos destinados a volvernos locos el uno al otro.

Leah permaneció en silencio, cruzada de brazos.

Jaco fue hacia ella, pero se detuvo a una distancia prudencial antes de añadir:

–No podemos seguir así, Leah.

–¿Por fin te das cuenta? –era la primera vez que Jaco le daba la razón y Leah quiso aferrarse a ello como a un salvavidas. No podía ceder. No podía dejarse vencer por la vulnerabilidad.

Como no podía permitir que los hipnóticos ojos de Jaco, su cabello oscuro y sus hermosas facciones atravesaran la fina capa protectora en la que se había envuelto.

–Devuélveme la libertad y habremos acabado –se esforzó en mantener la voz firme a pesar de que el corazón le latía desbocado.

Jaco la miró con expresión impasible.

–¿Tu libertad? ¿Eso es lo que quieres?

–Sí, Jaco, eso es lo único que quiero.

–Pues la tendrás –Jaco se metió las manos en los bolsillos–. Muy pronto.

–¿Gabriel también? –Leah tuvo el súbito temor de que quisiera separarla de su hijo.

–Por supuesto –Jaco la miró despectivamente–. Aunque querré mantener contacto con él regularmente.

–¿Qué significa eso? –Leah no confiaba en lo que Jaco pudiera decir.

–No lo sé. Tendremos que estudiarlo. Pero seré razonable.

–¿De verdad? Sería la primera vez.

Jaco gruñó, perdiendo la máscara de granito por un segundo antes de volver a colocársela.

Dio un paso hacia ella, deteniéndose a unos centímetros de su cuerpo.

–Tendremos que encontrar entre los dos una solución. Dime la verdad, Leah –Jaco escrutó su rostro–. ¿Qué quieres exactamente?

–Eso es fácil –Leah resopló sarcástica; necesitaba ser fuerte–. Quiero alejarme lo más posible de ti.

–¿Estás segura?

Jaco la miró tan fijamente que Leah sintió la tierra moverse bajo sus pies.

–Es la última vez que te lo pregunto –añadió Jaco.

–Completamente segura –Leah retrocedió, tragando para deshacer el nudo que se le había formado en la garganta–. ¿Qué tengo que hacer para que comprendas que no quiero tener nada que ver contigo, Jaco? Ni ahora, ni nunca.

Se produjo un opresivo silencio.

–Muy bien –dijo Jaco finalmente en tono indiferente, pero con una mirada atormentada que dejó a Leah sin aliento–. Si eso es lo que quieres, lo tendrás. Mañana mismo podrás irte donde quieras. Solo tendremos que estar en contacto para tratar de Gabriel.

–Me alegro –Leah intentó imprimir convicción a su voz–. Ya era hora.

–Leah, no te estoy liberando de la cautividad de esas dos semanas, sino de mí; de lo que sea que haya habido entre nosotros. O no haya habido. Ya no tengo ni idea. Solo sé que ha acabado. Este es el final. No nos debemos nada. Cada uno seguirá su camino.

–Muy bien –resultaba una respuesta completamente inadecuada, pero fue lo único que Leah pudo articular.

Jaco fue hasta ella y por un instante Leah pensó que iba a volver a besarla, que borraría aquella espantosa conversación con la presión de sus labios, que la estrecharía contra sí y jamás la dejaría marchar.

Pero en lugar de eso, con la mirada apagada, alzó la mano y le acarició la mejilla con una ternura que hizo que a Leah se le desgarrara el corazón en mil pedazos

Luego dejó caer el brazo y se fue.

Capítulo 10

LA MOTORA cruzó el agua oscura, en calma, rompiendo con un murmullo el silencio de la noche. Jaco apagó el motor al acercarse lo bastante al yate, de manera que la lancha se deslizara por sí sola hasta que pudo saltar a bordo y amarrarla.

El yate estaba completamente a oscuras. Subió la escalerilla de la cubierta trasera y mirando a su alrededor, aspiró el aire fresco y cargado de salitre. La luna llena proyectaba un haz de luz sobre el mar.

¡Lo había logrado! Echando la cabeza hacia atrás, Jaco se permitió disfrutar por un instante de su victoria. La trampa había funcionado y los Garalino por fin tenían su merecido.

Acercándose a la barandilla, se asió al frío metal y miró en la distancia. Apenas podía creérselo. Todos los meses de meticulosa planificación, de organización e investigación; las decisiones cruciales que había tenido que tomar; todo el dinero que había pagado y los peligros a los que se había expuesto. Todo había valido la pena.

El último acto había funcionado como un reloj. Luigi Garalino y sus dos hijos habían sido arrestados al entregar una maleta llena de dinero. Los agentes de la Brigada Antidrogas los habían rodeado a ellos y a sus matones y los habían desarmado, a pesar de que Luigi había ordenado abrir fuego.

Y, cuando Luigi Garalino era conducido hacia un coche patrulla, Jaco había salido de su escondite y se había plantado ante él. Saliéndose excepcionalmente del guion, le había lanzado un gancho a la mandíbula sin mediar palabra.

Jaco levantó la mano de la barandilla y flexionó los dedos, sintiendo satisfecho la inflamación que le había causado el contacto. Habría querido hacerle mucho más daño a su padre adoptivo, pero debía conformarse con haber hecho un buen trabajo.

El siguiente paso era demostrar que Luigi Garalino había asesinado a sus padres, y estaba seguro de que pronto reuniría las pruebas necesarias. Las lenguas tendían a soltarse cuando pendía sobre ellas la amenaza de la cárcel, especialmente cuando el jefe iba a estar encerrado una buena temporada.

Así que finalmente, él estaba en condiciones de recuperar su vida. La que fuera que le quedaba.

Jaco fijó la mirada en el reflejo de la luna en el mar diciéndose que debería sentirse exultante; que debía dar saltos de alegría, sentirse como si hubiera conquistado el mundo. Pero donde hubiera esperado encontrar felicidad solo había un gran vacío.

Respiró profundamente y miró el reloj. En Nueva York todavía era media tarde. Podía hacer una videollamada a Francesca y darle las buenas noticias.

—Casi no puedo creérmelo, Jaco.

—Pues es verdad —dijo Jaco, sonriendo a su hermana–. Tengo la herida que lo demuestra –añadió, mostrándole los nudillos.

–¡Jaco, desde cuándo recurres a la violencia! –dijo Francesca, riéndose–. Pensaba que usar los puños era rebajarte demasiado.

–Es imposible rebajarse más que ese pedazo de escoria.

–¿Y de verdad está en prisión? –preguntó Francesca ansiosa–. Quiero decir, ¿no podrá salir bajo fianza?

–Imposible. No puedes gritar «Tirad a matar» a la policía y esperar que te den un trato preferente. Tu suplicio ha terminado, Francesca. Ya puedes salir de tu escondite. Ese monstruo ya no puede hacerte daño.

–Oh, Jaco, gracias. Lo que has hecho es increíble. Eres el hombre más maravilloso del planeta. Seguro que te lo han dicho muchas veces.

–No recientemente.

–¿Jaco?

–Tranquila, Fran, no pasa nada.

–Eso no es verdad. Vamos, Jaco, cuéntamelo.

Jaco miró la cara de felicidad de su hermana en la pantalla y luego se miró a sí mismo en el recuadro inferior. Su expresión era muy diferente.

Tomó aire.

–Tengo que darte otra noticia.

–Dime.

–¿Te gustaría ser tía?

Francesca abrió los ojos como platos.

–¡Jaco! ¿Quieres decir que vas a tener un hijo?

–De hecho, ya lo tengo. Un varón de tres meses.

Francesca dejó escapar una exclamación ahogada.

–¿Cómo? ¿Por qué? Quiero decir, ¿cómo no me has contado que estabas saliendo con alguien?

–Porque no es así –Jaco se reclinó en el respaldo de la silla, fingiendo una indiferencia que no habría engañado a nadie, y menos a Francesca–. Al menos ahora mismo, no. El niño es el resultado de una relación de hace más de un año.

–Entiendo... –Francesca lo miró inquisitiva–. ¿Y dónde están ahora madre e hijo?

–Aquí.

–¿Dónde es «aquí»?

–A bordo del *Alessia*. Estamos atracados frente a Palermo.

–Aclárame algo, Jaco Valentino. Tú y esa mujer... –dejó la frase en suspenso para que la concluyera Jaco.

–Leah.

–Leah y tú, y vuestro hijo.... –esperó de nuevo.

–Gabriel.

–¿Los tres estáis juntos en el yate, pero resulta que no tienes una relación con Leah?

–No, no tenemos una relación. Y no estamos «juntos». Todo lo contrario.

–¿Qué quieres decir?

–Que ella no quiere tener nada que ver conmigo.

–¿Y entonces por qué está ahí?

–Porque... –Jaco suspiró–. Es una larga historia, pero básicamente porque debía mantenerlos a ambos a salvo.

–Entiendo –Francesca frunció el ceño–. ¿Y ahora?

–Ahora que los Garalino han sido apresados, pueden irse cuando quieran.

–¿Y es eso lo que quieres?

–No se trata de lo que yo quiera, Francesca –dijo Jaco con una creciente irritación–. Le he prometido a Leah que sería libre, y debo cumplir mi palabra.

–¿Quieres decir que vas a dejarla ir? ¿Que no vas a luchar por ella? Eso no es propio de ti, Jaco.

–Estoy cansado de pelear con ella. Eso es todo lo que he hecho hasta ahora.

–Algo más has debido de hacer –dijo Francesca con una mirada cómplice.

–Bueno, eso también.

–Esa Leah suena como una mujer capaz de plantarte cara.

–Es la mujer más irritante que he conocido en mi vida.

–¡Dios mío!

–¿Qué?

–Nunca soñé con que llegaría este día.

–¿A qué te refieres?

–Estás enamorado, Jaco Valentino –Francesca juntó las manos entusiasmada.

–¡Tonterías!

–Claro que sí. Se te ve en la cara. Vete ahora mismo a decírselo.

–Aquí es medianoche, Francesca.

–¿Y qué? Vamos, vete –haciendo aspavientos con las manos, Francesca se inclinó para dar la llamada por terminada–: Buena suerte. Mañana me cuentas cómo ha ido.

Le sopló un beso y la pantalla se oscureció.

Jaco se quedó mirando su propio reflejo. ¿Enamorado, él? ¿Tendría razón Francesca? ¿Sería por eso por lo que la idea de que Leah se fuera al día siguiente lo dejaba desolado? ¿Explicaría eso el vacío que sentía en el estómago y que, en lugar de sentirse exultante por haber conseguido el objetivo más importante de su vida, solo sintiera un profundo abatimiento?

Porque librarse finalmente del peso de plomo que había representado en su vida la familia Garalino, significaba también decir adiós a Leah.

Poniéndose en pie, recorrió su despacho arriba y abajo. La oscuridad al otro lado de las ventanas parecía cerrarse en torno a él. Leah estaba allí mismo, probablemente dormida. Solo invocar su imagen lo dejaba tembloroso. Tenía que hacer algo. Sí, era medianoche, pero tal y como se sentía, acabaría volviéndose loco. Aquella podía ser su última oportunidad. Debía arriesgarse a decirle lo que sentía.

Recorrió los interminables corredores intentando desacelerar su corazón. Debía dominarse. Irrumpir en su habitación, asustarla y despertar a Gabriel no era la forma adecuada de proceder, por más que lo que él quisiera hacer fuera precisamente eso, tomarla en sus brazos, acallar sus protestas con un beso y demostrarle de la mejor manera que sabía lo que significaba para él.

Pero era un momento para la mesura, no para la acción. Tenía que expresar lo que hacía tiempo guardaba en su corazón con palabras que solo podría decir a Leah.

Al llegar a su suite le sorprendió comprobar que Cesare no estaba en la puerta. Alarmado, la abrió y miró en todas direcciones. La puerta del dormitorio estaba cerrada. La abrió de un golpe y encendió la luz con el corazón en un puño. La cama estaba vacía. La habitación desierta. Leah y Gabriel se habían ido.

Leah estaba en la cubierta superior, con Gabriel protegido contra su pecho. La brisa que soplaba desde el mar le alborotaba el cabello, pero el niño seguía durmiendo plácidamente, a salvo.

Leah, por su parte, no se sentía en absoluto a salvo. La furia inicial por haber sido encerrada en el yate se había transformado en miedo.

Sintiéndose atrapada en su suite, le había dicho a su guardaespaldas que iba a tomar aire a cubierta. Cesare había asentido, pero la había escoltado a apenas unos pasos, como una gigantesca e impenetrable muralla a su espalda. Era imposible librarse de él.

En ese momento le dedicó una mirada asesina al verlo plantado a unos metros, de brazos cruzados y siguiendo con su fría mirada cada paso que ella daba.

Leah se volvió de nuevo hacia el mar. El resplandor de la luna dotaba a todo de un brillo fantasmagórico que la hacía sentirse aún más aislada, más desesperada. No había manera de escapar de aquella prisión flotante.

Había renunciado a la idea de que podría convencer a Cesare de que los dejara huir incluso antes de intentarlo. Había bastado una mirada a su impasible máscara para saber que no lograría nada. Era un hombre de Jaco.

Lo que significaba que no le quedaba más alternativa que confiar en que Jaco cumpliera su palabra. Dejarla libre... Como si eso fuera posible.

Porque Leah sabía que nunca se libraría del tormento que representaba Jaco Valentino. La había dejado marcada para siempre; era una mancha en su corazón que jamás lograría limpiar.

Rodeó la piscina circular, cuya agua estaba iluminada desde el interior por focos de luz. Cesare la seguía con la mirada, pendiente de que hiciera el menor movimiento inesperado.

Con la mente acelerada, Leah repasó la escena que había presenciado hacía una hora cuando una motora se había aproximado silenciosamente a la parte de atrás del yate, y de ella había saltado Jaco.

¿Dónde demonios habría ido? Verlo volver bajo el manto de la oscuridad confirmó las sospechas de Leah. Estaba segura de que había ido a encontrarse con sus «socios». No cabía duda de que estaba implicado en un negocio ilegal.

Súbitamente, Leah se sintió exhausta, le temblaron las piernas. Se aproximó a las tumbonas que rodeaban la piscina y se acomodó en una, con Gabriel en su regazo, para esperar al amanecer.

No quería perdérselo. Porque en cuanto llegara exigiría a Jaco que cumpliera su palabra.

«Grazie Dio».

Jaco los vio al llegar a la cubierta superior y el alivio le bombeó la sangre en las venas.

Echada en una hamaca bajo la supervisión de Cesare, tanto Leah como Gabriel parecían dormir. Y aunque no comprendiera por qué estaban allí fuera y no en la suite, lo importante era que estaban a salvo.

Hizo una señal a Cesare para que se apartara y acercándose a la tumbona, los observó detenidamente, permitiendo por primera vez que sus emociones afloraran libremente.

Pero aun así, la fuerza de lo que sintió lo tomó por sorpresa. Una vez abierta la compuerta fue imposible contener la corriente de amor que lo recorrió.

El afecto por su hijo había sido intenso e instantáneo, como un puñetazo en el pecho. Desde el momento en que lo había tomado por primera vez en brazos, había sentido un poderoso vínculo con él y había sido consciente de que su amor hacia él no tenía límites.

Pero su amor por Leah... Era de una naturaleza distinta, mucho más complejo, y había necesitado más tiempo para manifestarse, para emerger a la superficie. Pero tenía la misma intensidad y estaba enraizado en lo más profundo de su alma. Lo que no sabía era si Leah podría sentir alguna vez lo mismo por él.

Poniéndose en cuclillas, posó una mano sobre el brazo de Leah.

Ella abrió los ojos.

–¡Aléjate de mí! –exclamó, poniéndose en pie de un salto y estrechando a Gabriel contra su pecho–. No quiero que te acerques a mí.

–*Per l'amor di Dio*.

Jaco hizo ademán de aproximarse, pero ella retrocedió.

–Leah, cálmate, estás sobreactuando –Jaco se esforzó por sonar razonable.

–¿Tú crees? –preguntó ella desafiante–. Permíteme que lo dude.

–No hay ningún motivo para que te comportes así.

–¿No tengo motivos para desconfiar de ti?

–Ninguno.

–Entonces quizá quieras explicarme dónde has estado esta noche y qué has estado haciendo –dijo Leah con ojos centelleantes.

Jaco se quedó paralizado.

–Sí, te he visto volver sigilosamente en mitad de la noche –continuó ella en tono triunfal.

Con un resoplido de frustración, Jaco se aproximó a ella y la tomó por los hombros

–¡Quítame las manos de encima!

–No, Leah –Jaco la rodeó con los brazos intentando no aplastar a Gabriel–. Vamos a ir dentro para que pueda contarte exactamente lo que estaba haciendo.

–¿Y que puedas volver a encerrarme? –Leah alzó una mano para intentar soltarse de él.

–No. Solo te pido que me escuches. Luego, si quieres, podrás irte. Te doy mi palabra.

Jaco percibió que Leah vacilaba.

–¿Por qué habría de creerte? –preguntó entonces.

–Porque es la verdad, Leah –Jaco aflojó el abrazo–. Y porque, cuando me escuches, todo se aclarará.

–Puedes decírmelo aquí mismo, ahora –replicó ella desafiante.

Jaco titubeó.

–Está bien –dejó caer los brazos, pero asió las manos de Leah hasta que ella las sacudió para que la soltara–. Pero hace frío. Gabriel debería volver al interior.

Hizo una señal a Cesare, que se acercó en silencio.

–Cesare, llévate al niño a la suite de la señorita McDonald y espéranos allí.

Tras un parpadeo de sorpresa, Cesare le tendió los brazos.

–No –dijo Leah con firmeza–. No pienso entregarle a Gabriel.

–Cesare tiene seis hijos. Es perfectamente capaz de cuidar a Gabriel mientras yo hablo contigo.

Leah miró a Cesare con suspicacia, pero finalmente le pasó a Gabriel.

–Solo cinco minutos. Y si le pasa algo a...

–No temas, Leah –dijo Jaco con firmeza–. Todo esto ha sido precisamente para proteger a mi hijo.

Con Gabriel acomodado en el hueco de su brazo, Cesare dio media vuelta y se fue.

Leah se retiró el cabello del rostro y se plantó ante Jaco con la mirada encendida.

–Estoy esperando. ¿Cuál es esa explicación que lo va a cambiar todo?

Jaco le sostuvo la mirada, conteniéndose para no abrazarla.

–*Va bene*. Si os he mantenido a Gabriel y a ti cautivos es porque estaba implicado en una misión extremadamente peligrosa.

–¿Una misión? –repitió Leah con sorna–. ¿Ahora se llama así?

Jaco apretó los dientes antes de continuar:

–Pero a partir de esta noche se acabó. La misión se ha cumplido con éxito.

El silencio de Leah vibró entre ellos.

–Veo que tienes heridas para demostrarlo –dijo despectivamente.

Jaco siguió su mirada hacia sus hinchados nudillos, visibles a la luz de la luna.

–Lo importante es que el plan ha funcionado y que la familia ha sido detenida con las manos en la masa...

–¿La familia? ¿Qué familia?

–La familia Garalino.

–¿Tu familia?

–No son mi familia –dijo Jaco con amargura–.
Luigi Garalino es un sádico y un monstruo –hizo una
pausa para calmarse–. Pero hoy, finalmente, he logrado expulsarlo de mi vida para siempre.

–¿Qué...? ¿Quieres decir que...?

–*Dio*, Leah!

La mirada de espanto de Leah lo golpeó en el pecho. ¿Qué clase de persona creía que era? ¿De qué lo
creía capaz?

Se pasó una mano por el cabello bruscamente.

–Quiero decir que Garalino, sus hijos y todos sus
cómplices han sido arrestados por la policía. Y que
pasarán mucho tiempo en la cárcel.

–Ah... –Leah se quedó boquiabierta–. No tenía ni
idea.

–Nadie lo sabía. Mantener el secreto era de una
importancia primordial.

–Entiendo.

Leah miró hacia un lado, su perfil iluminado por la
luna; su nariz, su labio superior, su barbilla, la curva
de su cuello, destacando como si fueran la punta de
una pluma de plata. Era tan hermosa... De pronto,
toda la irritación, toda la exasperación que Leah le
provocaba se diluyó, dejándolo con la pura y simple
verdad. La amaba. Tan sencillo como eso. Pero era
una verdad que no había compartido con ella.

–¿Eso significa que Gabriel y yo podemos irnos?

En medio de la neblina en la que se había sumido
su cerebro, Jaco se dio cuenta de que Leah había dicho algo relativo a marcharse. Tenía que decirle lo
que sentía de inmediato. Tenía que abrirle su corazón.

–¡No! –la angustia atenazó a Jaco, y sin pensarlo, intentó tomar la mano de Leah.

–¡Lo sabía! –Leah la retiró bruscamente y lo miró de frente–. Sabía que no podía confiar en ti.

–¡Leah, escúchame!

–¿Para qué? ¿Para que vuelvas a engañarme? Ni hablar –Leah le dio la espalda.

–Por lo menos deja que me explique –Jaco intentó tomarla del brazo para que se volviera hacia él, pero Leah se echó a un lado–. No estoy diciendo que no puedas marcharte... –tomó aire–. Digo que no quiero que te vayas.

Leah se giró hacia él sorprendida.

–¿Por qué?

–Porque...

–Da lo mismo –como una tormenta a punto de estallar, Leah ganó fuerza–. Sea como sea, Gabriel y yo vamos a abandonar este yate en cuanto sea posible. Eso es todo.

–¡No! –Jaco volvió a alargar las manos hacia ella. Leah intentó apartarlas de sí hasta que él le atrapó las suyas y las sujetó contra su pecho–. No, hasta que me escuches.

–Nada de lo que puedas decir me hará cambiar de idea –Leah lo empujó, tambaleándose hacia el borde de la piscina.

–*Dio*, Leah, ten cuidado.

Con el corazón acelerado, Jaco la abrazó instintivamente para que recobrara el equilibrio. Exhaló lentamente para calmarse.

–Aunque no quieras oírme, pienso decirlo. Lo cierto es que...

Jaco posó las manos en los hombros de Leah y

percibió sus músculos y sus huesos contraerse bajo
ellas, recordándole lo frágil que era, lo valiosa que
era. Toda aquella pasión y fuego en una estructura
tan delicada, en un marco tan fino. Tenía que ser entonces o nunca.

–Lo cierto es que te amo, Leah McDonald.

Sus palabras fueron recibidas con un atónito silencio. Leah se quedó paralizada por una fracción de
segundo y luego volvió a la vida con una explosión
de energía. Alargó los brazos y retorció las manos
para que se las soltara.

–¿Qué acabas de decir?

–Te amo –repitió él con dulzura.

–¡No! –Leah lo miró fijamente–. No puede ser
verdad.

–Sí lo es, Leah.

Se produjo un tenso silencio.

Jaco dio un paso hacia Leah, pero ella retrocedió
con una sacudida de la cabeza. Él lanzó las manos
hacia delante para sujetarla, pero llegó demasiado
tarde. Una exclamación fue seguida de una sonora sal-
picadura.

Leah se había caído a la piscina.

Capítulo 11

JACO se tiró al agua tras ella y la arrastró hacia la parte menos profunda hasta que pudo dejar a Leah de pie en el suelo de la piscina.

–¿Estás decidida a ahogarte ante mis ojos? –preguntó, retirando el agua del rostro de Leah.

–¡No! Al menos, no intencionadamente –Leah parpadeó furiosamente–. Pero, de todas formas, gracias por rescatarme –añadió, mirándolo con timidez.

–*Prego*. De nada –Jaco la abrazó y la atrajo hacia sí–. Si salvarte la vida fuera mi tarea el resto de mi vida la asumiría con gusto. Nunca permitiría que sufrieras ningún daño. Lo sabes, ¿verdad?

–Sí –Leah se estremeció contra el pecho de Jaco y su voz sonó amortiguada–.Creo que lo sé.

Jaco cerró los ojos, deleitándose en el instante. Estaban de pie en la piscina, con la ropa empapada y, sin embargo, nada de eso importaba. Solo aquel sentimiento de dichosa felicidad. Permanecieron así varios segundos, entrelazados, meciéndose levemente con el agua.

Finalmente, Leah echó la cabeza atrás, buscando respuestas en la mirada de Jaco.

–Lo que has dicho antes...

Parecía tan insegura, tan vulnerable, que a Jaco se le formó un nudo en la garganta.

–Es verdad, *mia cara* –se apresuró a sacarla de dudas, tomando el rostro de Leah entre sus manos y mirándola fijamente–. *Ti amo*. Te amo, Leah.

–¿De verdad? –preguntó ella con los ojos muy abiertos.

–Sí. Más de lo que jamás pensé que fuera posible, más que a nada en el mundo.

–Pero... ¿Cómo? ¿Por qué...? ¿Desde cuándo? –balbuceó Leah, confusa.

–Muy fácil –Jaco la estrechó contra sí–. Reconozco que he intentado evitarlo, que en ocasiones me has sacado de mis casillas; pero, cuando sientes algo aquí, en lo más hondo de tu corazón, no puedes hacer nada para que desaparezca.

–¿De verdad? –Leah lo miró con incredulidad.

–De verdad –a Jaco le sorprendió lo sencillo que era decirlo. Como si al afirmarlo las barreras que los separaban hubieran colapsado.

Leah lo miró entonces con tal expresión de felicidad que el corazón de Jaco se llenó de esperanza. Pero al estrecharla contra sí, anhelando que ella le dijera que también sentía algo por él, percibió que se estremecía violentamente.

¿Estaba loco? ¡Se iba a morir de frío!

–Vamos. Debemos entrar.

Rodeándole los hombros con un brazo, Jaco fue hacia la escalerilla, ayudó a salir a Leah y juntos recorrieron los corredores que llevaban a su suite dejando un rastro de agua.

Jaco encendió la luz y se miraron, perplejos, calados, mudos....

Cesare salió del dormitorio y los miró con inquietud hasta que Jaco le aseguró que estaban bien. Después de que anunciara solemnemente que el niño estaba dormido, Jaco le dio las gracias y le dijo que podía retirarse.

Entonces Jaco cerró la puerta y se volvió hacia Leah.

Ella lo miraba atónita, buscando en la profundidad de sus ojos la confirmación de que todo aquello era real. El hombre al que amaba con todo su corazón, ¡la amaba!

¿Era posible que Jaco la quisiera ni una milésima parte de lo que ella lo amaba a él?

La duda empezó a hacer mella en su felicidad.

Jaco le recorrió con los dedos la barbilla y, en medio de su neblina mental, Leah le oyó decir que tenían que quitarse la ropa mojada. Él se desabrochó la camisa y la tiró al suelo. Luego siguió con los pantalones.

—Te toca a ti.

Estaba ante ella, en un par de boxers empapados que se le pegaban como una segunda piel y no dejaban lugar a la imaginación. Con los brazos cruzados y la piel húmeda, estaba espectacular.

—A no ser que quieras que lo haga yo por ti.

Leah se tambaleó hacia él, anhelando que la desnudara, que la tomara en sus brazos y no la dejara ir jamás. Pero a pesar de su tono seductor y de su imagen magníficamente viril, y a pesar de la media sonrisa que amenazó con desarmarla completamente, Leah también vio en sus ojos inquietud y solemnidad.

Estaba esperando a que ella hablara. Esperando a que le dijera lo que sentía por él.

Alargó la mano y le acarició la mejilla, ¿No era obvio que lo amaba con cada fibra de su ser?

Leah siempre había sentido que su amor por él era como una incómoda segunda piel, una capa transparente que él podía atravesar y ver todo lo que significaba para ella. Como si se delatara cada vez que se sonrojaba, que bajaba la mirada, que hacía un comentario arisco. Pero resultaba que Jaco necesitaba una prueba de su amor

Poniéndose de puntillas, atrajo su rostro hacia ella y lo besó tiernamente en los labios. Jaco dejó escapar un gemido ahogado y la rodeó automáticamente con sus brazos, apretando las manos contra su espalda desnuda y presionándola contra su pecho.

Leah se abrazó a su cuello y le acarició el cabello. Entreabrió los labios y respiró contra los de él, deslizando la lengua por ellos hasta que Jaco los abrió y Leah encontró con la lengua la punta de la de él. Jaco gimió de nuevo, más sonoramente, apretándola contra sí, y su práctica desnudez hizo que una corriente de deseo la recorriera hasta el núcleo de su feminidad.

El beso prendió un fuego en el que se encendieron a la velocidad de sus acelerados corazones. Hasta que súbitamente, Jaco separó sus labios de los de Leah y dejó inmóviles las manos con las que le presionaba las nalgas.

—Necesito saberlo, Leah —la miró a los ojos como si quisiera leer en su alma—. Necesito saber si crees que podrás llegar a amarme.

—Oh, Jaco —susurró Leah en un sollozo—. Claro que te amo. Siempre te he amado y siempre te amaré.

—*Grazie Dio* —Jaco la besó—. Me haces el hombre más feliz del mundo —hizo una pausa y su rostro se ensombreció—, aunque no comprendo cómo puedo merecerme tu amor después de cómo te he tratado.

Leah alzó un dedo a los labios de Jaco.

–Los dos hemos cometido errores. Yo no debería haber pensado esas cosas tan horribles de ti.

–Tenías derecho a ello –Jaco le besó el dedo y luego le tomó la mano–. Sé que tengo que expiar mis culpas. Pero primero tienes que entrar en calor.

Tras guiarla al dormitorio, donde se oía el susurro de la pausada respiración de Gabriel, Jaco fue al cuarto de baño y abrió el grifo para llenar la gran bañera circular.

Leah permaneció inmóvil, sin lograr salir de su estupor mientras él le quitaba la ropa mojada, alzando los brazos obedientemente para que le pasara por la cabeza el jersey de punto antes de desabrocharle el sujetador empapado. Luego levantó los pies alternativamente para que le retirara los vaqueros y las bragas, y bajó la mirada cuando Jaco se quedó agachado y le recorrió los muslos con los labios hasta que alcanzó su punto más íntimo, haciendo que se estremeciera de placer anticipado.

Sintió su aliento caliente contra la piel fría antes de que Jaco usara la lengua hasta hacerle sacudirse de deseo. Entonces le dijo algo provocativo y sexy en su lengua materna, pero el rumor del agua ahogó sus palabras.

En cualquier caso, Leah no las hubiera entendido. Observando su cabeza inclinada, difuminada por el vapor del agua que lo empañaba todo, cerró los ojos y se entregó al placer de aquel delicioso momento.

–Al agua.

Irguiéndose, Jaco la tomó en brazos y la sumergió en la burbujeante bañera. Luego se acomodó a su lado.

–¿Te gusta?

–Umm... –Leah suspiró de placer. El calor, combinado con el torbellino de emociones y la falta de sueño le hicieron cerrar los ojos de nuevo.

Jaco le tomó la mano bajo el agua.

–Te quiero contar tantas cosas, Leah. Quiero darte tantas explicaciones...

–No es necesario –Leah lo miró somnolienta–. Has hecho lo que creías que debías hacer.

–Pero debía haberte dicho la verdad, saber que podía confiar en ti. ¿Podrás perdonarme?

–Me lo pensaré –disimulando una sonrisa, Leah le acarició el rostro y deslizó la mano por su musculoso pecho–. Tampoco yo he sido particularmente dócil.

–Eso es verdad –replicó Jaco–. Has sido una pesadilla –detuvo la mano de Leah antes de que siguiera su recorrido descendente–. Cuesta creer que alguien tan maravilloso pueda causar tantos problemas.

–Mi segundo nombre es «Problema» –Leah lo miró súbitamente seria–. Es mejor que lo sepas.

–No es verdad, Leah. Los dos hemos tenido numerosos problemas en el pasado, pero lo único que importa es el futuro, y, si me dejas, estoy decidido a hacer que el tuyo sea lo más feliz posible.

Leah vaciló al sentirse nuevamente asaltada por la duda. ¿Podría Jaco hacerla verdaderamente feliz? Decía que la amaba, pero ¿y si era solo un sentimiento pasajero? ¿Y si creyéndolo estaba cometiendo un error del que jamás se recuperaría?

–Leah –los ojos de Jaco se ensombrecieron–. ¿Qué te pasa?

–Necesito estar segura, Jaco –Leah tragó saliva–. Quiero decir, cien por cien segura.

–Lo entiendo –Jaco se alejó levemente de ella–. Estoy presionándote, lo siento. Tómate todo el tiempo que necesites. Esperaré a tu respuesta tanto como sea necesario.

–Oh, Jaco –inclinándose, Leah ahogó sus palabras con un beso–. No me refiero a lo que yo siento. De hecho, el problema es que te amo hasta tal punto que...

–¿Entonces...? No te entiendo.

–Temo que cambies de opinión...

–¡Jamás!

–Porque si te arrepintieras y decidieras romper la relación...

–Eso no va a suceder, Leah...

–No podría soportarlo.

–Nunca te encontrarás en esa situación. Te lo juro.

–Quiero creerte, Jaco. Pero he cometido tantos errores en mi vida que no confío en mi propio criterio.

–Entonces confía en el mío. Siempre tengo razón.

–Oh, Jaco –Leah dejó escapar una carcajada ahogada en lágrimas–. Te amo.

–*Bene.* Eso es todo lo que importa –Jaco la besó delicadamente–. Porque yo también te amo a ti –entrelazó sus dedos con los de ella–. Solo lamento haber tardado tanto en darme cuenta. Me he concentrado en mi odio tanto tiempo que ha estado a punto de consumirme. Por eso me ha costado reconocer el amor hasta que me ha abofeteado.

Leah se rio.

–¿Lo has sentido como una bofetada?

–Sí –Jaco frunció el ceño con sorna–. Si no me equivoco has intentado abofetearme un par de veces.

–Lo siento –Leah hizo un gesto de arrepentimiento.

–El único que tiene que pedir disculpas soy yo. El odio me poseía de tal manera que no veía con claridad.

–¿Por culpa de la familia Garalino?

Jaco asintió con amargura.

–No te imaginas hasta qué punto son malvados, Leah.

–Cuéntamelo.

Jaco titubeó al tiempo que un nervio le palpitaba en la sien.

–Arruinaron mi infancia, pero peor aún fue que casi acabaran con Franc. Él no era tan fuerte como yo y, además, tenía sus propios problemas de identidad de género. La crueldad de los Garalino no tuvo límites.

–Oh, Jaco, ¡cuánto lo siento!

–¿Y sabes qué es lo que más me tortura?

Leah sintió que se le encogía el corazón al ver la expresión de angustia de Jaco.

–El hecho de que inicialmente confié en ellos y que, de niños, intenté que Francesco se adaptara, aunque fuera para evitar que recibiera más palizas. No le protegí como debería haber hecho.

–Pero solo eras un niño, Jaco.

–Eso no es excusa. Debería haberme llevado a Franc conmigo cuando hui a Nueva York.

–Estoy segura de que hiciste todo lo que estuvo en tus manos dadas las circunstancias.

Jaco negó con la cabeza, abatido.

–¿Por eso desde entonces has cuidado de Francesca con tanta fiereza? –preguntó Leah con dulzura.

–Supongo que sí. Pero hay algo más –Jaco volvió

a titubear. Respiró profundamente–. Luigi Garalino mató a mis padres.

–¡No! –Leah se llevó las manos a la boca.

–Me temo que sí –Jaco le tomó la mano y se la besó–. Ahora ya lo sabes todo y por qué me cuesta confiar en la gente.

En aquel momento, Leah lo comprendió en toda su dimensión. Y también tuvo la certeza de que Jaco sí la amaba. Lo podía ver en sus ojos, oírlo en su voz y en el hecho de que le hubiera abierto plenamente su corazón.

–No llores, Leah –Jaco le secó las lágrimas que ella ni siquiera era consciente de estar derramando–. Todo eso es el pasado. Solo importa el futuro: tú, Gabriel y yo. Mi familia... ¿quién lo hubiera imaginado?

Las nubes se disiparon y el hermoso rostro de Jaco se iluminó.

–Entre la rabia y el horror, y mi obsesión por que los Garalino tuvieran su merecido, no he podido pensar en formar una familia. Y, sin embargo, la tengo aquí, ante mis ojos.

Leah percibió la emoción que irradiaba.

–Y ni siquiera te he dado las gracias todavía.

–No tienes que darme las gracias, Jaco.

–Desde luego que sí. Un millón de gracias por el regalo que representa nuestro hijo. No te imaginas lo que significa para mí.

Leah se mordió el labio inferior. Amaba tanto a aquel hombre...

–Que conste que no lo he hecho yo sola... –dijo insinuante, con un brillo de picardía en la mirada.

–Eso es verdad –Jaco imitó su gesto–. Quizá sea

una buena ocasión para recordar cómo lo conseguimos.

—Puede que sí

Jaco la atrajo hacia sí y entrelazando sus piernas con las de ella se frotó sensualmente contra su vientre.

—Te amo, Leah McDonald —susurró—. *Ti amo moltissimo.*

Mientras el vapor los envolvía, se separó lo suficiente de Leah como para poder besarla con la pasión y el anhelo de un hombre decidido a demostrar sus palabras con actos.

El sol empezaba a asomar en el horizonte y Jaco ajustó una manta sobre los hombros de Leah al tiempo que miraba a su hijo, que descansaba en su regazo.

—¿Estás segura de que ninguno de los dos tenéis frío?

—Estamos perfectamente —dijo Leah, alisando el cabello de Gabriel—. Recuerda que me crie en Escocia, y Gabriel está encantado con que haya alguien despierto y dispuesto a entretenerlo a una hora tan intempestiva.

—Está muy espabilado —Jaco hizo cosquillas a su hijo bajo su regordete mentón.

Leah había sugerido subir a cubierta a ver el amanecer. Ninguno de los dos había pegado ojo porque había querido aprovechar cada segundo de aquella excepcional noche.

Se habían acomodado en el sofá, charlando en susurros mientras Leah preguntaba a Jaco sobre su pasado con los Garalino, sobre la muerte de sus padres y su cruel infancia, hasta que Jaco la había besado para acabar con sus lágrimas y había insistido en dejar de pensar en el pasado y concentrarse en el futuro, en sus planes y expectativas. Luego habían hecho el amor pausadamente, con ternura, deleitándose en la increíble intensidad que despertaban el uno en el otro, asombrados por la poderosa fuerza del amor verdadero.

Cuando Gabriel se había despertado para su toma, se habían echado a su lado en la cama y el niño había estado tan encantado de tener a dos personas dispuestas a entretenerlo que no había dado la menor muestra de querer volver a dormirse. Así que habían subido a cubierta y se habían sentado en una tumbona orientada hacia el amanecer.

En aquel instante, con Leah acurrucada contra su pecho, Jaco supo que aquello era la felicidad. Y creyó que el corazón iba a estallarle.

—¡Qué preciosidad! —dijo Leah contemplando el cielo teñido de rojos y naranjas—. ¿No querrías embotellarlo para que podamos descorcharlo y verlo siempre que queramos?

—No hace falta, *mia cara*. Puedo ofrecerte todos los amaneceres que desees —Jaco tomó a Gabriel de su regazo—. Y atardeceres y noches estrelladas y cielos límpidos. En Sicilia son abundantes.

—Es verdad. Sabes que me encanta estar aquí.

—Entonces, ¿estás de acuerdo con que nos instalemos en Sicilia? —Jaco miró a Leah esperanzado.

—Totalmente de acuerdo —Leah le besó la mejilla.

—¿En Capezzana?

—Perfecto.

–*Grazie* –Jaco le besó los labios antes de mover las rodillas para hacer saltar a Gabriel sobre ellas, lo que arrancó un gorjeo de felicidad al niño.

Jaco jamás se había imaginado el profundo amor que se podía sentir por un hijo; como no habría creído posible amar a alguien con la fiereza y la intensidad con la que amaba a Leah.

–Estoy deseando conocer a Francesca –comentó ella, sacándolo de sus pensamientos–. ¿Cuándo vas a presentármela?

–Muy pronto –Jaco le retiró un mechón de cabello de la cara–. Os vais a llevar fenomenal. Tanto que voy a tener que pedirte ayuda, *mio figlio* –miró a Gabriel–, cuando se alíen en mi contra.

–Y no te olvides de Harper –dijo Leah, sonriendo–. Gabriel todavía no conoce a mi hermana gemela ni a su primo, Alfie –hizo una pausa y se puso seria–. Ocultarle a Harper la existencia de Gabriel ha sido lo más difícil de todo. Por eso al final no pude mantenerlo en secreto.

–Afortunadamente. Si ella no llega a decírselo a Vieri y este a mí...

–Me aterra pensar que no hubiéramos...

–No pensemos en ello, *cara* –Jaco le tomó la mano–. Miremos hacia delante. De hecho, hay una cosa...

–¡Tengo una idea!

Leah se volvió hacia él con expresión de entusiasmo y Jaco pensó que nunca la había visto tan hermosa.

–Deberíamos dar una fiesta en Capezzana e invitar a todos nuestros seres queridos.

Jaco titubeó. Él tenía algo más importante que decir y que no podía esperar.

–Sí, pero yo tengo una idea aún mejor.

–¿Cuál?

Jaco se esforzó en encontrar las palabras adecuadas.

–En lugar de una fiesta podríamos celebrar una boda

Leah lo miró con los ojos como platos a la vez que Jaco dejaba a Gabriel sobre los cojines, se arrodillaba ante ella sobre una pierna y le tomaba una mano.

–Leah, te amo con todo mi corazón. Te amo tanto que no hay palabras para expresarlo. Leah McDonald, *vuoi sposarmi*? ¿Quieres casarte conmigo?

–Oh, Jaco –poniéndose de pie de un salto, Leah le hizo levantarse y, abrazándose a su cuello, continuó–: Sí, sí y mil veces sí.

Con el sol naciente de fondo, sellaron su pacto con un prolongado beso.

A su espalda, un pequeño alzó sus regordetes puños en el aire y los sacudió enérgicamente, esperando impaciente a que alguien le hiciera caso. Cuando eso no funcionó, probó con un sonoro chillido, seguido de una cautivadora sonrisa cuando finalmente se volvieron a mirarlo.

Eso era mucho mejor. Su padre lo tomó en brazos y él, acurrucado contra su pecho, se metió el pulgar en la boca. El mundo era un lugar maravilloso.

Bianca

¡Unidos por una impactante consecuencia!

SOLO UNA NOCHE CONTIGO

Cathy Williams

Leo Conti estaba decidido a llevar a cabo una adquisición crucial... hasta que conoció a Maddie Gallo. Y, cuando su irresistible química prendió, ¡resultó inolvidable!

Pero enseguida conoció la verdad: Maddie era la heredera de la compañía que él quería comprar... ¡y estaba embarazada! La prioridad pasó entonces a ser su heredero. ¿Lograría firmar un acuerdo por el que Maddie caminara hasta el altar con él?

Acepte 2 de nuestras mejores novelas de amor GRATIS

¡Y reciba un regalo sorpresa!

Oferta especial de tiempo limitado

Rellene el cupón y envíelo a
Harlequin Reader Service®
3010 Walden Ave.
P.O. Box 1867
Buffalo, N.Y. 14240-1867

¡Sí! Por favor, envíenme 2 novelas de amor de Harlequin (1 Bianca® y 1 Deseo®) gratis, más el regalo sorpresa. Luego remítanme 4 novelas nuevas todos los meses, las cuales recibiré mucho antes de que aparezcan en librerías, y factúrenme al bajo precio de $3,24 cada una, más $0,25 por envío e impuesto de ventas, si corresponde*. Este es el precio total, y es un ahorro de casi el 20% sobre el precio de portada. !Una oferta excelente! Entiendo que el hecho de aceptar estos libros y el regalo no me obliga en forma alguna a la compra de libros adicionales. Y también que puedo devolver cualquier envío y cancelar en cualquier momento. Aún si decido no comprar ningún otro libro de Harlequin, los 2 libros gratis y el regalo sorpresa son míos para siempre.

416 LBN DU7N

Nombre y apellido	(Por favor, letra de molde)
Dirección	Apartamento No.
Ciudad	Estado Zona postal

Esta oferta se limita a un pedido por hogar y no está disponible para los subscriptores actuales de Deseo® y Bianca®.
*Los términos y precios quedan sujetos a cambios sin aviso previo.
Impuestos de ventas aplican en N.Y.

SPN-03   ©2003 Harlequin Enterprises Limited

DESEO

Si quería heredar su fortuna, tendría que encontrar marido en menos de tres semanas

Un marido conveniente

FIONA BRAND

Eva Atraeus se tenía que casar, pero todos sus intentos por encontrar esposo se estrellaban contra el muro del administrador de su herencia, Kyle Messena, el hombre que le había partido el corazón en su juventud.

Kyle no estaba dispuesto a permitir que Eva acabara con alguien que solo buscaba su dinero. La deseaba demasiado, lo cual no significaba que tuviera intención de enamorarse. La convertiría en su esposa y, cuando ella recibiera su herencia, se divorciarían. Pero cometió un error que lo cambió todo: acostarse con ella.

Bianca

**La rendición de una inocente…
¡y su consecuencia irreparable!**

UNA SEDUCCIÓN, UN SECRETO…

Abby Green

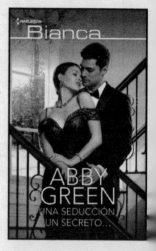

Con el fin de espiar el talento para la decoración de la inocente Edie Munroe, el siniestro argentino, Seb Rivas, le hizo una irresistible oferta de trabajo: pasar las fiestas navideñas decorando su opulenta vivienda, sin reparar en gastos. El deseo mutuo prendió con ardor, y Edie se convirtió en el sensual regalo de Navidad que Seb se moría por desenvolver. Pero, al tomar su inocencia, ninguno de los dos fue consciente de que la abrumadora pasión podría tener unas consecuencias tan impactantes.

Prólogo

PENSÓ que ya había tenido más que suficiente. Primero había sufrido aquel infernal viaje y después el vuelo en el Hercules, para acabar en aquella interminable conferencia de prensa.

Todo lo que quería era estar solo y poder darse una agradable ducha.

–Entonces… –comenzó a decir una reportera sentada en la primera fila, reportera que trataba de coquetear con él descaradamente– ¿podría describir para mis lectores cómo se sintió?

–Mi vida estaba en peligro –contestó él–. ¿Cómo cree que me sentí?

–Pero usted era el líder –prosiguió la reportera–. Salvó a todos. ¿Cómo se siente al ser un héroe?

–Señorita –dijo él de manera cortante–. Estoy cansado y sucio y aquí no hay ningún héroe. Nunca lo ha habido. Yo simplemente hice mi trabajo. Y, si no tiene nada más inteligente que preguntarme, me marcho de aquí.

Habían puesto un coche a su disposición y lo agradeció mucho, ya que no se encontraba con fuerzas para conducir él mismo. También estaba agradecido ante el hecho de que, por algún tipo de milagro, no había perdido ni su cartera ni sus llaves y pronto estaría rodeado de la paz que tanto ansiaba.

Pero en cuanto entró al piso y cerró la puerta tras de sí, supo que algo no marchaba bien. Supo que no estaba solo. Oyó el sonido del agua de la ducha correr.

Con mucho sigilo, se dirigió a su dormitorio.

Se dijo a sí mismo que, si quien sospechaba estaba todavía en su piso, lo iba a matar.

Entró al cuarto de baño y se detuvo en seco. Se quedó mirando con incredulidad la delgada silueta que se veía a través de la mampara de la ducha.

–¡Dios mío! –espetó–. No me lo puedo creer.

Entonces se acercó a la ducha y abrió las mamparas… para encontrar a una chica preciosa, desnuda y aterrorizada.

Capítulo 1

Una semana antes…

—Parece demasiado bueno para ser verdad –dijo Tallie Paget, suspirando.

—En cuyo caso, probablemente tengas razón –le advirtió su amiga Lorna–. Apenas conoces a este tipo. Por el amor de Dios, ten cuidado.

—Eso es exactamente lo que debo hacer –la tranquilizó Tallie–. Tengo que cuidar del piso de Kit Benedict mientras él está en Australia. Voy a vivir sin pagar alquiler, solo tendré que pagar las facturas de la electricidad y de la calefacción. Es mejor que morirme de hambre en una buhardilla mientras termino el libro… incluso si encontrara una buhardilla que pudiera pagar.

Entonces hizo una pausa.

—Hay una palabra que define este tipo de cosas.

—Ya lo sé –contestó Lorna–. Locura.

—La palabra es serendipia –informó Tallie–. Según el diccionario, es el don de descubrir cosas sin proponérselo. Piénsalo… si yo no hubiera estado trabajando en uno de los bares dc copas a los cuales suministra la compañía de Kit, nada de esto habría pasado.

–Y mudarte de tu piso –quiso saber Lorna–. ¿Es eso otro accidente feliz?

–No, claro que no –contestó Tallie, mirando su taza de café vacía–. Pero no puedo quedarme allí, no bajo esas circunstancias. Tú debes saberlo. Josie dejó bastante claro que no pretendía irse a vivir… con él.

–Dios, tu prima es encantadora –comentó Lorna con burla–. No me sorprendería si te pidiera que fueras su dama de honor.

–A mí tampoco –concedió Tallie, mordiéndose el labio inferior

–Dadas las circunstancias, es mucho mejor que Gareth y tú no estuvierais realmente saliendo.

–Lo sé. Como también sé que algún día veré las cosas de distinta manera. Pero todavía no.

–Y este Kit Benedict… prométeme que no te vas a enamorar de él –pidió Lorna.

–¡Cielos, no! –dijo Tallie, horrorizada–. Ya te lo he dicho; se va a marchar a Australia a ver unos viñedos. Aparte de que no es mi tipo en absoluto.

Compungida, pensó que su tipo eran los hombres altos, rubios, de ojos azules y de sonrisa encantadora. Kit Benedict no era muy alto, era moreno y bastante engreído.

–Necesita a alguien que le cuide el piso mientras está fuera –prosiguió–. Y yo necesito un lugar donde vivir.

–¿Cómo es su casa? ¿Es el típico piso de soltero, lleno de botellas vacías y de cajas de comida para llevar?

–Todo lo contrario –le aseguró Tallie–. Está en la última planta de un edificio eduardino, tiene un salón precioso donde se mezclan muebles modernos con antiguos, y desde el cual se disfruta de unas espectaculares vistas de Londres. Hay dos dormitorios enormes y una cocina de ensueño. Kit dijo que podía utilizar el dormitorio que quisiera, por lo que voy a utilizar el suyo, que tiene su propio cuarto de baño.

Pensó en la pequeña habitación de la casa de su prima. Pero claro, ni Josie, que le había ofrecido su casa debido a las presiones familiares, ni Amanda, la otra chica con la que compartía vivienda, la habían querido nunca allí y jamás la habían hecho sentirse bienvenida.

Pero el alquiler era barato y se había callado muchas cosas. Si no hubiera sido por Gareth…

—De hecho… —continuó— todo el piso está muy arreglado, ya que hay una limpiadora, la señora Medland, que viene dos veces por semana. Kit dice que es un dragón con corazón de oro y yo ni siquiera tengo que pagar por sus servicios. Según parece, una empresa se encarga de todas esas cosas, y yo solo les tengo que mandar a ellos el correo.

—Umm —dijo Lorna—. Lo que no comprendo es cómo puede ser todo suyo… a no ser que él sea el propietario de la empresa de vinos para la que trabaja.

—El piso es parte de una herencia familiar —informó Tallie—. Incluso hay una habitación que Kit utiliza como despacho. Me ha dicho que puedo trabajar allí y utilizar la impresora.

—Bueno, supongo que tendré que admitir que la situación es buena. Aunque desearía que te hubieras mudado a Hallmount Road con nosotros, pero como llegó el novio de Nina, aquí ya no cabe nadie más.

—Todo va a salir bien —la tranquilizó Tallie.

Mientras regresaba a la agencia de publicidad en

la que había estado haciendo un trabajo temporal durante las anteriores tres semanas, deseó poder sentirse tan optimista como había fingido con su amiga.

Quizá Lorna tuviera razón y todo aquello era una locura, pero se dijo a sí misma que tenía un don para la escritura y que, si no aprovechaba la oportunidad que se le estaba presentando, quizá se arrepintiera durante el resto de su vida.

Había ahorrado todo lo que había podido con la intención de poder vivir de sus ahorros mientras no trabajara.

Hacía tiempo, mientras todavía vivía con sus padres, se había apuntado al concurso que había anunciado una revista para encontrar escritores revelación menores de veinticinco años. Ella, que por aquel entonces tenía dieciocho años, había creado la historia de una mujer que, disfrazada de hombre, se había marchado a Europa a encontrar a su amado.

No había ganado, ni siquiera la habían seleccionado. Pero uno de los miembros del jurado, una agente literaria, se había puesto en contacto con ella después del concurso y la había invitado a comer en Londres.

Tallie había aceptado la invitación con cierto temor, pero Alice Morgan había resultado ser una alegre mujer de mediana edad que comprendía por qué la elección de una carrera no era fácil.

—Mi hermano, Guy, siempre supo que quería ser veterinario, como nuestro padre —le había confiado Tallie mientras comían—. En el instituto creen que debo ir a la universidad para estudiar Filología o Historia antes de prepararme para ser profesora. Pero no estoy segura, así que me estoy tomando un año sabático mientras me decido.

–¿No has considerado hacerte escritora profesional?

–Oh, sí, siempre he querido serlo, pero tendrá que ser en el futuro –había contestado Tallie–. Siempre pensé que primero tendría que tener un trabajo normal.

–Y este año sabático… ¿cómo lo vas a pasar?

–Bueno, mi padre siempre necesita ayuda en su trabajo. He hecho un curso bastante completo de informática, así que también podría encontrar algún trabajo de oficina.

–¿Y qué ocurre con Mariana, que está en las manos de los contrabandistas? –había preguntado la señora Morgan. ¿La confiscas a la carpeta de los «podría haber sido» o vas a terminar su historia?

–En realidad no lo he pensado –confesó Tallie–. Para serte sincera, solo escribí aquello para divertirme.

–Y se refleja en la historia –dijo Alice Morgan, sonriendo–. No es perfecta, pero es una historia muy animada contada con euforia por una voz joven… y desde una perspectiva femenina. Si pudieras mantener la historia y la emoción al mismo nivel, creo que habría más de una editorial interesada.

–¡Dios mío! –exclamó Tallie–. En ese caso, quizá piense en ello con seriedad.

–Eso es lo que quería oír. Una cosa que debes pulir es a tu protagonista, el elegante William. ¿Está basado el personaje en alguna persona real… quizá en un novio?

–Oh, no –contestó Tallie, ruborizándose–. Nada de eso. Me basé en alguien a quien veo a veces por el pueblo. Sus padres tienen una casa que utilizan los fines de semana, pero a él… casi ni le conozco.

Pero sabía su nombre… era Gareth Hampton.

—Me llevé esa impresión, ya que como héroe no era gran cosa. Si Mariana va a arriesgar tanto por su amor hacia él, el tipo debe merecer la pena. Y había un par de cosas más…

Dos horas después, Tallie había regresado en tren a su casa. Llevaba escritas en su diario las notas sobre las otras sugerencias que le había hecho Alice Morgan y, cuando llegó a su destino, ya había decidido su futuro. Tenía un plan.

Sus padres se quedaron estupefactos cuando les contó lo que quería hacer.

—¿Pero por qué no puedes escribir en casa? —preguntó su madre.

Tallie pensó que, si se quedaba en casa, jamás lograría concentrarse en el trabajo, ya que contarían con ella para todos los recados y favores que hubiera que hacer.

—La señora Morgan me ha dicho que necesito hacer una buena labor de investigación y la ciudad es muy conveniente para ello. Voy a pagar la inscripción a una biblioteca londinense con el dinero que me disteis en navidades y en mi cumpleaños. Entonces haré lo que hizo Lorna y buscaré un piso compartido con dos o tres chicas más.

La señora Paget no dijo nada, pero esbozó una mueca. Días después le dijo a su hija que había estado hablando con el tío Freddie y que este estaba de acuerdo en que vivir con extraños era impensable y había insistido en que Tallie se mudara con su prima Josie.

—Me ha dicho que su piso tiene una habitación de sobra y tu prima te ayudará a moverte por Londres.

—Josie tiene tres años más que yo y no tenemos

nada en común. Además, la tía Val y ella siempre nos han mirado como a los pobres de la familia.

–Bueno, supongo que en un aspecto material en realidad lo somos –dijo su madre–. Pero en nada más. Además, espero que tener que trabajar haya suavizado el carácter de Josie.

Recordando todo aquello y mientras subía en ascensor a la agencia, Tallie se dijo a sí misma que su prima no había cambiado. Por lo menos no en lo que a ella se refería.

Aquel era su último día de trabajo en la agencia, así que se enderezó y sonrió al abrirse las puertas del ascensor y llegar a las oficinas.

A media tarde, sus compañeros de trabajo brindaron con champán a modo de despedida y el director de la agencia dijo cuánto sentía la pérdida de una trabajadora como ella.

–Y si el próximo trabajo no sale como esperabas, telefonéanos –añadió el director.

Al acabar pronto la jornada, pensó que tenía tiempo de ir a su piso para hacer las maletas antes de que su prima llegara. Después, tendría que ir al bar para cumplir con su último turno…

Cuando llegó al piso se preparó una taza de café. No tenía mucha ropa, solo las faldas negras que utilizaba para trabajar, unas cuantas blusas, una chaqueta gris, tres pares de pantalones vaqueros, unas pocas camisetas, un par de jerséis y su barata ropa interior.

Al agarrar sus cosas vio la camisa que había llevado cuando trabajó como secretaria en una empresa de contables. Un día, mientras llevaba una bandeja con café para los clientes de una reunión, un hombre se había chocado con ella al salir de los ascensores a toda prisa y había derramado el café por todas partes.

—Oh, Dios —había dicho el hombre, consternado—. ¿Estás bien o te has quemado con el café?

—Las bebidas nunca están tan calientes —contestó ella, pero vio que se había manchado la camisa.

Se arrodilló para agarrar las tazas que se habían caído y se percató de que el hombre también se había arrodillado. Pero en vez de ayudarla se había quedado mirándola…

—Gareth —dijo ella al levantar la vista y reconocer al hombre—. Quiero decir… señor Hampton.

—Llámame Gareth —sugirió él, sonriendo—. Tú eres la hermana pequeña de Guy Paget. ¿Qué demonios haces aquí, tan lejos de Cranscombe? Quiero decir aparte de estar empapada de café.

—Ahora vivo en Londres —se apresuró a decir ella—. La secretaria del señor Groves está de vacaciones y la estoy sustituyendo… por el momento —añadió al ver acercarse a su jefe.

—Ha sido todo culpa mía —le explicó Gareth al señor Groves, levantándose—. No miré por dónde iba y casi tiro al suelo a la pequeña Natalie.

—Oh, por favor, no te preocupes, muchacho —le dijo el señor Groves, que miró a Tallie a continuación con menos gentileza—. Traiga otra bandeja a la sala de conferencias, señorita Paget. Después, llame a mantenimiento. Tendrán que limpiar la moqueta. Y arréglese usted también, por favor.

Tallie hizo todo lo que pudo en el cuarto de baño con unas toallitas húmedas… pero solo logró empeorar el aspecto de la camisa. Deseó haberse maquillado aquella mañana para que Gareth la hubiera visto como a algo más que la hermana pequeña de Guy.

Pero, claro, las mujeres que Gareth solía llevar a su casa habían sido esbeltas y elegantes.

Pensó en su pelo, que tenía el mismo color marrón con el que había nacido. Lo tenía muy liso y le llegaba por los hombros. Y, aunque su madre le decía que tenía buena figura, sabía que era una versión pasada de moda de las mujeres delgadas. Su pálida piel y sus ojos marrones eran quizá sus mejores atributos. Pero no tenía una boca y nariz bonitas.

Al salir del cuarto de baño su ilusión de ver a Gareth de nuevo se desvaneció, ya que la señora Watson, la jefa de las secretarias, la miró con mala cara y la mandó a fotocopiar un gran número de documentos.

Cuando hubo terminado, Gareth se había marchado ya. Entonces se dispuso a salir para comer algo.

—Ha llegado esto para ti hace unos minutos —le dijo Sylvia, la recepcionista.

Lo que había llegado para ella había sido un paquete envuelto en papel de regalo. Contenía una camisa de seda, suave, delicada y quizá la prenda de ropa más cara que jamás había poseído.

Para que me perdones por la que te he destrozado. Esperaré en el Caffe Rosso a partir de la una para saber si es tu talla. G.

La camisa le quedaba perfecta y había estado muy emocionada ante la perspectiva de comer con Gareth. Incluso se había preguntado a sí misma si aquello constituía una cita...

Arrodillada en la pequeña habitación que había ocupado en el piso de su prima, dobló la camisa una y otra vez hasta que esta se convirtió en una pequeña bola de tela. La envolvió en papel de periódico y la tiró a la papelera de la cocina antes de salir hacia el bar.

Se dijo a sí misma que todo sería mejor cuando ya no viviera allí.

Sus heridas podrían cicatrizar más fácilmente...

Cuando al día siguiente por la tarde se vio en su nueva residencia, con sus pertenencias ya colocadas en los armarios y su ordenador portátil en el despacho, comenzó a pensar que quizá su optimismo estuviera justificado.

Pensó en el pequeño enfrentamiento que había tenido con su prima, enfrentamiento que habría querido evitar.

—Aparte de la inconveniencia de tener que buscar a alguien que ocupe tu habitación... ¿te das cuenta de la reprimenda que me va a echar mi padre cuando se entere de que te has mudado?

—Tú no eres mi niñera –había contestado Tallie–. Además, pensé que te alegraría verme marchar.

—Oh, por el amor de Dios –dijo Josie–. ¿No estarás todavía obsesionada con Gareth? ¿No es momento ya de que crezcas?

—Por supuesto –respondió Tallie resueltamente–. Considera este un primer paso.

Como consecuencia de aquello, había llegado a Albion House mucho antes de lo previsto y se había encontrado con Kit Benedict, que estaba impaciente.

—¿Recuerdas todo lo que te he dicho? –había preguntado él–. La caja de los plomos, el sistema de alarma, la televisión... Y no te olvides de mandar cualquier correo que llegue a Grayston y Windsor. Eso es de vital importancia.

–Desde luego –contestó ella, sonriéndole–. Soy muy eficiente. Podría haberte traído referencias.

–Andy, el dueño del bar, me dijo que trabajabas bien, y él es muy perspicaz para estas cosas. Todos mis amigos saben que voy a estar fuera de la ciudad una temporada, pero si llama alguien preguntando por mí simplemente di que voy a estar ausente durante un tiempo indefinido. Y si te preguntan quién eres, diles que la limpiadora.

Tallie se había preguntado a sí misma por qué no querría él decir la verdad.

–En la nevera hay algunas cosas que han sobrado para comer –le dijo Kit mientras se dirigía hacia el vestíbulo, donde le esperaba su equipaje–. Hay sábanas limpias en ambos dormitorios. Vienen a llevarse la ropa para hacer la colada cada miércoles. Mueve todo lo que necesites para hacerle hueco a tu ropa en los armarios. Cualquier emergencia comunícasela a los abogados.

Entonces se marchó del piso y Tallie se quedó allí de pie. A los pocos instantes se dirigió a la cocina, donde vio lo que quedaba en la nevera... queso duro y una poco apetecible ensalada.

Su primera prioridad sería ir a la compra al supermercado más próximo.

Lo siguiente que haría sería tumbarse en uno de los enormes sofás que había en el salón y relajarse.

Se imaginó a Gareth tumbado en uno de los sillones, pero se reprendió a sí misma y se ordenó dejar de torturarse.

Pensó que lo mejor sería mantenerse ocupada durante el resto del día y dejar todo preparado para poder comenzar a trabajar a la mañana siguiente. Y eso hizo.

El piso tenía una gran televisión de plasma con un sinfín de canales, muy diferente al televisor del piso que había compartido con su prima en el cual solo se veía una cadena.

Cuando por fin se metió en la cama, se percató de que era la cama más grande en la que había dormido. Todo era muy lujoso y realmente agradable en aquel piso.

Estaba ya casi dormida cuando el teléfono sonó. Adormilada, respondió. Contestó una voz de mujer que comenzó diciendo un nombre de hombre…

–Cariño, estás ahí… ¡qué alivio! –dijo–. He estado tan preocupada. ¿Estás bien?

–Lo siento –contestó Tallie, recordando las instrucciones de Kit–. El señor Benedict ha salido de la ciudad por un tiempo indefinido.

–¿Y quién eres tú? –preguntó la mujer, obviamente irritada.

Tallie pensó que no tenía sentido decir que era la limpiadora, no a aquella hora de la noche.

–Soy una amiga –contestó alegremente antes de colgar.

Esperó que la mujer volviera a telefonear, pero el teléfono no sonó.

Cuando se estaba volviendo a quedar dormida, pensó que el nombre que la mujer había dicho al principio de la conversación no le había sonado en absoluto como Kit, sino algo muy distinto.

Se dijo a sí misma que debía estar equivocada ya que, después de todo, estaba medio dormida.

Capítulo 2

TALLIE cerró su ordenador portátil y se echó para atrás en la silla de cuero negra. Suspiró, más por alivio que por satisfacción.

Se dijo a sí misma que parecía que por fin volvía a ser capaz de escribir. Durante los meses anteriores, no había tenido mucho tiempo para hacerlo y, además, había estado el asunto de Gareth…

Respiró profundamente. Por lo menos en aquel momento ya comprendía lo que era estar enamorada… aunque fuera levemente. Comprendía por qué una chica como Mariana abandonaba tantas cosas para tratar de volver a reunirse con el hombre al que tanto quería.

Hasta aquel momento, no le había prestado mucha atención a los aspectos emocionales de su historia, sino que se había centrado en hacerla animada… como en la divertida manera en la que su protagonista se escapaba de su severo tutor y de la amenaza de un matrimonio acordado por su familia.

En aquel momento, se dio cuenta de que la decisión de Mariana habría sido mucho más impactante si se hubiera escapado de un hogar en el que recibía el amor de unos padres que simplemente eran demasiado protectores.

La imaginación era algo maravilloso, pero le ayudaría no tener que escribir mucho sobre escenas de sexo hasta el final de la novela.

Recordó de nuevo a Gareth y la comida que habían compartido en el Caffe Rosso.

Al principio ella no había sabido qué decir, aunque había querido darle las gracias por la camisa.

–Bueno… –había dicho él– era lo mínimo que podía hacer. Henry Groves es un contable magnífico, pero le importan mucho las apariencias.

Tallie le estaba escuchando embelesada. Gareth le preguntó qué hacía en Londres.

–Pensaba que eras una chica de tu casa… y que no te alejarías de Cranscombe.

–Estoy tomándome un año sabático para decidir lo que quiero hacer –contestó ella. No mencionó la novela, ya que no había nada seguro–. ¿Cómo va el mundo jurídico?

–Tiene momentos –contestó él–. Seguramente me especialice en impuestos. Parece que es un área bastante lucrativa.

–¿No quieres defender a criminales?

–Eso suena más glamuroso de lo que realmente es –dijo Gareth, encogiéndose de hombros–. Y, en realidad, se merecen las penas –añadió, pidiendo la carta de postres–. ¿Sabías que mis padres también se van a marchar de Cranscombe? Han vendido su casa y van a comprar algo en Portugal… donde hace mejor tiempo y se juega mucho al golf.

–Oh –dijo ella, mirándolo asustada–. Así que, si no hubieras venido hoy a la oficina, tal vez nunca te habría vuelto a ver.

Nada más decir aquello se ruborizó al percatarse de que había revelado sus sentimientos.

–Incluso peor –contestó él, tomándola de la mano–. Quizá yo no te hubiera vuelto a ver a ti nunca más. ¿Te parece bien si celebramos con tiramisú la manera tan afortunada en la que nos hemos escapado de ese desastre?

Mientras tomaban café, Gareth le sugirió que volvieran a verse el sábado por la noche. Pero Tallie se vio forzada a decirle que no podía debido al trabajo extra que estaba realizando.

Entonces él le sugirió que fueran a comer juntos y a dar un paseo.

–La mejor manera de conocer Londres es a pie –le informó–. Y no puedo esperar a enseñártelo.

Ella regresó a la oficina en un estado de euforia, casi incapaz de creer que fuera a volver a verlo.

Y el sábado por la tarde fue un sueño. Gareth conocía muy bien la ciudad y, embelesada, ella escuchó las historias que él le contó.

Le habló de su trabajo en un bufete de abogados y de lo estupendo que era el barrio de Notting Hill. Estaba claro que la vida en la ciudad le gustaba mucho más que la vida en el campo.

El único momento levemente tenso llegó en la despedida, cuando Tallie se percató de que la iba a besar. Estaba tan nerviosa que acabó siendo un vergonzoso roce de narices y barbillas.

Pasó toda la noche reprendiéndose por su estúpida actitud, pero claro, solo la habían besado tres o cuatro veces en toda su vida.

Se dijo a sí misma que estaría preparada para la próxima vez que él lo intentara… habían acordado verse al siguiente fin de semana.

Pasó toda la semana muy nerviosa y, cuando por fin llegó el sábado, Gareth le sugirió que fueran a dar un paseo por Hyde Park, que estaba lleno de felices parejas.

Se acercó a él mientras paseaban con la esperanza de que la tomara de la mano o que le pusiera un brazo por encima. Deseaba con toda su alma ser su pareja...

Pero al mirarlo de reojo se percató de que era algo bastante improbable. Él tenía la mirada perdida e incluso fruncía levemente el ceño.

–¿En qué piensas?

–¿Qué? Oh... –contestó él, vacilando–. Estaba pensando en algo que podíamos hacer. Quizá deberíamos...

A Tallie casi se le paró el corazón. Se preguntó si él le iba a sugerir que fueran a su casa porque el parque era un lugar demasiado público... Deseó con todas sus fuerzas que así fuera, ya que ello implicaría que Gareth la consideraba parte de su vida, que le importaba.

–Iba a sugerir que fuéramos a tomar el té en Fortnums, sería agradable, ¿no crees? –continuó él.

–Sí –contestó ella–. Estupendo –añadió, tratando de no sentirse decepcionada.

Se dijo a sí misma que todavía no era el momento para que él le propusiera algo como lo que había pensado; era demasiado pronto. Y el hecho de que no le metiera prisas era buena señal.

Cuando llegaron a Fortnums, tuvieron que detenerse en la puerta porque alguien salía.

–Natalie –dijo Josie–. No sabía que podías permitirte venir a sitios como este –entonces, sonriendo, se dio la vuelta para mirar a Gareth–. ¿Y quién es él?

–Es Gareth Hampton. Un... un amigo de Cranscombe.

–Dios mío –contestó Josie–. Y pensar que solía hacer todo lo que pudiera para evitar ir a aquel lugar. Bueno, amigo de Cranscombe, yo soy la prima de Natalie, Josephine Lester, y supongo que tampoco te habrá hablado de mí.

–No –contestó Gareth con voz extraña, casi ronca–. No lo ha hecho –añadió, mirando a Josie fijamente.

Tallie tuvo la impresión de que ambos estaban como encerrados en una zona exclusiva, zona en la que ella jamás podría penetrar.

–Íbamos a tomar un té –dijo en voz baja.

Tanto Josie como Gareth se dieron la vuelta y la miraron sorprendidos, como si se hubieran olvidado de su presencia.

–¡Qué idea tan fantástica! –dijo Josie, sonriendo.

–Se me había olvidado lo tarde que es –explicó Tallie, mirando su reloj–. Tengo que entrar a trabajar dentro de poco, así que os dejo. Que lo paséis bien.

Entonces se marchó, aunque en realidad todavía le quedaba bastante para entrar al trabajo.

El piso de su prima, en el que ya habían estado apretujados, se convirtió en un infierno. Daba igual la hora que fuera, por la mañana o por la noche, siempre que se atrevía a salir de su habitación se encontraba con Gareth.

–Los novios no se pueden quedar a vivir en el piso –dijo un día Amanda, enfadada ante la situación–. Esa fue la regla que establecimos, pero él está siempre aquí.

–No vive en el piso –contestó Josie–. Simplemente… a veces se queda a dormir.

–Siete noches a la semana no se puede calificar como «a veces» –espetó Amanda.

Tallie hizo todo lo que pudo para ser discreta. Hablaba solo si se le preguntaba y no mostraba ninguna expresión en la cara; estaba dispuesta a no revelar cuánto daño le hacía oír o ver a Gareth.

Un día al llegar del trabajo se lo encontró solo en el piso. Obviamente consternada se detuvo en seco al verlo y, entonces, murmurando algo, se dirigió a su habitación.

—Perdona —fue todo lo que dijo.

—Mira, Natalie… —comenzó a decir él, siguiéndola— ¿podemos suavizar un poco las cosas? —preguntó, casi irritado—. Es muy desagradable que te comportes como si yo hubiera hecho algo terrible. Y Josie me ha dicho que te vas a mudar. Por Dios, nunca hubo nada entre nosotros. Tú eras la hermana pequeña de Guy, eso era todo.

—Y tú solo fuiste amable conmigo… dedicándole a una niña un par de días, ¿verdad?

—Bueno, nunca podría haber sido nada más.

—¿Por qué no? —exigió saber Tallie, a quien ya no le importaba nada—. ¿Soy tan repulsiva?

—No, desde luego que no —contestó él de mala gana.

—¿Entonces qué es? Realmente me gustaría saberlo.

—¿Estás segura? —preguntó Gareth, vacilando, obviamente avergonzado—. Mira, Natalie, era obvio que nunca habías hecho nada… y yo no podía soportarlo.

—Pensaba que a los hombres les gustaba eso… —contestó ella— saber que son los primeros.

—A mí no. Todavía no se me han curado las cicatrices de la única vez que lo hice con una virgen. Dios, tuve que estar horas suplicando y después ella esperaba que yo estuviera eternamente agradecido.

Tallie recordó las conversaciones de las chicas del colegio, en las cuales se decía que la primera vez dolía, que era muy decepcionante… pero que la segunda las cosas comenzaban a mejorar.

–Bueno, fuera quién fuera, y créeme, no quiero saberlo, la compadezco –dijo, entrando en su habitación y cerrando la puerta tras ella.

La manera en la que Gareth había hablado de su falta de experiencia sexual no le había gustado nada y aquella había sido la última vez que había hablado con él.

Pero no se lo podía quitar de la cabeza… él era la imagen de William, el héroe de su novela.

No podía continuar sintiéndose abatida para siempre… sobre todo no en aquella maravillosa habitación. En realidad, le encantaba todo el piso, aunque especialmente la cocina y el cuarto de baño que había en la habitación. Pero su estancia favorita era el despacho; era una sala muy grande y con mucha luz.

Había colocado su ropa en el armario de la habitación principal... junto a la cara colección de trajes y camisas que allí había. Pero la cómoda, los cajones y las estanterías, donde le sorprendió ver libros de Matemáticas y Ciencias, estaban bajo llave.

Se levantó y agarró las páginas que había terminado. Entonces las metió en una carpeta y se dirigió a la cocina para preparar pasta.

Comió en una bandeja en el salón, donde puso la televisión para ver una serie que le gustaba. Antes de que esta comenzara, como ya había terminado de cenar, llevó la bandeja a la cocina y metió los cacharros sucios en el lavavajillas.

Cuando regresó al salón, se percató de que la serie que quería ver empezaría con retraso debido a un

avance de noticias que estaban echando sobre la delicada situación en Buleza, África. Los británicos
que allí había habían sido por fin evacuados, pero
había habido cierta preocupación por un pequeño
grupo de ingenieros que había estado construyendo
un puente y que se había visto afectado por los alter-
cados. Aunque afortunadamente los habían encontrado y llevado a la frontera.

Cuando hubo terminado de colocar la compra,
Tallie estaba agotada. Decidió que se daría una ducha antes de preparar la cena.

Entró a su habitación y eligió ropa interior limpia, así como unos pantalones de algodón y un jersey. Los dejó sobre la cama y se dirigió al cuarto de
baño, donde se desnudó y dejó su ropa sucia en el
cesto de la colada. Entró a la ducha y se lavó el pelo
y el cuerpo.

Y entonces, de repente, fue consciente de que ya
no estaba sola. Vio una sombra negra al otro lado de
la mampara de la ducha y sintió el aire frío sobre su
piel cuando los cristales se abrieron de par en par y
vio a un completo extraño allí de pie.

El hombre, de pelo negro y penetrantes ojos verdes, la miró de arriba abajo.

Instintivamente ella se echó para atrás y trató de
gritar, pero no le salió la voz.

–Cierra el agua –ordenó el hombre con dureza–.
Y ahora, tienes un minuto para explicarme quién
eres y qué haces en mi piso… antes de que telefonee
a la policía.

Al mencionar él a la policía, Tallie se tranquilizó
un poco, ya que se dijo a sí misma que un ladrón o

un violador no amenazaría con ello... Además, él se había referido a «su piso». No comprendía nada. Temblando y sintiéndose extremadamente avergonzada, cerró el agua.

–Estoy esperando –insistió él, agarrando una toalla y tirándosela a ella.

–Estoy cuidando el piso mientras el señor Benedict está fuera –contestó Tallie, arropándose con la toalla.

–¿Ah, sí? –dijo él, mirándola de nuevo de arriba abajo–. Bueno, pues el señor Benedict ya ha vuelto y yo no contraté a nadie, así que te sugiero que te inventes otra excusa mejor.

–No, usted no comprende –intentó aclarar Tallie, apartándose un mechón de pelo de la cara. Pero al hacerlo la toalla se resbaló. Ruborizada, la agarró–. Tengo un acuerdo con Kit Benedict... que está en Australia. ¿Es usted... un miembro de su familia?

–Soy el miembro más importante de su maldita familia –contestó él con mucha frialdad–. Desafortunadamente, Kit es mi hermanastro y supongo que tú eres una de sus pequeñas bromas... o la compensación por alguna fechoría que todavía estoy apunto de descubrir. Una forma de pagarme en especias. Mi regalo de regreso a casa.

El hombre frunció el ceño de nuevo y Tallie se sintió invadida por el pánico.

–En circunstancias normales, desde luego, no tocaría el regalo de despedida de Kit –continuó él–. Pero durante los horribles días anteriores no ha habido nada normal y quizá encontrar a una bella chica desnuda en mi ducha sea perfecto. Una indirecta para decirme que quizá unas horas de diversión es justo lo que necesito.

Entonces comenzó a desabrocharse la camisa.

—Prepara otra vez la ducha, cariño, y me reuniré contigo.

—No se acerque a mí —ordenó Tallie, apretándose contra la pared—. Yo no soy el regalo de bienvenida de nadie, y menos aún de su hermano. Teníamos… un acuerdo de trabajo…

—Está bien —concedió él, dejando caer la camisa al suelo y desabrochándose los pantalones—. Ahora tienes un acuerdo conmigo… solo que las condiciones han cambiado un poco.

—No lo comprende —insistió ella más enérgicamente—. Estoy aquí para cuidar la casa. Para nada más.

—Entonces cuídame a mí —sugirió él con serenidad—. Puedes comenzar lavándome la espalda.

—No —contestó ella—. No lo haré. Y le advierto una cosa; si se acerca a mí… si se atreve a ponerme una mano encima, haré que lo condenen por violación. Se lo juro.

En ese momento, se creó un tenso silencio, tras el cual él habló con suavidad.

—Parece que hablas en serio.

—Así es —concedió ella, levantando la barbilla—. Y también será mejor que usted me crea cuando le digo que no tengo nada con Kit, que no lo he tenido nunca y que jamás lo tendría. Creo que, a su manera, él es tan detestable como usted.

—Gracias.

—Vine aquí simplemente para hacer un trabajo y, hasta hace unos minutos, ni siquiera sabía que usted existía. Pensaba que este era el piso de Kit.

—Estoy seguro de que a él le gustó dar esa impresión —dijo el hombre, encogiéndose de hombros—.

Siempre ha sido así. Pero permíteme que te asegure que el piso es mío, así como todas sus pertenencias… como la toalla que sujetas y la cama donde aparentemente has estado durmiendo. En realidad, muy a mi pesar, soy el anfitrión ocasional de Kit. Y ahora mismo, por alguna razón que estoy seguro querrás compartir conmigo, también lo soy de ti.

–Desde luego que me doy cuenta de que le debo… una explicación –contestó ella.

–Quizá debiéramos posponer cualquier discusión acerca de nuestras deudas para un momento más conveniente.

–Las razones que tengo para estar aquí son perfectamente legales. No… no tengo nada que esconder.

–¿No? –preguntó él con cinismo. Entonces se acercó a agarrar un albornoz que había colgado detrás de la puerta del cuarto de baño–. Ahora pretendo ducharme, tanto si te quedas ahí como si no –añadió, acercándose a ella–. Así que te sugiero que te pongas esto y que desaparezcas… si tu casta oposición a complacerme es sincera.

Entonces hizo una pausa, sujetando el albornoz.

–¿Es así? ¿O podría persuadirte para que le ofrezcas a este viajante tan cansado el placer de tu precioso cuerpo?

–No –contestó Tallie–. No podría hacerlo.

–Entonces vete –ordenó él, dándole el albornoz–. Pero debes saber que todavía estoy considerando denunciarte por allanamiento de morada. Aunque sería una ayuda para tu caso si me preparas una buena taza de café, negro y caliente.

–¿Es eso una orden? –preguntó ella, intentando desafiarle.

–Solo una sugerencia –contestó él–. Sugerencia que harías bien en considerar.

Entonces observó cómo ella se daba la vuelta para quitarse la toalla y ponerse el albornoz.

–Tu recato es encantador, aunque un poco tardío –comentó secamente–. Enseguida me reuniré contigo para tomar café. Y ni siquiera pienses en marcharte porque no me parecería divertido.

–¿Se refiere a antes de que haya contado las cucharas de plata? –preguntó ella, mirándolo.

–Antes de ciertas cosas –contestó él, quitándose los pantalones–. Sugiero que tomemos café en el salón, ya que es territorio neutral, a no ser que tú tengas otra idea más interesante –añadió, agarrando la cinturilla de sus calzoncillos–. ¿No? Ya me lo esperaba.

Cuando finalmente se quitó los calzoncillos y se metió en la ducha, Tallie se dio la vuelta y salió de allí a toda prisa. Disgustada, oyó cómo él se reía en alto.

Capítulo 3

MIENTRAS preparaba café, Tallie pensó que deseaba poder salir corriendo de aquel piso… pero no podía. No tenía dónde ir y casi todas sus pertenencias se encontraban en la habitación principal… así como el dueño del piso. Incluso su ropa limpia estaba sobre la cama…

Aquel hombre no había tenido vergüenza en desnudarse delante de ella, lo que casi había sido un insulto.

Pensó que su acuerdo con Kit Benedict había sido verbal y que no tenía ningún documento que corroborara que este la había contratado para cuidar el piso. El verdadero propietario, fuera quien fuera, tenía todo el derecho a denunciarla por allanamiento de morada.

Estremeciéndose, se percató de lo obvio; había demasiadas cosas ocultas en su acuerdo con Kit Benedict como para que fuera sincero. Había sido una estúpida al ignorar la contradicción entre lo alocado que era Kit y el remanso de paz que suponía aquel lujoso piso.

Salió al pasillo y vio que la puerta de la habitación principal estaba cerrada. No se oía ningún ruido y la paz que tanto había ansiado se convirtió en un silencio opresivo.

Volvió a la cocina y se dijo a sí misma que tenía que olvidar lo que había ocurrido en el cuarto de baño y comportarse con normalidad.

Colocó la cafetera con unas tazas en la bandeja y se dirigió al salón, donde la colocó sobre una preciosa mesa de nogal.

Se dijo a sí misma que a los hombres les gustaba la televisión. Lo primero que solían hacer su padre y Guy cuando llegaban a casa era encender la televisión, tanto si había algo que querían ver como si no.

Encendió el televisor y sintonizó uno de los canales más importantes. Parecía que estaban emitiendo las noticias; vio cómo aterrizaba un avión, del cual bajó un grupo de mugrientos hombres despeinados. Iba a cambiar de canal cuando se fijó con detalle en los hombres. Uno de ellos le era terriblemente familiar.

Pensó que no, que no podía ser.

—Los ingenieros británicos que tuvieron dificultades debido a la guerra civil de Buleza están muy contentos de estar de nuevo en casa —dijo el reportero de la televisión—. En la conferencia de prensa que siguió a su llegada, Mark Benedict, el responsable principal del proyecto para construir el puente en Ubilisi, dijo que este había sido un blanco muy importante para las fuerzas de la oposición y, como resultado, ha sido completamente destruido.

Mark Benedict. Tallie se dio cuenta de que él había dicho la verdad.

Oyó unas pisadas detrás de ella y se dio la vuelta.

—¡Dios mío! —exclamó—. Ha estado allí, en ese país africano donde ha habido esas luchas tan terribles.

—Sí —contestó él—. Y créeme, no necesito que me

lo recuerden –añadió, quitándole el mando a distancia y apagando la televisión.

Impresionada, Tallie se percató de que apenas podía reconocerle. No era su prototipo de hombre, pero al verlo afeitado y bien peinado tuvo que admitir que tenía una cara llamativa, con los pómulos marcados y una arrogante barbilla.

Había algo duro en él, algo de lo que Kit carecía. Tenía una vieja cicatriz en una de las mejillas y la marca de una herida reciente en la comisura de los labios.

Su pelo oscuro brillaba y se había vestido con unos chinos y un polo negro.

–Lo primero… –comenzó a decir él, mirando la bandeja de café– es que puedes llevarte la leche y el azúcar porque nunca tomo. Y ya que vas a la cocina, tráeme una taza grande. Y trae otra para ti.

–¿Es necesario? –preguntó Tallie, levantando la barbilla–. Después de todo, no es que sea una cita de sociedad.

–También se pueden hacer negocios tomando café –contestó él con firmeza–. Así que por qué no haces lo que te pido, señorita… umm…

–Paget –se presentó ella–. Natalie Paget.

–Yo soy Mark Benedict, como supongo que ya sabes –dijo él, haciendo una pausa a continuación–. Por favor, no te quedes tan impresionada; te aseguro que para mí todo esto es tan desagradable como para ti. Así que sentémonos de una manera civilizada a hablar de la situación.

–Civilizada –repitió ella, marchándose a la cocina.

Pensó que el hecho de que él quisiera hablar sobre la situación significaba que no estaba planeando denunciarla de inmediato. Pero percatarse de que todo lo que llevaba puesto era el albornoz de él la hacía estar en desventaja.

Cuando regresó al salón, aceptó la taza que le sirvió Mark y se sentó en el sofá que había frente a él. Escondió sus desnudos pies bajo el albornoz.

—Así que… —comenzó a decir él sin ningún rodeo— dices que Kit está en Australia. ¿Cuándo se ha marchado y por qué?

—Se marchó a finales de la semana pasada —contestó Tallie—. Creo que era un viaje de negocios… para visitar varios viñedos en representación de la empresa para la que trabaja.

—Bueno, bueno —dijo Mark, relajando la expresión de su cara—. Apuesto a que Veronica no pensó que eso fuera una opción cuando consiguió el trabajo para su niño —entonces hizo una pausa—. ¿No te pidió que fueras con él?

—Desde luego que no —contestó Tallie, indignada—. Apenas lo conozco.

—Muchas veces eso no tiene nada que ver —murmuró él—. Y, en lo que se refiere a Kit, podría incluso ser una ventaja. Lo que no comprendo es que, si hace tan poco tiempo que lo conoces… ¿cómo te ha dejado quedarte aquí?

—Fue sugerencia suya —dijo ella a la defensiva—. Él sabía que yo estaba buscando un lugar barato donde poder quedarme durante algunos meses.

—¿Consideras esto como una especie de albergue? —quiso saber Mark.

—No… todo lo contrario… de verdad —respondió Tallie, ruborizada—. Supongo que cuando vine y vi lo lujoso que era el piso debería haberme dado cuenta de que había algo… que no era normal sobre el acuerdo.

Pero estaba desesperada y lo suficientemente agradecida como para no preguntar demasiado. Y, de todas
maneras, pensé que podría devolverle el favor siendo
la mejor cuidadora de pisos del mundo. Lo iba a cuidar como si fuera mío... incluso mejor.

–O, consciente de que él se iba a marchar, podrías
haber decidido ocupar la casa sin autorización –dijo
Mark con dureza.

–No, te juro que eso no es así –negó ella, mirándolo a los ojos y comenzando a tratarle con más confianza–. Si no me crees, pregúntale a mi exjefe del
bar de copas. Él estaba delante cuando tu hermano
me hizo la oferta. Además, un ocupa no les mandaría
el correo a los abogados, ni tendría una llave, ni sabría el código de seguridad... nada de eso.

–¿Has estado trabajando en un bar de copas? –
preguntó él, frunciendo levemente el ceño.

–¿Por qué no? –retó ella–. Es un trabajo muy respetable.

–Respetable... seguro –contestó él, analizándola
con la mirada–. ¿Pero como trabajo? Habría pensado
que aspirarías a algo mejor.

–Bueno... –dijo Tallie con tensión– como somos
unos completos extraños, no comprendo cómo puedes juzgarlo. Además, siempre he trabajado como
secretaria durante el día. El bar suponía... dinero extra.

–Me he percatado de que estás hablando en pasado –comentó Mark Benedict–. ¿Tengo que dar por
supuesto que ya no estás trabajando?

–Ya no tengo ningún salario –admitió ella–. Pero
estoy trabajando.

–¿En qué? Tus discutibles labores como cuidadora de pisos no te ocuparán muchas horas.

–Estoy comprometida con… con un proyecto privado.

–Como te has colado en mi casa, creo que las reglas normales de privacidad no se aplican. ¿Cómo planeas ganarte la vida?

–Estoy escribiendo una novela –contestó Tallie, mirándolo.

–¡Cielo santo! –exclamó él sin comprender–. Me imagino que será para niños.

–¿Por qué imaginas eso? –quiso saber ella con actitud desafiante.

–Porque tú misma no eres más que una niña.

–Tengo diecinueve años –informó fríamente.

–Ya me quedo más tranquilo –contestó Mark con ironía–. ¿Qué clase de libro es?

–Es una historia de amor –contestó ella, levantando la barbilla.

–Me impresionas. Supongo que será un asunto en el que tengas mucha experiencia, ¿no es así? –se burló él.

–Tanta como necesito –dijo Tallie, furiosa al percatarse de que se había ruborizado de nuevo.

–En otras palabras… no tienes mucha experiencia en el amor –respondió él, sonriendo abiertamente–. A no ser que yo esté equivocado… lo que creo que no es cierto, a juzgar por la manera en la que te has aterrorizado cuando me he acercado a ti hace un momento.

Tallie se ruborizó aún más y pensó que parecía que llevaba la palabra «virgen» tatuada en la frente.

–¿Y has apostado tu futuro económico en esta improbable empresa? –continuó él.

Ella se sintió tentada de hablarle de Alice Morgan para hacerle ver que no tenía pájaros en la cabeza, sino que aquello era un riesgo calculado y muy bien pensado… pero no era asunto suyo.

–Sí –contestó con frialdad–. Lo he hecho.

–Bueno… –dijo él– eso explica por qué te aferraste a la oportunidad de vivir aquí. ¿Le estás pagando alquiler a Kit?

Tallie negó con la cabeza.

–Solo pago mi parte de las facturas.

–Que pueden ser bastante caras para un sitio como este. ¿Cómo puedes permitírtelo?

–Por haber estado trabajando día y noche durante meses. He ahorrado cada céntimo que he podido –contestó ella con dureza.

–¿Dónde vivías antes de mudarte aquí?

–Compartía piso… –contestó Tallie– con mi prima y una amiga suya.

–Excelente –comentó él–. Entonces tienes un lugar al que regresar.

–No… no… no lo tengo. No puedo… volver ahí.

Tallie esperó que él le exigiera más explicaciones, pero en vez de eso le habló de manera terminante.

–Entonces tendrás que encontrar otro lugar… y rápido. Porque aquí no puedes quedarte.

Impresionada, ella pensó que aquel había sido el lugar perfecto hasta que Mark había aparecido y no se iba a rendir sin luchar.

–Pero no hay ningún lugar al que pueda ir. Además, tu hermano me invitó a quedarme. Confiaba en él, ¿eso no te importa?

–En absoluto –contestó Mark bruscamente–. Y si le conocieras mejor o hubieras utilizado un poco de sentido común, te habrías ahorrado muchos problemas. Porque Kit no tiene ningún derecho a realizar ningún acuerdo de ese tipo contigo, ni con nadie. Y en el futuro, él tampoco se va a quedar aquí –añadió en tono grave–. No me importa la reacción de Veronica.

–¿Es ella la madre de Kit? –preguntó Tallie.

–Desafortunadamente, sí.

–Entonces quizá yo pueda hablar con ella de todo esto. Le puedo pedir que se ponga en contacto con Kit para resolver el problema. Después de todo, su madre debe saber que el piso no es de él y tal vez pueda ayudar.

–No te lo recomiendo. Para empezar, Kit es su ojito derecho y según ella no puede hacer nada malo. Te echaría las culpas a ti por haber malinterpretado uno de los amables actos de su querido hijo –contestó Mark con voz cínica–. Aparte de que ella siempre ha considerado cualquier cosa que esté a nombre de los Benedict como propiedad comunal y ha animado a Kit a hacer lo mismo. Casi seguro que te considerará una cazafortunas y creerá que él se ha ido a Australia para alejarse de ti –añadió.

–Eso es ridículo –contestó Tallie, poniéndose tensa.

–Sin duda, pero eso no la detendrá. Y te puedo asegurar que una aspirante a escritora sin dinero no es lo que ella tiene en mente para su único retoño. Si yo fuera tú, evitaría encontrarme con ella.

–Si fueras yo… –dijo Tallie– no estarías metido en este embrollo.

–No, no lo estaría –contestó él, sonriendo renuentemente.

–¿Ahora qué ocurre? ¿Me vas a echar a la calle?

Mark mantuvo silencio durante un momento y esbozó una mueca.

–¿Cuánto tiempo llevas viviendo en Londres?

–Un año –contestó ella a la defensiva, suponiendo lo que iba a preguntar él.

–¿No es ese tiempo suficiente para haber hecho amigos que te aceptaran en sus casas temporalmente?

Tallie negó con la cabeza sin mirar a Mark. Pensó que seguramente parecería patética. No tenía amigos, aunque varias de las chicas con las que había trabajado la habían invitado a tomar algo después del trabajo, lo que quizá hubiera supuesto un primer paso para entablar amistad. Pero siempre se había visto obligada a negarse, ya que tenía trabajo y debía ahorrar cada céntimo de su salario para el futuro.

Tenía a Lorna, que era una amiga del colegio, la cual la ayudaría si pudiera. Aunque no era justo ponerla bajo ese tipo de presión. No, tenía que encontrar ella sola la solución.

–¿Y antes de vivir en Londres? –preguntó él, suspirando bruscamente–. No, no me lo digas. Vivías en casa de tus padres, seguramente en un agradable pueblo lleno de gente amable.

–¿Y si fuera así? –exigió saber Tallie.

Se fijó en que Mark parecía cansado y se advirtió a sí misma que tuviera cuidado, ya que si no iba a comenzar a sentir pena por él.

–¿Qué hay de malo con la vida de los pueblos? –continuó.

–En teoría nada –contestó él–. Pero en la práctica no es la mejor manera de prepararte para la vida en la gran ciudad. El cambio es demasiado grande. Y esa es la razón por la que no me puedo desembarazar de ti ahora mismo… como me gustaría hacer. Sería como lanzar a un cachorrito de perro a la autopista.

–Eso es muy arrogante –comentó ella, indignada–. No me trates como si fuera una niña.

–Bueno, tú no aceptaste mi buena disposición a tratarte como una mujer –contestó él–. Si recuerdas... –entonces la miró descaradamente de arriba abajo.

Dejó claro que no había olvidado su primer encuentro.

–Así que mientras sigas bajo mi techo... –continuó–. Tal vez yo tenga que adoptar una actitud autoritaria, ya que será más seguro. ¿Estás de acuerdo?

–Supongo... –comenzó a decir ella con una contenida voz–. Créeme, si tuviera algún lugar al que ir ahora mismo, ya estaría de camino...

–En ese caso, ¿por qué no te gastas algunos de tus ahorros en comprar un billete de tren para regresar a tu pueblo? ¿O no te llevas bien con nadie de tu familia?

–Sí, desde luego que sí. Mis padres son encantadores –contestó Tallie, tragando saliva–. Pero, aun así, no comprenderían lo que estoy tratando de hacer, el por qué deseo tanto ver si puedo terminar este libro y que me lo publiquen. No comprenderían por qué quiero hacer carrera como escritora.

–Seguro que si les explicas... –comenzó a decir Mark Benedict.

–No funcionaría. Pensarían que estoy siendo una tonta, que vivo en un mundo de sueños, y querrían que volviera a mi antigua vida y que tratara la escritura como si fuera un hobby. Pero las cosas no son así y es por eso por lo que me tengo que quedar en Londres. Te prometo que no te voy a molestar más de lo necesario –aseguró, levantando la barbilla–. Debe de haber algún lugar que me pueda permitir pagar y lo encontraré, aunque tarde en hacerlo.

–Te deseo suerte –dijo él–. Pero te advierto que será mejor que no tardes más de una semana en hacerlo, mi pequeña intrusa. No sobreestimes mi capacidad para hacer obras benéficas.

–No –contestó Tallie, mirándolo–. Ese no es un error que vaya a cometer.

–Bien –dijo él–. Y quiero que tus pertenencias y tú, que todo rastro de ti, estéis fuera de mi habitación y de mi cuarto de baño dentro de una hora. Después, hablaremos del resto de normas.

–He estado utilizando tu despacho para escribir –confesó ella, mordiéndose el labio inferior–. Porque hay una impresora.

–¿Eso has hecho? –preguntó él con frialdad–. Incitada por Kit, sin duda.

–Bueno, sí –concedió ella–. Tengo que admitir que una sala para trabajar como esa era uno de los mayores atractivos del piso –entonces suspiró–. Supongo que él pensó que era seguro y que, cuando tú volvieras de África, yo ya me habría marchado.

–No –dijo Mark–. Kit no habrá pensado nada de eso. Incluso si no hubiera habido problemas debido a la guerra civil, habríamos regresado a casa en pocas semanas. El proyecto estaba casi terminado y mi hermano lo sabía, como también sabía que no esperaba encontrarle aquí cuando regresara; ya había aguantado demasiado que viviera a mi costa.

Entonces agitó la cabeza.

–Apostaría bastante dinero a que lo ha hecho adrede.

–No lo comprendo –dijo ella–. ¿Por qué querría meterme a mí en vuestro conflicto personal? Si es eso lo que es.

–Oh, supongo que él jamás pensó en tus sentimientos. Tú eras solo… un medio para lograr algo, una despedida maliciosa antes de alejarse del peligro.

–Nunca antes me habían utilizado de esa manera –comentó ella, respirando profundamente.

–Bueno, no te preocupes por ello –dijo Mark, encogiéndose de hombros–. Kit te ha hecho socia de un club no muy exclusivo –añadió, mirando su reloj–. Y ahora me gustaría reclamar las áreas más personales de mi casa, así que quizá puedas comenzar a retirar tus cosas. Me gustaría que todo estuviera arreglado antes de que salga esta noche.

–¿Vas a salir?

–Sí –contestó él, levantándose–. Como ya te he dicho, necesito descansar y divertirme.

–¿Pero no estás agotado? –no pudo evitar preguntar Tallie. Se sintió muy avergonzada.

–Todavía no, cariño –dijo Mark Benedict, arrastrando las palabras–. Pero espero estarlo antes de que acabe la noche. ¿Alguna pregunta más?

–No –contestó ella, ruborizada.

–Bien –comentó él–. Entonces quizá podrías olvidarte de tu preocupación por mi bienestar y hacer lo que se te ha pedido, por favor.

Tallie se levantó y se reprendió a sí misma por haber sentido pena por aquella mala persona.

Comenzó a dirigirse a la puerta.

–Oh, y quiero que me devuelvas el albornoz –dijo Mark–. En un momento conveniente, por supuesto.

Capítulo 4

CON el pelo ya seco, peinado en un moño, y vestida con unos pantalones vaqueros y un jersey blanco, Tallie comenzó a sentirse un poco mejor.

Había agarrado sus pertenencias y las había colocado en la habitación de invitados. Tras ello, volvió al dormitorio principal para cambiar las sábanas. Puso unas de raso azul oscuras y barrió el suelo para no dejar rastro de ella. Como Mark estaba hablando por teléfono en el salón, incluso le dio tiempo a quitar el polvo.

Su nueva habitación no era tan grande como la que había utilizado hasta aquel día y la cama era mucho más pequeña: era de matrimonio en vez de una cama para un «emperador». Estaba decorada en el mismo elegante estilo antiguo que el resto del piso. Tenía una mesa al lado de la ventana que podría utilizar como escritorio. Además, tenía la ventaja de que los armarios y cajones estaban vacíos, muestra de que Kit se había tomado en serio la orden de desalojo de su hermano.

Desalojo…

Aquella palabra resonó en su mente mientras se recordaba a sí misma que su propia permanencia en aquella casa era temporal y que solo tenía una semana de plazo para encontrar un lugar donde vivir. Pero todo era muy caro en Londres y seguramente terminaría pagando una fortuna por una diminuta habitación en la que apenas podría moverse.

Aunque podría soportarlo con tal de alejarse de Mark Benedict. Pero para ser justa tenía que admitir que no podía culparle porque quisiera que ella desapareciera de su casa y de su vida. Después de todo, él tenía derecho a su privacidad.

Se preguntó cómo había podido ser tan tonta de creer a Kit, el cual le había llegado a decir que, si aceptaba su oferta de quedarse en aquel piso, en realidad le estaría haciendo un favor a él. Quizá fuera lo único sincero que le había dicho… simplemente no le había explicado la naturaleza del favor.

Pero por lo menos no se había visto forzada a pasar la noche en algún hostal de mala muerte en el que tuviera miedo de cerrar los ojos por si le robaban.

Aunque vio algo bueno en todo aquello; necesitaba un villano para su novela. Alguien duro y grosero que realzara aún más las cualidades de su héroe.

Y Mark Benedict era el prototipo de hombre en el que fijarse para crear a su villano.

Dispuesta a prepararse la cena, se acercó a abrir la puerta de la habitación. Al hacerlo, dio un grito ahogado al ver allí de pie al «villano» con el puño en alto, dispuesto a llamar a la puerta.

—Ya veo que te has acomodado —comentó él, mirando la habitación—. No te acostumbres demasiado a estar aquí.

Tallie pensó que aquello sería difícil teniéndole a él alrededor.

—Y estás levemente ruborizada —añadió Mark—. ¿No será tu conciencia?

–Todo lo contrario –contestó ella–. He pensado que es mejor obedecer todas tus instrucciones al pie de la letra.

–Bueno, pues aquí tienes otra –dijo él con frialdad–. De ahora en adelante, no contestes a mi teléfono. Acabo de tener que pasar bastante tiempo tratando de convencer a alguien de que no he traído aquí a vivir a ninguna mujer a sus espaldas y de que no eres una «amiga», como dijiste, sino un maldito fastidio.

–Oh –dijo Tallie sin darle importancia al asunto–. Me había… olvidado de eso.

Pero en aquel momento lo recordó, así como también recordó la altivez de la voz de aquella mujer y cómo la había sacado de quicio. Se dijo a sí misma que Mark y ella eran tal para cual.

–¿Qué demonios pensabas que estabas haciendo? –exigió saber él, frunciendo el ceño.

–En realidad Kit me dijo que si alguien telefoneaba dijera que era la limpiadora, pero era demasiado tarde cuando tu… cuando tu amiga telefoneó. No era muy creíble que yo fuera a estar aquí quitando el polvo a medianoche. Así que dije lo primero que se me vino a la cabeza.

–Pues es un hábito que sería mejor que abandonaras –sugirió Mark.

–Desde luego –dijo ella–. Y siento si le he hecho daño a… los sentimientos de tu amiga, aunque debo decir que no me dio la impresión de que fuera tan sensible.

Entonces hizo una pausa y respiró profundamente.

–Y espero que ella no descubra tu pequeño vicio… acosar sexualmente a completas extrañas… porque supongo que eso convierte en una nadería mi pequeña metedura de pata y, además, podría enfadarse mucho.

–¡Vaya! –exclamó él–. La niña mojigata es muy astuta. Pero cariño, con solo mirarte se convencería de que no pasó nada entre nosotros.

Tallie se levantó y miró a Mark. Se sentía como si le hubieran dado un puñetazo en el estómago. Primero Gareth y después aquello... ¡qué malnacido!

Pensó que era la confirmación de que nadie podía desearla.

Sintió un nudo en la garganta y trató con todas sus fuerzas de mantener la compostura.

Se dijo a sí misma que no tenía que importarle lo que él pensara de ella y que, dadas las circunstancias, en realidad era una ventaja que no le resultase atractiva.

–Gracias –dijo–. Eso me... tranquiliza.

Pero notó que veía borroso y rogó a Dios que no le permitiera llorar delante de aquel canalla.

–¿Ocurre algo? –preguntó él.

Tallie negó con la cabeza y se dio la vuelta. Luchó por controlar el llanto que la amenazaba...

–¡Oh, Dios! –exclamó Mark, abrazándola de inmediato y guiándola hacia la cama.

–Déjame en paz –espetó ella, tratando de apartarse de él–. No te atrevas a tocarme.

–Ahora estás comportándote de manera absurda –contestó él, empujándola para que se sentara sobre el colchón. Se sentó a su lado y le dio un pañuelo blanco de lino. La abrazó más estrechamente.

Tallie pensó que en cuanto dejara de llorar se moriría de vergüenza por todo aquello, ya que Mark Benedict era la última persona en el mundo ante la cual querría haber mostrado sus sentimientos de aquella manera.

Sabía que debía apartarlo de ella en vez de hundir la cara en su hombro, pero no podía dejar de llorar.

Cuando por fin se tranquilizó, sintió una extraña sensación de vacío en vez del dolor y enfado que había estado sintiendo.

Repentinamente se percató del físico del hombre que la estaba consolando. Fue consciente de cómo le latía el corazón bajo su mejilla, de la fuerza de su abrazo y del aroma de su piel…

Al apartarle él delicadamente un mechón de pelo de la frente, ella hizo un movimiento brusco y Mark la soltó. Entonces esperó a que se secara la cara con su pañuelo.

Tallie se sintió muy mal al ver que le había manchado la camisa con sus lágrimas.

—Por favor… perdóname. Normalmente no me humillo de esta manera… ni avergüenzo a nadie más —dijo finalmente.

—No me has avergonzado —contestó él—. Lo que me siento es culpable porque parece ser que ha sido mi comentario sobre tu inocencia sexual el que te ha hecho sentir tan mal —añadió—. Pero no comprendo por qué te hace sentir mal, por qué deberías sentirte insultada o molesta porque yo haya supuesto que todavía eres virgen… aunque se pudiera expresar con más delicadeza.

Mark continuó con el tema.

—Después de todo, tomarte tu tiempo antes de involucrarte en una apasionada relación sentimental tiene mucho sentido… sobre todo hoy en día.

—Pero no todo el mundo lo ve de esa misma manera —dijo ella, mirando la moqueta.

—¡Oh, vamos! —exclamó él—. ¿Te ha estado molestando algún jovencito inmaduro porque dijiste que no?

–No –contestó ella–. En absoluto. Lo que ocurrió fue que él... él prefería... mujeres con más experiencia.

Tallie se sorprendió de estar allí sentada contándole a Mark Benedict sus fracasos amorosos. No comprendió por qué había confiado en él...

–Seguro que ese hombre es un completo imbécil –dijo Mark con seriedad–. Y tú, cariño, seguramente te has ahorrado mucho sufrimiento. Felicidades.

–Pero lo amo –confesó ella, que no había planeado hacerlo.

Se creó un incómodo silencio y miró a Mark, que estaba muy serio y con el ceño fruncido.

–Bueno, no te preocupes por ello –dijo por fin él, levantándose–. Dicen que el primer amor es como el sarampión... se pasa muy mal al principio, pero te da inmunidad para el futuro. Uno de estos días te despertarás y te preguntarás qué fue lo que le viste a ese burdo casanova.

–Por favor, no te refieras a él de esa manera –pidió Tallie, levantando la barbilla–. No sabes nada de él... ni de mí.

–Estoy de acuerdo –concedió Mark–. La verdad es que él no me importa nada. Pero te apuesto lo que quieras a que seguro que hay muchas chicas que mañana se despertarán en camas ajenas y se sentirán usadas y decepcionadas, chicas que desearían poder dar marcha atrás en el tiempo y estar en tu lugar, con toda la vida por delante.

Entonces hizo una pausa.

–Además, piensa lo mucho que te hubieras arrepentido si le hubieras dado todo lo que podías ofrecer y aun así él se hubiera alejado de ti.

–Estoy segura de que tu lógica es correcta –contestó Tallie con frialdad–. Pero no me hace sentir mejor.

Como tampoco explicaba por qué estaban manteniendo aquella conversación ni cómo iba a ser capaz de soportar el haberse sincerado con él de aquella manera.

Era consciente de que había permitido que él se acercara a ella demasiado… tanto física como mentalmente.

–Siento… haberte involucrado en todo esto –se disculpó, levantándose–. No volverá a ocurrir. Y sé que… vas a salir esta noche –añadió–. Así que no permitas que yo te entretenga.

–No te preocupes, cariño –dijo él dulcemente, sonriendo pícaramente–. No lo harás –entonces miró la cama, sobre la que estaba el albornoz–. Pero antes de marcharme, quiero que me devuelvas mi albornoz.

–¿No será mejor que primero lo lave? –preguntó Tallie, mordiéndose el labio inferior.

–No hay necesidad –contestó él, tendiendo la mano. Ella no tuvo otra opción que devolvérselo.

–Apenas te ha dado tiempo a ensuciarlo. Además… guarda recuerdos que saborearé cada vez que me lo ponga –comentó Mark.

Entonces se marchó y Tallie se quedó allí paralizada con el corazón revolucionado.

Mientras comía una ensalada de queso aquella misma noche, Tallie pensó que la semana que entraba iba a parecerle una eternidad.

Se dijo a sí misma que desde ese momento en adelante iba a seguir una política de estricta discreción.

Había comprobado que había un cerrojo en la puerta del cuarto de baño que iba a utilizar desde

aquel momento en adelante y se aseguraría de cerrar-
lo siempre que entrara en él.

Al terminar de cenar y fregar los platos que había
utilizado, se dijo a sí misma que por lo menos aquella noche tenía el piso para ella sola y podría volver
a trabajar.

Pero al sentarse delante del ordenador tiempo
después de que él se hubiera marchado, descubrió
que Mark Benedict seguía ocupando su mente en de-
trimento de la pobre Mariana. Aunque finalmente logró centrarse en la historia de su libro y adelantar un
poco su trabajo.

Hugo Cantrell. Así era como iba a llamar a su villano. El comandante Hugo Cantrell... desertor, jugador
empedernido y traidor. Incluso quizá haría que fuese
un asesino, aunque tenía que pensarlo muy seriamente.
Tendría el pelo oscuro, los ojos verdes y sería muy
arrogante. E iba a estar destinado a ser ahorcado...

Comenzó a escribir con ganas el primer encuentro
de Mariana con el villano, encuentro que tenía que ser
muy traumático y memorable... No le iba a ser difícil,
debido a la propia vergüenza y humillación que ella
misma había sentido hacía pocas horas. Imaginó a
Mariana bañándose desnuda bajo el agua de una cascada mientras un extraño se acercaba a mirarla...

*–Agua fría y un cuerpo estupendo –dijo Hugo
Cantrell–. Exactamente la clase de descanso y es-
parcimiento que necesita un hombre en un día tan
caluroso y polvoriento.*

*Paralizada por la impresión y el miedo, Mariana
observó cómo el hombre ataba su caballo a un árbol*

antes de quitarse la chaqueta y comenzar a hacer lo mismo con las botas.

Miró su ropa, pero la había dejado demasiado lejos como para poder alcanzarla antes de que él la alcanzara a ella.

Tenía que pensar en algo, ya que Hugo Cantrell se había metido en aquella piscina natural y se estaba acercando...

Entonces recordó lo que su tía Amelia le había dicho; que si alguna vez se encontraba a solas con un caballero que la estuviera presionando demasiado, un golpe con la rodilla en sus partes íntimas le incapacitaría durante el suficiente tiempo como para permitirle a ella correr y buscar ayuda.

Entonces se forzó en esperarle, consciente de que para lograr su propósito debía dejar que él se acercara a ella lo suficiente. Se le revolvió el estómago debido al miedo y al asco que sintió.

Cuando estuvo cerca de ella, pudo ver que él estaba sonriendo de manera triunfal, completamente seguro de sí mismo y de su conquista. También se dio cuenta de lo fuerte que era y sintió crecer dentro de ella una curiosa sensación que le era completamente extraña. Se sorprendió preguntándose a sí misma cómo sería sentir toda aquella masculinidad presionando su cuerpo sin ninguna ropa y aquella sensual boca sobre la suya.

Un extraño aletargamiento se apoderó de su cuerpo y el sonido de la cascada se vio eclipsado por el del latir de su corazón y de su agitada respiración...

Al apartar las manos del teclado del ordenador, Tallie se percató de que ella misma estaba muy agitada. No comprendió qué estaba escribiendo; lo que Mariana tenía que hacer era dañar físicamente a Hugo, no derretirse en sus brazos. Se preguntó si había perdido la cabeza.

Leyó con detenimiento lo que había escrito y, a continuación, borró los ofensivos párrafos. No podía dejar que Mariana actuara de aquella manera, ya que la historia del libro se centraba en que ella se reuniera de nuevo con William, su verdadero amor. Su cuerpo era solo para él. No podía traicionarlo y menos aún con alguien como Hugo Cantrell, un completo malnacido.

Se dijo a sí misma que a Mariana no le gustaba Hugo, nunca podría gustarle. Ella no podía permitirlo… así como tampoco podía permitir sentirse atraída a ella misma hacia aquel… Benedict.

Entonces escribió cómo Mariana le daba un rodillazo a Hugo en sus partes íntimas y cómo este se daba la vuelta dolorido, momento en el cual ella logró acercarse a su ropa y vestirse. Pero cuando él se recuperó, salió corriendo detrás de ella y le profirió graves insultos. No vio la gran piedra que había agarrado Mariana hasta que no fue demasiado tarde…

El golpe que ella le dio en la cabeza le hizo perder el conocimiento y cayó al suelo, oportunidad que Mariana aprovechó para lanzar las botas de él a la cascada.

Tallie deseó que horas antes en la ducha hubiera habido también una piedra con la cual haber podido golpearle la cabeza a Mark.

Se mordió el labio inferior y pensó que aquel breve instante en el cuarto de baño cuando había visto a Mark desnudo debía haber tenido mayor efecto en ella del que pensaba. Inquietantemente tenía la imagen gravada en su mente, en su subconsciente.

Capítulo 5

TALLIE salió del metro y comenzó a andar hacia el piso. Tenía calor, se sentía muy sucia y pegajosa, pero sabía que era debido a su imaginación.

Sin embargo, no olvidaría en mucho tiempo las negras y brillantes criaturas que había visto al abrir el armario que había debajo de la pila en la habitación amueblada que acababa de ir a ver.

Durante la semana anterior había estado examinando todas las opciones, había recorrido un sinfín de calles, subido incontables escaleras y, aun así, parecía que estaba destinada a quedarse sin hogar en cuarenta y ocho horas.

Se dijo a sí misma que quizá estaba siendo demasiado exigente y que no estaba en situación de elegir, pero la verdad era que cualquier lugar habitable se salía de su presupuesto.

Lo único positivo era que no había visto mucho a Mark Benedict desde aquella tarde en que lo había conocido. Él pasaba muy poco tiempo en el piso y pensó que lo hacía adrede para no tener que verla. Seguro que estaba esperando el momento en el que ella saliera de su casa.

Cuando se levantaba, él ya había salido, y normalmente regresaba muy tarde, si es que lo hacía, por lo que ella disfrutaba del piso durante la mayor parte del día.

Cuantos menos incómodos encuentros tuviera con Mark Benedict, mucho mejor.

Su madre la había telefoneado dos veces la semana anterior y le había preguntado cómo le iba cuidando la casa. Ella se había forzado en admitir que había algunos pequeños problemas, pero había añadido alegremente que no era nada que no pudiera resolver.

Estaba preparando el terreno para el momento en el que tuviera que regresar a la casa de sus padres y reconocer que había fracasado. Tendría que encontrar trabajo en el pueblo e inventarse miles de excusas para no salir con el agradable David Ackland, quien, según le había dicho su madre, había preguntado varias veces por ella.

Lo peor de todo sería tratar de evitar los lugares del pueblo que asociaría con Gareth. Simplemente con pensar en él sentía amargura... como una opresión sobre el pecho.

Pero tenía que superarlo, tenía que prepararse para su futuro... aunque no fuera el que hubiera elegido.

Al entrar por fin en el piso se detuvo. Escuchó el silencio que aseguraba que, de nuevo, estaba sola.

Dejó el bolso en su habitación, se quitó las botas y se dirigió directamente al cuarto de baño para darse una larga ducha.

Cuando terminó, se puso su albornoz de algodón y salió al pasillo... donde se chocó con Mark Benedict.

—¡Oh, Dios! —exclamó—. Eres tú.

—¿Y por qué no iba a ser yo? —preguntó él, mirándola—. Por si no te has percatado, vivo aquí.

—Sí, desde luego —contestó ella, deseando estar

completamente vestida–. Simplemente me he… asustado. Eso es todo.

–Bueno, pues no habrá muchas más ocasiones para que ocurra –dijo Mark–. Como estoy seguro de que ya sabes.

–¿Cómo iba a olvidarme? No te preocupes, me iré cuando acordamos.

–¿Has encontrado ya otro piso?

–Tengo un lugar a donde ir, sí –añadió ella decididamente. No quería hablar más del tema por si se le escapaba que a donde iba a tener que ir era a su casa–. Pero no es asunto tuyo.

–¿No crees que pueda estar un poco preocupado dadas las circunstancias?

–Creo que no es necesario –contestó Tallie, levantando la barbilla–. Y, por favor, no me cuentes más historias de cachorritos abandonados.

–Por el momento… –comenzó a decir él, esbozando una mueca– un gatito medio ahogado parece más adecuado –entonces le apartó a ella un mechón de pelo de la mejilla.

Tallie sintió cómo un escalofrío le recorría el cuerpo y se quedó impresionada ante su inesperada, e insólita, reacción.

–Si todavía te estás preguntando qué hago yo en casa a estas horas… –continuó Mark– es porque unos amigos van a venir a cenar esta noche.

–Oh, en ese caso yo cenaré pronto y te dejaré la cocina libre.

–Yo no cocinaré; utilizo un servicio de catering, pero seguramente que agradezcan tener espacio suficiente en el que maniobrar.

–Naturalmente –concedió ella, esforzándose en sonreír–. Está hecho.

—Y cuando tenga más tiempo, me podrás hablar acerca de tu nueva casa… Tallie.

Estaban en la puerta de su dormitorio, pero ella se dio la vuelta a la defensiva.

—¿Cómo has sabido que me llaman así?

—Porque alguien ha dejado un mensaje para ti en mi contestador automático y ese fue el nombre que utilizó, en vez de Natalie.

—Oh, cielos, mi madre… —comentó Tallie, ruborizándose.

—Yo creo que no era ella. El nombre que dejó era Morgan… Alice Morgan. Quiere que la telefonees —Mark la miró con curiosidad–. ¿Sabes quién es?

—Sí, es la agente que va a tratar de vender mi libro cuando lo termine —contestó ella–. Lo siento. Todavía no le he mencionado que me voy a mudar, pero le diré que no telefonee aquí de ahora en adelante. No te molestará de nuevo.

—Por el amor de Dios —dijo él–. No supone ningún problema… si ella tiene que ponerse en contacto contigo. ¿Y por qué no debería yo saber que te llaman Tallie?

—Porque Tallie es como se refiere a mí la gente de mi confianza —contestó ella con frialdad.

—Por lo que supongo que no me vas a mandar ninguna tarjeta de navidad —comentó él, apoyándose en la pared.

—Creo que es mucho mejor si seguimos tratándonos de una manera… formal.

—No obstante, debes admitir que la formalidad es un poco difícil… dadas las circunstancias —dijo Mark, empleando un tono sarcástico.

—Circunstancias que yo no elegí. Ahora, si me

disculpas, estoy segura de que ambos tenemos mejores cosas que hacer.

Con la cabeza erguida, entró en su dormitorio y
cerró la puerta con firmeza tras ella. Trató de calmarse, ya que tenía el corazón revolucionado. No comprendía por qué aquel hombre la afectaba tanto y no
quería que él se diera cuenta de ello.

Mientras se vestía sonrió al recordar que, a pesar
de sus problemas, el libro parecía marchar realmente
bien. Y una de las principales razones era haber introducido el personaje de Hugo.

En un par de semanas estaría preparada para
mostrarle a Alice Morgan sus progresos.

O podría hacerlo... si pudiera trabajar en el libro
durante las semanas en cuestión.

Se ordenó a sí misma que no fuera negativa, ya
que, por lo menos, tenía una larga tarde por delante.

Mientras tostaba pan y calentaba unas judías para
su cena, se preguntó si la mujer que había telefoneado a Mark estaría entre los invitados. Claro que no
era asunto suyo ni le preocupaba y, además, si la
mujer se quedaba a pasar la noche, ambos dormitorios estaban lo suficientemente separados como para
ahorrarle algún momento incómodo.

Cenó y fregó sus platos tras hacerlo. Se preparó
una taza de café antes de marcharse a su habitación.

Al salir al pasillo vio de nuevo a Mark, que estaba hablando por el teléfono inalámbrico.

—Mira, no te preocupes por eso —estaba diciendo—
. Me alegro de que Milly y tú estéis bien. No, está
bien. Puedo apañármelas. Reservaré una mesa en
cualquier restaurante —entonces escuchó durante un
momento y asintió con la cabeza—. Asegúrate de que

os hacen una buena revisión médica a ambos. Buenas noches, Fran. Estaré en contacto.

Al ver a Tallie esbozó una mueca.

–Los propietarios de la empresa de catering –dijo–. Un coche salió a la calle principal sin mirar y se chocó directamente con ellos. No están gravemente heridos; parece que solo tienen magulladuras y que están en estado de shock. Pero su furgoneta ha sido declarada siniestro total y, por supuesto, no pueden preparar la cena de esta noche.

–¡Oh! –exclamó Tallie–. ¿Qué vas a hacer?

–Tratar de encontrar algún restaurante que pueda dar de comer a seis personas, aunque no tengo mucha esperanza, ya que no tengo mucho tiempo.

–¿No puedes cocinar algo tú mismo? –sugirió ella, mirando su reloj–. Tienes suficiente tiempo.

–Tristemente no tengo esa habilidad –contestó él–. Todo lo que sé hacer son huevos… hervidos, revueltos o fritos. Y no es muy adecuado dadas las circunstancias. Supongo que no conocerás a ningún cocinero en Londres, alguien que quiera ganar un dinero extra antes del turno de noche.

–Yo puedo cocinar –dijo repentinamente Tallie.

Se creó un breve silencio, tras el cual Mark habló con mucha educación.

–Estoy seguro de que puedes. ¿Qué ibas a sugerir… espaguetis con salsa boloñesa?

–No –contestó ella–. Te estás comportando de manera condescendiente de nuevo, justo cuando estoy tratando de ayudar.

Entonces hizo una pausa.

–El plato que mi madre preparaba en caso de urgencia; pollo mediterráneo con arroz al azafrán. Es muy rápido y tiene un sabor delicioso. Sugiero algo muy simple para empezar, como salmón ahumado y un flan de frutas de la tienda de la esquina. Un poco de crema de Chantilly lo haría más especial.

–Estás hablando en serio, ¿verdad?

–Hace una semana podías haberme echado de tu casa, pero no lo hiciste. Esto nos hace estar en paz –contestó ella.

–Entonces te digo que estaré eternamente agradecido. Hazme una nota con todo lo que necesites e iré a comprarlo –dijo él, respirando profundamente.

–No me puedo creer que vayas a ir tú al supermercado.

–¿Quién está siendo condescendiente ahora? –preguntó Mark con el brillo reflejado en los ojos.

Tallie escribió una lista con las cosas que necesitaba y se la dio a él, que la leyó en silencio.

–¿Anchoas? Creo que a Sonia no le gustan.

–¿Es esa la señorita que te telefoneó? –no pudo evitar preguntar Tallie–. Oh, Dios, lo siento –añadió, ruborizándose–. No es asunto mío.

–Efectivamente. Y Recuérdalo –sugirió él adustamente.

–Sí… sí, desde luego. Y las anchoas se disuelven al cocinarlas –explicó, consciente de que estaba hablando atropelladamente debido a la vergüenza que sentía–. Tu… tu amiga ni siquiera sabrá que están ahí, te lo prometo. Como tampoco sabrá que estoy yo.

–¿Estás planeando disolverte tú también?

–No –contestó Tallie fríamente–. Simplemente me mantendré al margen. Después de todo, tienes que admitir que apenas he molestado durante esta semana.

–Eso… –dijo Mark Benedict– es una cuestión de

opinión. Pero no lo discutamos ahora porque tengo que ir a comprar.

Cuando él se marchó, Tallie fue al salón. Encontró un elegante mantel y servilletas a juego. Los colocó en la mesa y puso seis cubiertos de plata junto con vasos de vino. También puso los platos y, cuando estaba colocando el último, Mark regresó.

—Has estado ocupada —comentó, deteniéndose en la puerta del comedor antes de entrar en la cocina.

—Dijiste que ibais a ser seis personas, ¿verdad?

Mark asintió con la cabeza.

—Mi prima, Penny, con su acompañante actual, Justin Brent, Charlie y Diana Harris, y Sonia. Y yo, desde luego. Naturalmente que tú estás invitada a acompañarnos.

—Eres muy amable —contestó ella educadamente—. Pero ya he cenado.

En realidad, aunque estuviera muriéndose de hambre habría dicho que no.

Comenzó a sacar la compra de las bolsas y se sintió casi decepcionada de que él no se hubiera olvidado de comprar absolutamente nada.

—¿Puedo hacer algo? —preguntó Mark, apoyado en la puerta de la cocina.

—No, gracias. Ahora ya tengo que hacerlo yo todo —contestó Tallie. Comenzó a cortar cebolla y a rezar para que la presencia de él no le perturbara hasta el punto de cortarse un dedo—. No tienes por qué quedarte ahí. No incluí veneno para ratas en mi lista, así que no te preocupes.

—¿Te doy esa impresión? En realidad solo estaba admirando tu eficiencia.

—Y al mismo tiempo comprobando que realmente sé lo que estoy haciendo —Tallie lo miró fijamente—.

No obstante, no estoy acostumbrada a tener público, así que si estás lo suficientemente tranquilo, quizá podrías ir a ver... qué vino quieres servir y ese tipo de cosas.

–Entonces me voy a elegir el vino –dijo él, esbozando una mueca–. ¿Quieres que te traiga algo de beber para que te ayude en tu trabajo?

–Creo que necesito toda mi concentración, gracias –contestó ella remilgadamente–. Pero sí que necesito vino blanco para la salsa. Nada demasiado especial.

Mark le ofreció una marca de vino que ella aceptó asintiendo con la cabeza.

–Y, por favor, trata de tranquilizarte, cariño –pidió él–. Recuerda que me estás haciendo un gran favor, no estás pasando ningún examen crucial.

Tallie pensó que aquello era muy fácil de decir, aunque no sabía por qué estaba tan nerviosa ni por qué se había ofrecido para preparar la cena. Había sido absurdo.

Pero de alguna extraña manera tal vez había querido demostrarle que no era una aprovechada con ideas presuntuosas sobre su talento y aversión a trabajar, sino que era una persona normal.

Se centró en su tarea y en poco tiempo el pollo estaba cocinándose en el horno. Preparó el salmón ahumado con limón, pan con mantequilla y cocinó el arroz al azafrán en el último minuto.

Miró la insulsa ropa que llevaba puesta y se preguntó si debía cambiarse y ponerse algo más presentable para recibir a los invitados de Mark.

Pero de inmediato se reprendió a sí misma; se dijo que ella era la sirvienta y que debía estar en la cocina. Además, nadie iba a fijarse en lo que llevara puesto. Todavía menos el anfitrión.

A las ocho de la tarde, sonó el timbre de la puerta y oyó voces y risas en el vestíbulo. Al minuto se acercó a ella una chica alta y morena con una encantadora sonrisa.

—Hola, soy Penny Marshall, la prima de Mark. Supongo que tú serás Natalie Paget, conocida como nuestra salvadora... nos has ahorrado tener que ir la pizzería del barrio.

—No creo que hubiera llegado a eso –contestó Tallie, sonriendo.

—Pero a mí me habría gustado ver la cara de Sonia si hubiera sido así –confesó Penny, bajando la voz–. Incluso casi habría merecido la pena –entonces miró a su alrededor–. ¿Te puedo ayudar en algo?

—Gracias, pero creo que ya tengo todo controlado.

—En ese caso, ¿por qué no vienes al salón y tomas algo de beber con nosotros?

—Es muy amable por tu parte... pero será mejor que no –contestó Tallie, nerviosa.

—No mordemos. Bueno, uno de nosotros quizá sí, pero todavía no ha llegado, así que estarás bastante segura.

—Ya veo –dijo Tallie, forzándose en sonreír–. ¿Estoy en lo cierto si digo que no te gusta la novia de tu primo?

—Digamos que creo que es simplemente una más para Mark –contestó Penny, agitando la cabeza–. Mi primo le tiene fobia al compromiso, lo que es la razón más probable de que pase tanto tiempo en el extranjero cuando hay mucha gente competente que podría sustituirle. Parece que ha salido con todas las féminas londinenses que comparten su misma visión... o que le dicen que la comparten. Si Sonia piensa que es más especial que otras chicas, se está engañando a sí misma.

Sintiéndose culpable, Tallie se percató de que le estaba prestando demasiada atención a aquellas indiscretas revelaciones.

—Bueno, debo continuar con mi labor —dijo con firmeza.

—Pero acabas de decir que todo está bajo control —comentó Penny, sonriendo persuasivamente—. Ven a conocer a los otros mientras la costa está despejada.

—Es que… no sería apropiado.

—¿Porque eres tú la que está cocinando? Oh, vamos…

—No —negó Tallie, mirando fijamente a Penny—. Es porque yo solo estoy aquí de manera temporal y no de muy buen grado. A tu primo no le gustaría.

—Querida, ha sido idea de Mark. Si no, no me habría atrevido, créeme. Dijo que quizá si te lo proponía otra persona aceptaras.

—Yo creo que las cosas están mejor así —contestó Tallie, mordiéndose el labio inferior.

—Oh… bueno —dijo Penny, suspirando. Se dirigió a la puerta de la cocina, donde se detuvo y se dio la vuelta—. Solo por interés, y porque soy irremediablemente cotilla, ¿cómo acabaste viviendo aquí? Mark es la última persona en el mundo a quien me imagino alquilando habitaciones.

—Fui yo la que me metí en su casa. La oferta me la hizo Kit Benedict, que me indujo a pensar que el piso era suyo.

—Kit el Maldito, ¿eh? —comento Penny, riéndose—. ¿Cómo no lo había supuesto? Sin duda incitado por su desagradable madre. Haber ocupado Ravenshurst obviamente no fue suficiente para ella. Debe darle mucha rabia saber que hay otra propiedad muy apetecible con la cual no puede quedarse.

—¿Ravenshurst? —preguntó Tallie.

—Era la casa que tenía la familia en Suffolk. Era una preciosa casa antigua en la cual nació Mark. Allí creció perfectamente feliz hasta que la espantosa Veronica le echó las garras a su padre y jugó muy bien sus cartas al quedarse embarazada. Fue muy inteligente, ya que la madre de Mark no podía tener más hijos. Mis padres dicen que fue una época horrible, pero después del divorcio la tía Clare logró recomponerse y compró este piso con un dinero que le había dejado mi abuelo. Logró la custodia de Mark, aunque él tenía que ir a pasar parte de las vacaciones escolares bajo el nuevo régimen que imperaba en Ravenshurst. Te puedes imaginar cómo fue.

—Sí... supongo que sí... más o menos —contestó Tallie.

—En cuanto murió el padre de Mark, Veronica vendió la casa sin consultarle; aprovechó que en aquel momento él estaba en el extranjero. Ella se mudó a Londres y estuvo pasándoselo muy bien. Entonces, seis meses después, se casó de nuevo... con Charles Melrose, de Melrose e Hijos, la familia dedicada al negocio del vino.

—¡Oh! —exclamó Tallie—. Ya veo —añadió, comprendiendo cómo había conseguido Kit aquel trabajo—. ¿Le importó mucho a Mark que se vendiera la casa?

—No habla de ello. Pero creo que los recuerdos que guarda de los últimos años allí no son buenos.

Penny hizo una pausa.

—Y también tenía otro problema.

—¿El qué?

Ninguna de las dos había oído a Mark acercándose, pero allí estaba, apoyado en el marco de la puerta. Tallie se preguntó cuánto habría oído de la conversación y se percató de que se había cambiado de ropa. Se había puesto unos pantalones negros y una camisa del mismo color.

Respirando profundamente, pensó que era increíblemente guapo... pero parecía peligroso. Como una pantera.

—¡Vaya con la tardona Sonia Randall! ¿No puedes enseñarle reglas de urbanidad, cariño? —dijo Penny, sonriendo a su primo pícaramente—. Aunque supongo que la puntualidad no es una de las cualidades que más te gustan de ella, ¿verdad?

—Compórtate —contestó Mark, agarrando un mechón del oscuro pelo de su prima. Entonces miró a Tallie—. De todas maneras me disculpo por el retraso. ¿Se ha estropeado la comida?

—No —aseguró Tallie.

—¿Cómo es que nos va a acompañar esta noche nuestra querida Sonia? ¿Qué ocurrió con Maggie? Me caía bien.

—Está trabajando en Bruselas durante tres meses.

—Bueno, ¿y Caitlin?

—Se ha comprometido con su jefe.

—Ha decidido cortar por lo sano, ¿verdad? —preguntó Penny dulcemente. Pero al ver la mirada que le dirigió Mark, esbozó una expresión de arrepentimiento—. Está bien... lo siento, lo siento. Escribiré cien veces que me tengo que ocupar de mis propios asuntos.

—Si pudiera creer que fuera a funcionar —contestó Mark—. ¿Has convencido a Tallie de que nos acompañe mientras esperamos?

Penny negó con la cabeza.

—Cenicienta se niega en redondo a venir al baile. Parece que la has convertido en una ermitaña... una de las pocas mujeres del mundo que no te encuentra atractivo, querido primo.

—Quizá eso sea mejor, dadas las circunstancias —comentó él secamente.

—¿Lo dices porque es alguien a quien no puedes mandar a su casa por la mañana? —quiso saber Penny—. Y la has convencido de que cocine para ti. ¿Qué será lo próximo?

—Vamos a dejarla tranquila... —contestó Mark con firmeza— antes de que malinterprete tu extraño sentido del humor y me abandone.

Entonces miró a Tallie, que estaba allí de pie en silencio y que se ruborizó sin poder evitarlo.

—Tallie, me disculpo por mi pariente femenino —dijo él.

—Yo siento más o menos lo mismo hacia mi hermano —logró decir ella.

Entonces observó cómo ambos primos se marchaban por el pasillo y se preguntó si realmente no encontraba atractivo a Mark Benedict... o si simplemente era lo que quería pensar.

Capítulo 6

PASARON cuarenta minutos hasta que llegó la última invitada.
–Ya era hora –dijo Tallie entre dientes mientras bajaba de nuevo la temperatura del horno.

Oyó murmullos en el vestíbulo y, entonces, una voz de mujer que le era familiar se alzó sobre las demás… claramente con la intención de que ella oyera lo que iba a decir.

–Mark, cariño, ¿has dejado que esta persona sin techo haga la comida? ¿Estás loco? Dios mío, tendremos suerte si no terminamos en el hospital para que nos hagan un lavado de estómago.

Tallie pensó que, si hubiera alguna manera en la que pudiera hacerlo para que le ocurriera solo a Mark y a ella, la ambulancia ya estaría de camino.

–Primero necesito algo de beber –añadió la recién llegada–. Y he traído un champán estupendo para celebrar el éxito de mis recientes compras. Sí, cariño, insisto. Unos pocos minutos más no importan, ¡por el amor de Dios! Ya veis, oí este rumor de que Maddie Gould no estaba muy contenta…

Entonces una puerta se cerró y Tallie ya no pudo oír nada más.

Repitió el nombre de Maddie Gould mientras sacaba el salmón ahumado de la nevera. Le era familiar, pero no recordaba de qué...

–¿Puedo llevar algo al salón? –preguntó alguien desde la puerta.

Tallie se dio la vuelta y se quedó petrificada. Le pareció que Gareth estaba allí de pie... pero no era él, sino un hombre rubio, de ojos azules y con unas suaves facciones.

–Oh, Dios, te he asustado y esa no era mi intención. Me atrajo a la cocina el magnífico olor de la comida.

–¿No estás preocupado por si te envenenas? –preguntó Tallie.

–Oh –dijo el hombre–. ¿Lo has oído?

–¿No era esa la intención de vuestra amiga?

–Sí, claro, por eso estoy aquí... para asegurarme de que no hayas tirado toda la cena a la basura. Prométeme que no lo has hecho... me estoy muriendo de hambre.

–No, no lo he hecho –contestó Tallie, sonriendo.

–Soy Justin Brent –se presentó él–. Y tú eres... Tallie, ¿no es así?

–Mi nombre completo es Natalie Paget –dijo ella–. Pero llámame Tallie.

–Me parece un nombre bonito –contestó él, sonriendo.

Tallie sintió cómo la calidez se apoderaba de ella y deseó no tener las mejillas rojas debido al calor de la cocina, ni estar despeinada.

Aquel hombre no era Gareth, sino una persona muy distinta, amable y encantador.

–Vamos a llevar los aperitivos –añadió Justin, agarrando un par de platos y dirigiéndose hacia el salón.

Cuando llegaron al salón y vio que solo había seis cubiertos, se detuvo en seco.

–¿Solo somos seis? ¿No vas a cenar con nosotros?

–No, ya había cenado cuando me ofrecí a cocinar –contestó ella.

–¡Vaya! Es muy generoso por tu parte.

–Bueno, el señor Benedict también ha sido muy amable conmigo al permitir que me quedara aquí.

Tallie se dijo a sí misma que el hombre con el que estaba hablando era la pareja de Penny… Bueno, no tenía por qué ser así. Mark había dicho que era su acompañante actual, fuera lo que fuera lo que eso significara.

Y, además, que él fuera agradable no significaba que estuviera disponible.

–Cielos, debo continuar con mi trabajo –comentó, mirando su reloj–. Quizá puedas decirle a Mark que la cena está servida.

Entonces se dio la vuelta para dirigirse a la cocina y sonrió de manera breve e impersonal.

Mientras los demás cenaban, deseó que fuera Justin quien acercara a la cocina los platos sucios para llevarse los segundos… pero quien apareció fue Mark Benedict.

–¿Te ocurre algo? –le preguntó.

–Absolutamente nada –contestó ella, enfadada al haber dejado que se le notara la decepción. Señaló un par de guantes de cocina–. Ten cuidado, los platos están muy calientes.

–Gracias por advertirme –dijo Mark, mirándola de manera irónica–. Pensaba que preferías que me quemara.

–Pero si eso ocurre quizá se te caiga algo, y he trabajado demasiado como para terminar viendo mi comida esparcida por el suelo.

–Debería haber supuesto que ese era el verdadero motivo –murmuró él, tomando los platos–. Dios, esto tiene un aspecto estupendo.

–Espero que les guste a todos –comentó ella de manera remilgada.

Aunque no era una cocina pequeña, la sola presencia de Mark la hacía sentirse agobiada. Hasta que él no se marchó no sintió que pudiera respirar con normalidad.

No había utilizado todo el vino para la salsa, por lo que se sirvió en un vaso lo poco que quedaba.

En realidad su trabajo ya había terminado, pero no podía dejar la cocina sucia y con platos por todas partes, por lo que comenzó a meterlos en el lavavajillas.

Además, pensó que la deliciosa tarta de manzana que había preparado estaría mejor caliente, así que buscó un cuenco bonito para colocarla.

También estaría bien restregarle por la nariz su eficiencia a Mark Benedict.

Una hora y media después, con la cocina perfectamente organizada, Tallie pensó que ya podía irse a su habitación y proseguir con la historia de su libro, en la cual Mariana había sido encerrada en una posada española por Hugo Cantrell…

–Falta una taza de café.

Tallie se sobresaltó y se dio la vuelta. Vio a Mark, que estaba de pie en la puerta de la cocina.

–Lo siento, estaba segura de que había puesto seis tazas.

–Lo hiciste, pero necesitamos otra para ti, más un

vaso de brandy –contestó él, sonriéndole–. Queremos brindar a tu salud.

–Ya me siento bien, gracias –respondió ella con burla–. Y, como ya he terminado aquí, me gustaría marcharme directamente a mi habitación.

–Esperaba una respuesta más cortés –comentó él, frunciendo el ceño–. De todas formas, vas a venir conmigo para que te den las gracias aunque tenga que llevarte a rastras, ¿comprendido?

Tallie pensó que era como si Hugo Cantrell se hubiera materializado y lo tuviera delante… Sintió el corazón revolucionado y tragó saliva. Levantó la barbilla a continuación.

–¿Nunca aceptas un no por respuesta?

–Yo diría que eso depende de la pregunta –contestó él, arrastrando las palabras y agarrando una taza–. Ahora, ¿vamos?

Ella comenzó a dirigirse hacia el salón.

–No hay nada de lo que tengas que avergonzarte –dijo Mark en voz baja al ver que Tallie vacilaba al llegar a la puerta del salón–. Eres la heroína del momento.

Al entrar en el salón y fijarse en la mujer que estaba sentada frente a ella, Tallie pensó que no lo era para todo el mundo. La mujer, de ojos azules, la estaba analizando con la mirada.

Sonia tenía el pelo color cobrizo y una piel muy blanca, piernas largas y pechos exuberantes, resaltados por el vestido de seda negra que llevaba.

–Hola, yo soy Di Harris –se presentó una mujer rubia de cara dulce, acercándose a Tallie–. Y aquel de la esquina es mi marido –entonces agarró a Tallie por el brazo–. Charlie dice que tienes que darme la receta de ese pollo tan maravilloso.

–En realidad es muy sencilla –contestó Tallie, ruborizándose. Estaba a punto de decirle los ingredientes cuando recordó las anchoas–. Te lo escribiré en una nota y le pediré a Mark que te la dé.

–O podrías venir a casa y cocinarlo para nosotros –dijo la mujer–. Estoy segura de que a todos los presentes les gustaría repetir.

–Yo no creo que la niña esté lo suficientemente experimentada como para ello, Diana –terció Sonia Randall con frialdad–. Y si está pensando en cocinar profesionalmente, su presentación necesita más trabajo. Yo no estoy acostumbrada a que me tiren la comida en un plato. También necesita contratar a alguien que la ayude a servir. Es ridículo esperar que el anfitrión esté yendo y viniendo de la cocina.

–Eso fue idea de Mark –se defendió Tallie–. Y no pretendo ganarme la vida cocinando.

–¿No? –preguntó Sonia, mirándola de manera altanera–. ¿Entonces cómo te ganas el pan? –añadió, impaciente–. Supongo que tendrás trabajo, ¿verdad?

–No exactamente –contestó Tallie, mordiéndose el labio inferior–. Estoy… escribiendo una novela.

En ese momento, se creó un tenso silencio tras el cual Sonia Randall emitió una gran risotada.

–Ya veo. Tú… y miles de personas que no tienen esta oportunidad de oro de conocer a una editora de una importante editorial.

Entonces hizo una pausa.

–Mark, cariño, si te han persuadido para recomendarme a esta mujer, te aseguro que no le veo la gracia.

–Aquí nadie ha tratado de convencer a nadie de nada. Tallie no tenía ni idea de quién eres, Sonia, ni de en qué trabajas. Jamás hemos hablado de ello –

dijo Mark–. Y creo que no habría mencionado el libro en absoluto si tú no la hubieras comenzado a interrogar.

–Bueno, pues a mí me gustaría hablar de ello –terció Justin, acercándose a Tallie y sonriéndole–. Debes contarnos de qué trata.

–Oh, ahórranos el mal rato –intervino Sonia impacientemente–. Estoy aquí para relajarme, no para hacer algo similar a lo que hago en el trabajo.

–Pero siempre nos estás diciendo que estás buscando un próximo talento –le recordó Penny irónicamente–. Podría ser ella.

–Lo dudo mucho –contestó Sonia, examinando sus perfectas uñas–. De todas maneras, no hay ninguna posibilidad de que yo pudiera hacer nada. Alder House solo acepta solicitudes recomendadas por agentes.

–Tallie tiene una agente –terció Mark–. Alice… Morgan, ¿no es así?

–Bueno, sí –contestó Tallie, bajando la cabeza, avergonzada. Se preguntó cómo se había acordado él.

–Dios mío –dijo entonces Sonia, arrastrando las palabras–. Oí rumores de que la pobre Alice estaba perdiendo facultades debido a su edad y parece que es verdad.

–¿Pero no nos dijiste antes que ella representa a Madeline Connor, tu último fichaje? –preguntó Mark con calma–. Parece que Alice hizo muy bien su trabajo, ¿no es así?

–En realidad no tuvo mucho que decir… –contestó Sonia, esbozando una mueca–, ya que Maddie realmente quería trabajar conmigo.

Entonces miró a Tallie fijamente.

–¿Has leído alguno de sus libros? –le preguntó.

–Sí, desde luego –contestó Tallie–. Me encantan sus novelas.

–Y supongo que crees que vas a ser como ella –comentó Sonia–. Alice no debería alentarte de esa manera... teniendo en cuenta que Maddie es cliente suya.

–No lo hace... –aseguró Tallie– porque yo estoy escribiendo algo completamente distinto –añadió, terminándose su café y dejando la taza sobre la mesa–. Y ahora debo seguir trabajando en ello, así que os deseo a todos buenas noches.

Entonces se marchó hacia su habitación. Cuando casi había llegado, oyó cómo Justin la llamaba.

–Tallie... espera un momento.

Ella se detuvo de mala gana para que él pudiera alcanzarla.

–He venido a disculparme. Me siento responsable por lo que ha pasado, ya que yo pregunté por tu libro –dijo Justin, torciendo el gesto.

–No ha sido culpa tuya. Ella ya me tenía manía incluso antes de venir aquí –contestó Tallie, suspirando–. ¿Qué demonios puede ver Mark en ella?

–Créeme, esa es una pregunta que ningún hombre haría.

–Oh –dijo ella al recordar los voluptuosos pechos y los carnosos labios de la mujer–. Sí, claro.

–Pero, olvidándonos de Sonia, y cuánto deseo que pudiéramos hacerlo... –prosiguió Justin– me interesaría mucho que me hablaras de tu libro. Así que... ¿puedo telefonearte la semana que viene para que salgamos a cenar?

–No creo que eso fuera apropiado. Además, ni siquiera estoy segura de... –Tallie se mordió el labio inferior–. No importa. Y ahora debo pedirte que me disculpes.

Cuando cerró la puerta de su dormitorio tras ella, pensó que Justin parecía realmente agradable y no comprendió cómo podía proponerle que salieran a cenar juntos teniendo en cuenta que era la pareja de Penny.

Entonces se sentó frente a su ordenador portátil. Ya sabía cómo Mariana iba a escaparse de Hugo Cantrell, que estaba cegado por la lujuria y el sentimiento de venganza.

Apartó de su mente los comentarios desdeñosos de Sonia Randall y se concentró en su trabajo.

Escribió con detalle cómo una desesperada Mariana, que había pensado en utilizar las sábanas de la cama a modo de cuerda para ayudarse a bajar por la ventana, no tuvo más remedio que esconderse en un oscuro rincón de la habitación en la que estaba encerrada al oír cómo alguien subía por las escaleras.

Era Hugo Cantrell, que la descubrió entre las sombras y se acercó a ella. La agarró de los hombros y se agachó, pero alguien llamó a la puerta…

Cuando volvieron a llamar por segunda vez, Tallie se percató de que alguien estaba llamando a su puerta en la realidad.

Miró su reloj y contuvo un grito al ver la hora. Había estado trabajando durante casi tres horas y, si era Justin de nuevo, solo esperaba que estuviera sobrio.

Se levantó, abrió la puerta y se echó para atrás al ver que quien estaba allí era Mark Benedict.

–Por el amor de Dios –dijo él–. ¿Tienes que asustarte cada vez que me ves, como si yo fuera un asesino?

–¿Y tú tienes que venir a golpear la puerta a estas horas? –contestó Tallie–. Podría haber estado dormida.

–¿Con la luz encendida? –preguntó él burlonamente.

–Bueno, podría haber estado metiéndome en la cama –insistió ella.

–¿Quieres decir desnuda? –dijo Mark, sonriendo–. Nunca he tenido tanta suerte, o por lo menos no dos veces en una semana.

Tallie se dijo a sí misma que debía esforzarse en no ruborizarse.

–¿Has venido a verme por alguna razón en especial? –preguntó con frialdad–. Aparte de para comprobar si estoy malgastando tu electricidad, desde luego.

–He preparado chocolate caliente –explicó él–. Pensé que quizá todavía estuvieras trabajando y que te apetecería un poco.

–¿Chocolate caliente? –repitió ella, impresionada–. ¿Tú?

–¿Por qué no? –preguntó Mark, encogiéndose de hombros.

–Habría pensado que preferirías algo más exótico.

–¿Para que combinara con mi gusto en mujeres? Pero solo has conocido a una de ellas.

–Por favor, créeme… tus amiguitas no son de mi incumbencia –aseguró Tallie.

–Te estaría muy agradecido si pudieras convencer a Penny de que pensara de la misma manera que tú. Pero todos los hombres tienen una debilidad por el chocolate, de una forma u otra, y yo no soy ninguna excepción. Así que… ¿quieres el tuyo o lo tiro?

Tallie vaciló al percatarse de cuánto hacía que se había tomado el último café.

—Gracias —dijo con poca naturalidad—. Es… muy amable por tu parte.

—Llámalo conciencia. Debí haber sido más inteligente y no haberte llevado a la misma habitación que Sonia. Aunque ha resultado que la gatita tiene sus propias garras.

—Las personas desamparadas como yo tenemos que aprender a defendernos —contestó ella—. Aun así, me gustaría no tener que volver a encontrármela… ni inmiscuirme en tu privacidad nunca más.

—No lo tendrás que hacer. Ella se marchó con los demás.

—Debe de estar muy decepcionada —comentó Tallie, sintiéndose contenta ante la noticia.

—Bueno, no es la única —contestó Mark, tomándola por el codo y guiándola hacia el salón—. Acabaste con las esperanzas de Justin bastante drásticamente.

—¿Qué otra cosa esperabas que hiciera? Quizá a ti no te importen los sentimientos de tu prima, pero a mí me parece que Penny es encantadora y se merece algo mejor que un novio que trata de quedar con otra mujer a sus espaldas.

—Bueno, estamos de acuerdo en una cosa —comentó él, cerrando la puerta del salón tras ellos—. Penny es una chica estupenda, pero te has equivocado con Justin. Él acompañaba a Penny esta noche, pero solo porque es su hombre coraza.

—¿Se supone que debo saber de lo que estás hablando? —preguntó Tallie, sentándose en un sofá.

—Es muy simple. Hasta hace unas semanas, mi prima estaba saliendo con un tipo llamado Greg Curtis, incluso estaban comprometidos. Pero entonces la exnovia de Greg regresó inesperadamente de Canadá, sin el marido con el que se había casado allí, y exigió el puesto que según ella le correspondía en la vida de Greg y que había ocupado hasta hacía dieciocho meses atrás. Y el resultado fue que el futuro de Greg con Penny se echó a perder.

—Eso es horrible —comentó Tallie, frunciendo el ceño—. Debe de estar destrozada.

—Bastante —contestó Mark, acercándole una taza de chocolate—. Pero también es una chica práctica y sospecha que quizá esto solo sea un bache en el camino, creado por algún tipo de chantaje emocional de la exnovia, y que pronto él recordará por qué estuvo tan agradecido de que la bella Minerva se marchara con otro.

Entonces hizo una pausa antes de continuar explicando la situación.

—Al mismo tiempo mi prima no es de las mujeres que muestran su dolor en público ni que se sientan a esperar para que el hombre se decida. Si es que Greg llega a hacerlo, desde luego —añadió, frunciendo el ceño—. No obstante, por respeto a sí misma, necesita salir y que la vean con un hombre atento a su lado para que a Greg le llegue el mensaje alto y claro. De ahí que Justin, un viejo amigo mío que tiene algunas heridas propias y que no busca ninguna relación seria en este momento, la acompañe.

—Y se ha convertido en el hombre coraza de Penny —repitió Tallie.

—Pero Penny no tiene derecho exclusivo sobre él, si eso es lo que te preocupa —explicó Mark, mirándola por encima de su taza de chocolate—. Además, es un tipo estupendo y a ti te vendría bien salir… despejarte un poco.

Mark hizo una pausa.

–Después de todo, ya sabes lo que dicen de las personas que trabajan mucho y que no se divierten nada.

–Sí, lo he oído –admitió ella tensamente–. Pero aunque Justin no esté traicionando a Penny, no supone ninguna diferencia. No debo aceptar su invitación. Y, si no te importa, me voy a llevar el chocolate a mi habitación.

–Sí me importa –contestó él lacónicamente–. Por decirlo de alguna manera... tenemos que hablar.

–Si es sobre Justin... no tiene sentido.

–¿Podría saber por qué?

–Creía que era obvio... sobre todo para ti –contestó ella, encogiéndose de hombros–. Me voy a mudar muy pronto. Fin de la historia.

–Pero yo podría darle tu nueva dirección. Claro, que en realidad no tienes ninguna... ¿no es así? Porque no has sido capaz de encontrar ningún otro lugar donde vivir en Londres. ¿No es esa la verdad?

–Así es –contestó Tallie, a quien le dolía tener que admitir su derrota, especialmente ante él–. No he conseguido nada.

–¿Entonces qué planeas hacer?

–Voy a volver a casa de mis padres.

–Pero eso no es lo que quieres.

–En realidad no tengo otra opción.

–¿Y crees que Justin dudaría en perseguirte hasta el entorno rural del que provengas?

–Como nos acabamos de conocer, no me preocupa demasiado. Y estoy segura de que alguien tan atractivo como Justin no se sentirá muy mal.

–Probablemente no –concedió Mark, echándose para atrás en el sillón–. Pero es una pena que lo rechaces así porque sí. ¿Por qué no te olvidas del plazo que tenías para marcharte y te quedas aquí?

–¿Que… quedarme aquí? –repitió ella, impresionada–. ¿Por qué?

–Porque creo que te mereces una oportunidad.

–¿Con… Justin? –preguntó Tallie.

–No, para terminar tu libro, boba. Tu vida amorosa es asunto tuyo. Pero necesitas tranquilidad para trabajar y yo te la puedo ofrecer –contestó Mark–. Además, te estoy muy agradecido por esta noche.

–Pero ya te lo he dicho… estamos en paz.

–Bueno… –dijo él– quizá te vuelva a pedir algún favor, si eso te hace sentir bien.

Tallie no estaba segura de cómo la hacía sentirse, así que dio un sorbo a su chocolate mientras trataba de aclararse las ideas.

–No creo que a la señorita Randall le haga mucha gracia cuando se entere –dijo finalmente.

–¿Por qué debería importarle? Te he invitado a que sigas ocupando la habitación de invitados, cariño, no a que te mudes a mi dormitorio –contestó él, encogiéndose de hombros.

–Pero tú no me quieres aquí, lo has dejado claro.

–Yo no voy a estar aquí mucho tiempo. Tengo que realizar varios viajes al extranjero y tal vez una compañera de piso no sea tan mala idea –dijo Mark, sonriendo–. Y te gusta el piso, ¿verdad? He observado cómo te mueves por él, lo cómoda que pareces estar y cómo miras la decoración.

–No sabía que estaba sometida a tal escrutinio.

–Es por seguridad. Tenía que asegurarme de que no fueras la chica de un ladrón –explicó él–. Entonces… ¿te vas a quedar? Te ofrezco los mismos términos que Kit.

–En ese caso, sí, por favor –contestó ella, forzándose en sonreír–. Siempre podría preparar alguna comida ocasional.

–Esta noche ha sido una excepción –aclaró Mark–. Viviremos bajo el mismo techo, pero llevaremos vidas distintas. Ese es el acuerdo.

–Desde luego –concedió Tallie, dejando su taza sobre la mesa y levantándose–. En ese caso, gracias, señor Benedict… y buenas noches. Parece que ahora debo ser yo la que esté agradecida.

Mientras se dirigía a su habitación, se preguntó si había encontrado la solución perfecta a sus problemas o si acababa de cometer el mayor error de su vida.

Capítulo 7

AL despertarse a la mañana siguiente, Tallie todavía seguía preguntándose si había actuado de manera correcta o no.

Se sentó en la cama y miró la soleada y tranquila habitación que ocupaba. Era el entorno perfecto para trabajar.

La noche anterior, en vez de irse directamente a la cama, había terminado el capítulo que había estado escribiendo, en el cual Hugo Cantrell, asustado ante la idea de que los demás villanos subieran a matarlos a ambos, había ayudado a Mariana a escapar por la ventana. Aunque había sido un momento de debilidad, ya que él seguía siendo el villano principal de la novela. Momento de debilidad que se podía comparar al que había tenido Mark Benedict al ofrecerle que se quedara durante más tiempo en su casa.

Entonces, se levantó y se dirigió al cuarto de baño, donde se duchó y se vistió. Cuando salió al pasillo observó que parecía que no había nadie en el piso, pero entonces oyó la voz de Mark proveniente de su despacho.

Momentos después, mientras estaba en la cocina terminándose de tomar su desayuno, él entró. Frunció el ceño y esbozó una mueca.

Se planteó si Mark también estaba reconsiderando su ofrecimiento.

–Si has cambiado de opinión sobre que me quede durante más tiempo, lo comprendo.

–¿Qué? –preguntó él. Parecía distraído–. Dios, no. Estoy pensando en otra cosa –añadió.

Se apoyó en la encimera. Iba vestido con unos pantalones vaqueros y una camisa blanca.

–No te lo iba a pedir tan pronto, pero necesito que me hagas el favor del que te hablé anoche. Parece que mi madrastra va a hacerme una visita –informó.

–¿Y quieres que le prepare la comida?

–No –contestó Mark–. Solo quiero que estés aquí. Dice que viene por un asunto de negocios y necesito apoyo.

–¿Qué quieres decir exactamente? –preguntó Tallie.

–Quiero decir que prefiero no estar solo cuando ella venga.

–Oh… así que eso es…

–Eso es lo que sin duda te iba a contar Penny cuando la interrumpí –explicó Mark, resignado–. ¿Hay algún detalle de mi vida que mi querida prima no te haya contado? ¿No te habló de mis enfermedades juveniles, incluido cuando me pegó la varicela cuando yo tenía trece años?

–No… –contestó Tallie, divertida– pero quizá se lo esté reservando para otra ocasión –añadió, colocando los platos sucios en el lavavajillas–. Así que quieres que actúe de carabina, ¿verdad?

–No exactamente –contestó él–. Quiero que finjas que eres mi novia y que compartimos muchas más cosas que el piso.

–Pero no deberías pedírmelo a mí –respondió ella–. Sería mejor que se lo pidieras a la señorita Randall… o a alguien…

–En realidad, no –negó él–. No tengo ninguna intención de hacerle llegar a Sonia, ni a ninguna otra persona, señales equivocadas. Como tú y yo no compartimos otra cosa que una tregua, eso te convierte en la candidata ideal –entonces la miró fijamente–. ¿Lo harás?

–No… no lo sé –contestó ella, mirando la sosa ropa que llevaba puesta–. No parezco la amante de nadie… y aún menos de ti.

–Pero eso se puede arreglar.

–No soy una buena actriz.

–Finge que es una escena de ese libro que estás escribiendo –sugirió él.

–Está bien –concedió finalmente Tallie–. Lo haré lo mejor que pueda. ¿A qué hora va a llegar?

–Me ha dicho que a media mañana –contestó Mark–. Y, como parece que quiere algo, quizá incluso llegue a esa hora.

–Está bien. Entonces podré trabajar mientras espero.

Una hora después, no podía fingir que estaba contenta con lo que había escrito. No había dormido muy bien durante la noche y tenía muchas cosas en la cabeza.

Estaba guardando de mala gana las novedades que había introducido en su libro cuando llamaron a su puerta.

–Pasa –dijo, preguntándose si Veronica había llegado antes de tiempo.

–Te he traído una cosa –anunció Mark al entrar, dejando sobre la cama dos bolsas de una conocida tienda de ropa–. Espero que todo te quede bien. Como no conozco tus tallas, he hecho lo que he podido.

Tallie agarró una de las bolsas y sacó una sencilla falda de color crema y una camisa de seda marrón. La segunda bolsa contenía un par de sandalias de tacón del mismo color que la falda.

–¿Has comprado esto… para mí? –preguntó cuando logró articular palabra.

–No planeo ponérmelo yo. Te sugiero que te lo pongas ahora. Practica a andar con esos tacones.

–No lo voy a hacer –espetó ella, tratando de volver a meter las cosas en las bolsas–. No tienes ningún derecho… ningún derecho en absoluto…

–No te pongas así –dijo él, suspirando–. Tú misma dijiste que no estabas vestida adecuadamente para fingir ser mi novia. Ahora lo puedes estar.

–Podría vivir durante un mes con el dinero que te ha costado esto –comentó ella.

–Entonces mañana puedes venderlo en eBay – contestó Mark–. Pero te sugiero que te lo quedes y que te lo pongas cuando vayas a ver a los de la editorial. Quizá consigas un contrato mejor si piensan que no tienes hambre –entonces la analizó con la mirada–. Y suéltate el pelo.

–¿Alguna sugerencia más… señor? –preguntó ella, enfurecida.

–Por el momento… no, pero podría pensármelo mejor –contestó él, mirando su reloj–. Voy a preparar café mientras te vistes. No tenemos todo el día.

–Se me ha ocurrido una cosa –dijo ella justo cuando Mark salía por la puerta–. ¿No crees que Kit le haya contado que él hizo que viniera aquí? Quizá reconozca mi nombre, ¿no te parece?

–Es improbable –contestó él–. Aunque Kit le comentara la broma, tu identidad es un detalle demasiado poco importante como para mencionarlo.

—Oh… entonces está bien.

—No —dijo Mark—. Pero me temo que con esos dos las cosas nunca están bien —entonces esbozó una mueca—. Estás a punto de descubrirlo.

Tallie tuvo que admitir que la ropa nueva era muy favorecedora. Y lo que le dio aún más rabia fue que le quedaba perfectamente. Las sandalias le hacían unas piernas larguísimas.

Se preguntó qué diría Mark cuando bajara al salón, pero al hacerlo, él simplemente la miró y asintió con la cabeza bruscamente.

Un momento después, oyeron el timbre de la puerta, señal de que su visita había llegado.

—¿Debo… abrir yo? —preguntó Tallie, nerviosa.

—Vamos juntos —contestó Mark—. Y… tranquilízate —añadió mientras se dirigían al pasillo—. Recuerda que no estás aquí para dar una buena impresión.

La mujer que había al otro lado de la puerta era alta e increíblemente atractiva. Tenía una figura perfecta, era rubia y de ojos azules. Tallie pensó que no parecía la madre de Kit… ni de nadie. No parecía ser lo suficientemente mayor como para ello.

—Mark, cariño, es estupendo volverte a ver —dijo Veronica Melrose. Entonces miró a Tallie—. ¿Y quién es esta?

—Esta, mi querida Veronica, es Natalie —contestó él, poniéndole a Tallie una mano por encima del hombro y acercándola a él.

Tallie se percató de que la mujer la había analizado de arriba abajo con la mirada.

–Pasa –continuó Mark–. ¿Te apetece tomar un café?

–Sería estupendo –contestó la señora Melrose, entrando en el salón y sentándose en un sofá–. Me gustaría que pudiéramos hablar en privado. ¿Hay alguna razón para que... tu amiguita esté presente?

–Ella vive aquí –contestó Mark–. Conmigo. Quizá debería habértelo dejado más claro.

–Quizá deberías haberlo hecho –comentó Veronica–. Bueno, bueno... por fin han cazado al eterno soltero. Y es una chica muy joven y encantadora. ¡Qué fascinante!

–No creo que Mark se sienta cazado –terció Tallie–. Iré a por el café.

–Parece que vives aquí de manera muy cómoda –le dijo Veronica a Tallie cuando esta regresó con la bandeja del café–. Aunque está claro que todavía no has tenido oportunidad de dejar tu sello en la casa... sea cual sea este –entonces miró a su alrededor–. Este lugar necesita una reforma. Mark... Kit me dijo que se quedó impresionado ante el hecho de que no hubieras contratado ya a un buen decorador de interiores.

–¿Y está igual de impresionado por Australia? –preguntó Mark educadamente, agarrando a Tallie de la mano y haciéndola sentarse a su lado–. Supongo que habrás tenido noticias suyas.

–Sí, desde luego –contestó Veronica, tensa–. Me ha estado telefoneando casi a diario. Lo está pasando muy mal, encerrado en el viñedo al que ha tenido que ir, que parece estar apartado de todo. El tiempo es horrible, según parece es invierno, y hasta ha visto una serpiente.

Veronica hizo una pausa y se estremeció.

–No debería haber ido allí –dijo, mirando a Mark con mala cara–. Pero la culpa la tienes tú.

–No comprendo por qué –respondió él con indiferencia–. Yo estaba en un continente distinto cuando él se marchó. Además, ¿no convenciste al pobre Charles para que lo metiera a trabajar en Melrose e Hijos?

–A lo que me refiero es a que Kit debería ocupar ya el lugar que le corresponde en la empresa de su padre –dijo ella, esbozando una mueca.

–Yo no le dije que abandonara su carrera de ingeniería en la universidad –le recordó Mark–. Eso fue decisión suya. Pero si hubiera seguido adelante, quizá se hubiera encontrado en lugares que le gustaran menos que Australia.

–También debe de haber proyectos aquí, en el Reino Unido –afirmó Veronica, agitando una mano–. Hoteles, complejos de lujo, centros comerciales. Algo que le habría gustado.

–Pero nosotros nos dedicamos a carreteras, puentes y centrales hidroeléctricas –dijo Mark–. Proyectos a largo plazo que ayudarán a más personas.

–Hasta que decidan volarlos por los aires, desde luego –comentó Veronica con cierta malicia–. ¿No es eso lo que le ocurrió a tu última construcción?

–Fue un contratiempo –dijo Mark, arrastrando las palabras–. Y ahora que parece que el conflicto ya ha terminado, regresaremos a Ubilisi para terminar lo que comenzamos.

–Pero seguro que es peligroso –terció Tallie con voz temblorosa–. El nuevo régimen trató de mataros cuando estuvisteis allí. Tuvisteis suerte de poder salir con vida.

Se creó un tenso silencio, tras el cual Veronica emitió una risotada.

–Mark, la niña está preocupada por ti. Es muy dulce –comentó, mirando a Tallie a continuación–. Pero es una pérdida de tiempo, querida. Mark hace lo que le da la gana y ninguna mujer puede cambiarlo.

Entonces, se centró en lo que le preocupaba.

–Había pensado que podías ofrecerle un trabajo a Kit para que se quedara aquí, en su país. Ya es hora de que aprenda sobre la empresa. Después de todo, Kit es tu pariente varón más cercano y, si ocurriera algo, él sería tu heredero.

–¿Eso crees? –preguntó Mark, abrazando a Tallie por la cadera–. Pero quizá eso cambie muy pronto.

–¡Dios mío! –exclamó Veronica, mirando incrédula la delgada figura de Tallie–. Quieres decir…

–Todavía no –interrumpió Mark–. Pero estamos buscándolo. Y ahora mismo no hay ningún puesto vacante en Benedicts con el salario que Kit obviamente espera, teniendo en cuenta sus extremadamente limitadas habilidades. Llevamos a cabo proyectos de ingeniería muy difíciles por todo el mundo y, créeme, tu hijo está mejor donde está. Y, si trabaja, incluso quizá obtenga un ascenso.

–Ya veo –comentó Veronica–. Entonces no hay nada más que decir. De todas maneras, espero que alivies mi decepción invitándome a quedarme aquí esta noche. Voy a salir a cenar con unos amigos y tengo una cita con el dentista mañana temprano. Tenéis una habitación de invitados, Kit me lo mencionó.

–Estoy seguro de que así fue –contestó Mark, encogiéndose de hombros–. Pero Natalie la está utilizando como despacho. Además, pensaba que siempre te quedabas en el Ritz.

–Así es, pero Charles dice que tenemos que re-

cortar gastos. No pensé que me fueras a negar aloja-
miento solo una noche.

–Lo que ocurre es que Natalie y yo estamos disfrutando de nuestra intimidad y no deseamos verla
interrumpida, ni siquiera por el más comprensivo de
los invitados.

–Creo que lo mejor que puedo hacer es marcharme y dejaros en paz –dijo Veronica, dirigiéndose hacia la puerta–. Mark, por favor, no te preocupes. Ya
habrá más noches, estoy segura.

Cuando él regresó de acompañarla a la puerta, Tallie todavía estaba sentada en el sofá, mirando al vacío.

–Ha sido horrible –comentó.

–Pero ya se ha acabado.

–¿Sí? –preguntó ella, mirándolo–. No parece que
tu madrastra piense lo mismo. Si yo realmente estuviera teniendo una relación contigo, comenzaría a
preocuparme.

–Pero como no es así… –contestó él fríamente–
no tienes que hacerlo –añadió, agarrando la bandeja
y llevándola a la cocina.

–Lo siento –se disculpó ella, siguiéndolo–. No
debí haber dicho eso. Realmente no creo que… tú…
que Veronica y tú…

–Gracias por el voto de confianza. Es un poco es-
tremecedor encontrar a alguien que piense que puedes ser tan mala persona.

–Así es –concedió ella, recordando a Hugo Cantrell.

–Bueno, no te quedes tan afligida. Yo no soy ningún santo y en ocasiones hubo situaciones bastante
embarazosas. Veronica puede ejercer mucho poder
sobre un adolescente de dieciséis años que no posee
tanta experiencia sexual como le gustaría pensar.

–¿Fue a ti… cuando tú eras tan joven?

–Ella había supuesto acertadamente que yo no era virgen. Veronica tenía diecinueve años cuando se casó con mi padre y él tenía cuarenta y tantos. A veces me he planteado si ella habría estado tratando de asegurarse el futuro conmigo…

–Pero seguro que tu madrastra no puede seguir pensando…

–¿No? –preguntó él–. Tú misma has dicho que si fueras mi novia te lo habrías planteado. Veronica no es alguien que permita que sus votos matrimoniales se interpongan en su camino.

–Es horrible.

–Y triste –añadió él–. Pero gracias por haberme salvado de una posible situación incómoda. Te debo una y no lo olvidaré.

–Desearía poder decir que ha sido un placer –confesó Tallie, levantándose–. Ahora tengo que resolver algunas situaciones difíciles propias, así que será mejor que vuelva a trabajar.

–No me permitirás expresarte mi agradecimiento invitándote a comer, ¿verdad? Parece una pena no aprovechar tu ropa nueva.

–No, gracias –contestó ella, saliendo del salón–. Creo que Veronica me ha quitado el apetito.

Ya de vuelta en su habitación, se apoyó en la puerta y reconoció que estaba enfadada consigo misma. En realidad tenía hambre, pero habría sido un riesgo ir a comer con él.

Una vez se hubo cambiado de ropa, escribió muy concentradamente durante el resto del día y, cuando por fin se atrevió a salir para comer algo, vio que el piso estaba vacío.

Acababa de limpiar los cacharros que había utilizado cuando sonó el timbre de la puerta. Rogó que no fuera Veronica de nuevo para decir que todos los hoteles estaban llenos.

Pero cuando abrió la puerta vio a Justin. Estaba sonriéndole.

—Hola —dijo él con demasiada indiferencia—. ¿Está Mark en casa?

—No —contestó ella, esbozando una mueca—. Pero supongo que tú ya lo sabías.

—¿Me vas a dejar entrar? Te prometo que estarás segura conmigo.

—Pero es muy difícil mantenerte alejado —comentó Tallie, apartándose para dejarlo pasar y guiándolo al salón a continuación—. Te puedo ofrecer té o café. El alcohol le pertenece a Mark.

Justin abrió la cartera que llevaba y sacó una botella.

—Cloud Bay —dijo—. Pruébalo y enamórate, pero solo del vino, desde luego.

—Por supuesto —concedió Tallie con sequedad.

Inesperadamente mantuvieron una conversación relajada y cordial que le quitó a ella el mal sabor de boca que le había dejado la visita de Veronica Melrose. Hablaron de libros, de música, de películas… El vino estaba delicioso.

Cuando Justin por fin se dispuso a marcharse, Tallie accedió a ir al teatro con él a la semana siguiente. Y cuando se despidieron, aceptó el breve y agradable beso en los labios que le dio él.

Mientras fregaba los vasos que habían utilizado tuvo que reconocer que Justin era un hombre extremadamente atractivo y podía ser en él en quien basara el personaje de William en vez de en Gareth.

–¿Ocurre algo? –preguntó Mark al llegar a casa y verla tan concentrada.

–No... no te oí llegar –contestó ella, a quien casi se le cayó el vaso que estaba limpiando.

–Evidentemente, estabas muy pensativa –comentó Mark, mirando la botella de vino que había sobre la encimera de la cocina–. ¿Has tenido visita?

–La verdad es que sí –dijo ella a la defensiva.

–Puedo adivinar la identidad de la persona que te ha visitado.

–¿Le dijiste tú que viniera? –quiso saber Tallie.

–Como si lo hubiera hecho. ¿Dónde te va a llevar?

–A la nueva representación de Leigh Hanford –admitió ella de mala gana.

–Ha tenido suerte de encontrar entradas –comentó Mark.

–¿Has tenido tú algo que ver en eso? –preguntó Tallie, frunciendo el ceño.

–¡Sospechas mucho de todo! Supongo que es por trabajar creando historias.

–Seguramente –concedió ella–. Y ahora tengo que marcharme a crear más. Buenas noches.

–Buenas noches a ti también –añadió él suavemente–. Espero que tengas dulces sueños.

Eso mismo esperaba ella, pero no se acostó hasta que no trabajó un poco; quería decidir qué hacer con Hugo Cantrell, que parecía haberse apoderado de toda la historia y tenía que desaparecer de la novela. Dolorosa y permanentemente.

Aunque no le iba a ser tan fácil quitarse de la cabeza su pelo oscuro y sus ojos verdes...

Capítulo 8

ASÍ que… –dijo Lorna con entusiasmo– cuéntame cómo es. –
Arrogante –respondió Tallie con frialdad–. Un mujeriego. Afortunadamente no tengo que verlo mucho.

–¿Entonces por qué te estás molestando tanto… si él es tan espantoso?

–Oh… –Tallie se ruborizó– tú estás hablando de Justin.

Pensó que eso era lo que ella debía hacer también; hablar y pensar en Justin… no en Mark, sobre todo teniendo en cuenta que él apenas le había dirigido la palabra desde la visita de su madrastra hacía tres semanas.

–Pues claro que estoy hablando de Justin –concedió Lorna.

–Bueno… –respondió Tallie– es encantador. Mañana voy a ir a cenar con él a Pierre Martin.

–Es un restaurante muy elegante –dijo su amiga en forma de aprobación–. Y también muy caro. Debes dejar que te preste algo de ropa –ordenó, señalando su armario con la mano–. Toma lo que quieras.

–No sé… –comenzó a decir Tallie, mirando la ropa–. Elige tú por mí.

–Umm. ¿Quieres un modelito que deje claro que

no quieres que te toque u otro que le incite descaradamente?

—Quizá algo intermedio —contestó Tallie, ruborizándose.

—Cobarde —bromeó Lorna—. No estarás nerviosa por esta cena, ¿verdad?

—Creo que podría estarlo —admitió ella—. Hasta este momento, todo ha sido discreto, pero tengo la impresión de que eso va a cambiar. Y no sé qué esperar. Ni qué esperará él.

—Bueno, siendo un hombre, sin duda estará esperando algo —respondió Lorna—. Sobre todo después de una cara cena en Pierre Martin. Supongo que será atractivo.

—Mucho —dijo Tallie enérgicamente.

—¿Confías en él?

—Completamente.

—¿Entonces a qué estás esperando? —exigió saber su amiga—. Simplemente… déjate llevar.

Tras mirar varios de sus vestidos, Lorna sacó uno rojo del armario.

—Es fabuloso —comentó Tallie.

—Es muy simple, ni demasiado corto ni demasiado largo. Y el color te quedará bien, hará que dejes de parecer tu propio fantasma. Lleva unos zapatos a juego que no son demasiado altos.

Al día siguiente por la tarde, mientras se arreglaba para su cita, Tallie pensó que no sabía por qué se sentía tan nerviosa. Hasta aquel momento se había divertido con Justin y él era un hombre demasiado educado como para presionarla. Aunque la manera en la que se despedía de ella, cada vez más a regañadientes, parecía indicar que quería que su relación avanzara.

Se había comprado un conjunto de braguita y sujetador, ya que si algo ocurría sabía que llevar una bonita lencería la ayudaría a aumentar su autoestima.

Justo cuando se dirigía a la puerta, Mark salió de su despacho. Se detuvo en seco y la miró.

–Ah –dijo en voz baja–. Hoy es la gran cita.

–Voy a salir, sí –respondió ella, levantando la barbilla.

–Entonces no me molestaré en esperarte levantado –murmuró él, dirigiéndose hacia la cocina.

En ese momento, Tallie se apresuró a salir, agradecida de que Mark no la hubiera visto ruborizarse.

Justin la estaba esperando en el restaurante. Al verla entrar se levantó y le tomó la mano para darle un beso en la palma.

–Estás preciosa –dijo con admiración–. ¿El vestido es nuevo?

Deleitada ante el reconocimiento de él, Tallie pensó que por lo menos era nuevo para ella.

Se sentó al lado de Justin y miró a su alrededor.

–¡Qué lugar tan agradable!

–Vine a la inauguración hace un año –dijo él–. Sé que la comida es buena y, después de la cena que nos preparaste aquella noche, pensé que no podía llevarte a otro lugar.

Tallie rio y después de eso todo fue más fácil. Disfrutó al estar sentada tan cerca de él y comentar la carta, que aunque no era muy extensa, ofrecía unas exquisitas posibilidades.

Se percató de que el leve flirteo que había mantenido Justin con ella durante las primeras citas había cambiado para convertirse en algo más serio.

También se dio cuenta de que iba a tener que tomar una decisión, por lo que no debía beber mucho vino por si le impedía pensar con racionalidad.

Para postre, Justin pidió dos de los famosos suflés del restaurante.

–¿Quiere café, *m'sieur*? –preguntó el camarero.

–Creo que lo decidiremos más tarde –contestó Justin. Entonces miró a Tallie–. ¿Te parece?

Ella pensó que el momento había llegado; él estaba preguntándole si iba a ir a su piso y quería una respuesta...

–¡Dios mío, Justin! Eres la última persona a quien me hubiera esperado encontrar aquí –dijo un joven que se había acercado a su mesa.

–Esto es un restaurante, Clive, y todos tenemos que comer –contestó Justin con frialdad–. Incluso tú. Por favor, no nos dejes entretenerte.

–Oh, estoy sentado ahí –contestó el chico, señalando su mesa con la mano–. Es una fiesta familiar. Ellos tampoco podían creer lo que veían, así que me he acercado a comprobarlo.

Entonces hizo una pausa.

–La vida te está tratando bien, ¿no es así? Tienes trabajo... y no te arrepientes de nada. Parece que está claro que te estás recuperando –comentó, mirando entonces a Tallie–. Aunque ella parece un poco joven para ti, ¿no es así? No sabía que fueras un corruptor de menores.

Justin le hizo señas al camarero más cercano.

–Creo que el señor Nelson desea unirse de nuevo con sus amigos –dijo en voz baja–. Cancele los suflés, solo tomaremos café.

–Oh, no os vayáis por mi culpa. Ya me marcho. Siempre es un placer volver a verte, muchacho. Y buena suerte para ti, cariño –le dijo a Tallie.

Cuando el chico se hubo marchado, se creó un tenso silencio.

–Tallie, debo disculparme por lo que ha ocurrido –explicó Justin sin mirarla–. No… no sé qué decir. Pero creo que… quizá… sea mejor si pago la cuenta y pido un taxi para ti.

Entonces hizo una pausa con la vergüenza reflejada en la cara.

–Desearía saber cómo explicártelo, pero no puedo. Ya ves, simplemente no… no me di cuenta…

Tallie se preguntó que si a lo que se refería él era a lo joven que era ella.

No se podía creer que aquello le estuviera ocurriendo de nuevo… y por las mismas razones; su juventud y falta de experiencia. Parecía que la historia de Gareth se repetía y se dijo a sí misma que quizá era bueno que hubiera ocurrido en aquel momento, antes de que se hubiera comprometido aún más.

Levantó la barbilla y se forzó en sonreír.

–No hay nada que explicar –dijo en un tono alegre–. Ya se está haciendo tarde y ambos tenemos que trabajar mañana. Ha sido… una noche estupenda y tenías razón sobre la comida. Es excelente.

Continuó hablando amigablemente hasta que salieron del restaurante y Justin detuvo un taxi.

–No tienes que venir conmigo. Estaré bien.

–Si eso es lo que quieres –respondió él, dándole al conductor dinero para pagar el trayecto. Entonces la miró–. Tallie… te telefonearé.

–Bueno… eso habría estado bien –comentó ella, todavía sonriendo–. Pero me temo que durante un tiempo voy a estar muy ocupada. Tengo que concentrarme en mi libro. Pero… gracias de todas maneras.

Entonces entró en el taxi y cerró la puerta tras ella con elegancia. Incluso le dijo adiós con la mano mientras el taxi se alejaba.

Pero en cuanto estuvo fuera del alcance de su vista se desmoronó. Sintiéndose una estúpida, se mordió el labio inferior y se dijo a sí misma que, aunque Justin no había sido tan poco considerado como lo había sido Gareth, había actuado de la misma manera.

La poca confianza que tenía en sí misma se había hecho pedazos de nuevo.

Cuando llegó al piso, entró con mucho cuidado para no hacer ruido; todo lo que quería era llegar al refugio que ofrecía su habitación.

Pero en cuanto cerró la puerta principal, Mark la llamó desde el salón.

–Tallie… ¿eres tú? –preguntó, levantándose y acercándose a la puerta del salón. Frunció el ceño al verla–. ¿Ya has vuelto? ¿Dónde está Justin?

–Bueno, no lo llevo escondido en mi bolso –logró contestar ella con indiferencia–. Se marchó a su casa. ¿No es eso lo que hace la mayoría de la gente al final de una velada?

–Pero yo pensaba… –comenzó a decir Mark, todavía con el ceño fruncido.

–¿Ah, sí? Yo también lo pensé, pero ambos nos equivocamos.

–Evidentemente –contestó él–. Yo acabo de volver y he abierto una botella de vino. ¿Te gustaría compartirla conmigo?

Sorprendida, Tallie vaciló. Tras la actitud distante que había tenido él durante las anteriores semanas, apenas esperaba que fuera a ser amigable con ella. Se preguntó si simplemente sentía pena porque la habían rechazado. Pero no quería estar sola…

–Pensaba que en estas ocasiones se ofrecía té y compasión –dijo, tratando de sonreír.

–¿Quién ha hablado de compasión? –preguntó él, indicándole que entrara al salón–. Voy a por un vaso para ti.

El salón estaba iluminado por una sola lámpara y la botella de vino estaba sobre la mesa de café.

Tallie se quitó los zapatos y se sentó en un sofá. Cuando él regresó con un vaso, le dio las gracias.

–Sin embargo, no parece apropiado que hagamos un brindis dadas las circunstancias –comentó Mark, que se sentó a su vez en otro sofá. También estaba descalzo. Llevaba puestos un jersey azul y unos pantalones vaqueros.

–Probablemente no –concedió ella–. ¿Has… has tenido una noche agradable?

–Fui al cine –contestó él–. Era una película tan mala, que salí de la sala cuando faltaba la mitad, ya que pensé que la vida es demasiado corta como para perderla de esa manera –entonces se encogió de hombros–. Pero quizá no estaba de humor.

–¿Fuiste solo?

–Bueno, no te sorprendas tanto –contestó Mark–. Paso algunas horas solo.

–Simplemente pensé que habrías ido con la señorita Randall.

–A Sonia solo le gustan las películas en las que necesitas subtítulos para comprender los subtítulos. El esfuerzo que se requería esta noche era bastante más básico. ¿Hay algo más que quieras saber sobre mi relación con la señorita Randall o podemos olvidarnos del asunto?

–Encantada –contestó Tallie, bebiendo un poco de su vino.

–Y no te enfurruñes –añadió él.

Tallie fue a negar que pretendiera hacer aquello… justo cuando se percató de lo absurdo de ello y no pudo evitar esbozar una sonrisa.

—Así está mejor —dijo Mark—. Y ahora que ya hemos hablado de mi decepcionante noche, hablemos de la tuya. ¿Os habéis peleado Justin y tú?

—No, nada por el estilo. Tuvimos una cena estupenda y entonces él decidió, en todo su derecho, que yo no era suficientemente mayor, ni sofisticada, para él. Fin de la historia.

—No me lo puedo creer —comentó Mark, frunciendo el ceño—. ¿Estás segura de que no hubo ningún tipo de malentendido?

—Segurísima —contestó ella—. Yo creo que «corruptor de menores» es suficientemente directo como para despejar cualquier duda. ¿No lo crees tú?

—¿Corruptor de menores? —repitió él, despacio—. Pero eso es absurdo, una locura. Porque tú, Natalie Paget, no eres ni mucho menos una niña —entonces hizo una pausa—. Y con el aspecto que tienes esta noche, yo diría que estás irresistible.

Tallie se ruborizó y sintió cómo se le agitaba la respiración. Un tenso silencio se apoderó del ambiente.

—Pero está claro que Justin es consciente de… la diferencia de edad entre nosotros y… le preocupa.

—Diferencia de edad —repitió Mark con sorna—. Por Dios, el pobre infeliz tiene treinta años, un año menos que yo, y ninguno de los dos vamos a jubilarnos pronto.

—No he querido decir eso.

—Pues me alivia saberlo —dijo él, sirviéndose más vino.

—Mi falta de… experiencia es probablemente aún más importante.

–Dios mío, si fue de eso de lo que hablasteis, no me extraña que la noche terminara tan pronto.

–Solo estoy tratando de encontrarle sentido –explicó ella.

–Quizá simplemente no tenía que ser –comentó Mark.

–Podría pensar eso, pero es que esta no es la primera vez que me ocurre lo mismo… como ya te había mencionado antes.

–No me había olvidado.

–Sí… bueno, estoy comenzando a sentirme como si tuviera dos cabezas –dijo ella, forzándose en sonreír.

–Yo no lo pienso. Y, como creo que ya te había mencionado también, quizá deberías considerar tu inocencia como una ventaja en vez de como una carga.

–No es tan fácil. Me siento como… un bicho raro en un mundo en el que las chicas más jóvenes que yo ya han aprendido más cosas de sexo de las que yo jamás sabré.

–¿Y eso te parece una buena cosa? –preguntó él.

–En realidad… no, pero así es. Y, por alguna razón, yo estoy fuera del rebaño.

–Quizá ese no sea un mal lugar en el que estar –dijo Mark–. Hay cosas peores, créeme. Y ahora, creo que ha llegado el momento de que te vayas a la cama.

Tallie se quedó mirándolo y admiró sus facciones bajo la tenue luz. Lo miró de una manera que no había hecho antes y se dirigió a él con una voz que ni siquiera ella reconoció.

–¿Vienes conmigo?

Mark levantó la cabeza y se quedó mirándola en

silencio. Entonces se levantó y le quitó el vaso de la mano.

–Creo que has bebido demasiado, así que fingiré que no has dicho eso –aseguró.

–Mark, no estoy borracha. No me emborracho con dos vasos de vino, simplemente estoy harta de que me rechacen porque consideran que soy una niña. Y te estoy pidiendo… que me ayudes a convertirme en una mujer.

–Ofrecerte al hombre más cercano no es una señal de madurez –respondió Mark de manera cortante–. Y, de todas maneras, lo que pides es imposible.

–¿Por tus reglas de que vivimos bajo el mismo techo pero que debemos llevar vidas separadas? –quiso saber ella, agarrándolo de la mano–. Pero eso no tiene que cambiar por nada de lo que ocurra esta noche. Comenzará y terminará aquí. Después, las cosas volverán a ser exactamente como eran antes. Te lo juro. Solo quiero perder mi virginidad, no comenzar una relación.

–Tallie, eso es precisamente lo que deberías querer –dijo él severamente, apartando su mano–. Ten paciencia. Quizá las cosas no hayan funcionado con Justin, pero conocerás a otra persona… alguien de quien te enamorarás y estarás contenta de… haber esperado para él.

–Pero cuando conozca a ese hombre, si lo hago, deberá ser en una posición de igualdad. No quiero sentir ningún trauma por no conocer el territorio que piso.

–¿Cómo no vas a conocer el territorio que pisas cuando las películas y la televisión dejan más que claro lo que ocurre? Pero si te quedan dudas, cómprate un buen manual de sexo.

–No me refiero a… los aspectos técnicos, sino a lo que me afecta a mí, a cómo me voy a sentir cuando esté pasando. Ni siquiera sé si soy frígida.

–Lo dudo –aseguró él–. Lo dudo mucho.

–Pero yo necesito estar segura –contestó ella, bebiendo un poco de vino–. Y, además, hay más posibilidades de que vaya mejor con él, con el hombre al que ame, si ya lo he hecho antes.

–No estoy seguro de estar de acuerdo.

–Bueno, yo sé… me han contado… que el sexo es más o menos un desastre la primera vez. Es doloroso y bastante vergonzoso. Así que me gustaría no experimentar esas cosas con alguien que me importa.

–Ah –dijo Mark–. ¿Y cómo he llegado yo a figurar en este atrayente escenario?

–Porque me debes una –contestó ella sin rodeos–. Me lo dijiste tú mismo.

–Sí, pero esta no es la clase de recompensa en la que estaba pensando.

–Y también porque… porque no nos importamos el uno al otro –continuó Tallie–. Tú mismo lo dijiste; entre ambos no hay nada más que una tregua. Así que no importaría si resulta ser…

–Una catástrofe de proporciones épicas –sugirió él.

–¿Te estás riendo de mí? –preguntó ella.

–No –contestó Mark–. Nunca antes me había divertido menos en mi vida –añadió, levantándose y acercándose a la ventana–. Estás haciendo que me vea a mí mismo de distinta manera, cariño… el malnacido sin sentimientos que abandona a chicas inocentes heridas.

–Jamás pensé eso –aclaró Tallie, mordiéndose el labio inferior–. Oh, Dios, he complicado todo esto, ¿verdad? Solo quería que supieras que, si aceptas, no tendré ningún tipo de expectativas, no te exigiría nada. Simplemente reanudaríamos la tregua hasta que yo pueda encontrar otro lugar donde vivir y así salir para siempre de tu vida. Es decir, seguir con el plan original.

Entonces hizo una pausa.

–Y el… el resto, supongo que sabrás… lo que haces. Seguramente tratarás de no hacerme daño. Después de todo, tienes mucha experiencia…

–He tenido muchas mujeres –concedió él–. Pero desafortunadamente no es martes, el día en el que desvirgo a las vírgenes.

–Ahora te estás burlando de mí –le reprendió ella.

–Sí… no. Ni siquiera estoy seguro. Por el amor de Dios, olvidémonos de que esta absurda conversación ni siquiera comenzó. No sabes lo que estás pidiendo.

–¿Realmente sería tan difícil? –preguntó Tallie, levantándose–. Antes has dicho que yo era… irresistible. Pero no es cierto, ¿verdad, Mark? No parece que tengas ningún problema en resistirte a mí. ¿Por qué lo dijiste si no lo decías en serio?

–Porque en ese momento no estaba luchando contra un sentimiento latente de decencia, maldita sea. Pero quizá deba rendirme. Da una vuelta, despacio.

Desconcertada, Tallie le obedeció y observó cómo él esbozaba una leve sonrisa al mirarla.

–Ahora quítate la ropa y hazlo otra vez… incluso más despacio. Solo para refrescarme la memoria.

Ella se quedó mirándolo con la boca abierta debido a la impresión.

–¿Estás perdiendo el valor, cariño? ¿Te estás preguntando si realmente quieres estar desnuda de nuevo delante de mí? Sobre todo ahora, que sabes que haré mucho más que mirar.

–Si… si es lo que quieres… –contestó Tallie, buscando la cremallera de su vestido.

–No –dijo él bruscamente–. Era solo un intento de que recuperaras la cordura, pero parece no funcionar. Por lo tanto…

Entonces se acercó a ella y le apartó un mechón de pelo de la cara. Le acarició la mejilla y la mandíbula. Lo hizo de manera muy delicada, pero a ella pareció derretirle los sentidos y tuvo que reprimir un grito ahogado.

–Esto es nuevo para mí, así que quizá sea mejor que vayas a tu habitación y que yo me reúna allí contigo… cuando haya tenido la oportunidad de pensar un poco.

Tallie asintió con la cabeza y trató de sonreír… pero falló. Entonces se marchó… para esperar.

Pero una vez que se sentó en la cama para esperarlo, se percató de que quizá aquella era la peor parte de todo. Los nervios de la espera, la tensión del momento en el que él abriera la puerta…

Entonces se levantó y comenzó a arreglar un poco la habitación. Miró la puerta y se preguntó dónde estaba Mark y por qué estaba tardando tanto tiempo. Se planteó que quizá le había oído mal y que tal vez lo que había querido decir él era que ella fuese a su habitación.

Había solo una manera de saberlo, por lo que salió al pasillo y se dirigió al dormitorio de él.

–Mark –dijo, llamando a la puerta, que estaba entreabierta–. Mark, ¿estás ahí?

Pero la habitación estaba vacía y se percató de que no se oía ningún ruido en todo el piso. Sintió mucho frío al percatarse de que él se había marchado y la había dejado sola.

Capítulo 9

LOS zapatos que se había quitado en el salón todavía estaban en el suelo. Los agarró y se sentó en el sofá. Eran muy bonitos. Recordó haberlos admirado al haber estado vistiéndose aquella tarde para la importante cita que iba a tener, cita que había pensado iba a recordar siempre.

Y así sería, pero no por las razones que había sospechado.

Lo peor de todo era que había complicado aún más las cosas al haberse lanzando a otro hombre más que no la deseaba.

Atontada, se preguntó por qué Mark no le habría confesado que no podía hacerlo.

Se preguntó qué iba a decirle cuando lo volviera a ver, si incluso debía disculparse.

Dejó de nuevo los zapatos en el suelo y agarró el vaso de vino que había sobre la mesa. Deseó que quedara suficiente vino en la botella para poder emborracharse y que todo aquello no le doliera tanto.

Pero entonces oyó un portazo en la puerta principal y derramó unas gotas de vino en su vestido al ver a Mark entrar en el salón.

–¿Tallie? –dijo él con expresión burlona–. ¿Cómo es que no estás debajo de las sábanas de tu cama esperando a que yo me lleve tu inocencia? Estoy sorprendido.

–Pensaba... pensaba que habías cambiado de idea –contestó ella.

–De ninguna manera –aclaró él–. He ido a una farmacia de guardia.

–Oh...

–Oh, desde luego –repitió Mark–. Pobre Tallie, ¿es el sexo seguro demasiada realidad para ti?

–No –respondió ella, levantando la barbilla y sintiéndose invadida por un tumulto de emociones contradictorias–. No esperaba ningún tipo de romance. No soy estúpida.

Mark se acercó a ella y le quitó el vaso de la mano.

–¿Estás tratando de anestesiarte? –preguntó, negando con la cabeza–. Yo necesito que estés completamente despierta y consciente –entonces la tomó de las manos–. Ahora ven conmigo.

Tallie pensó que, si había un momento para decirle que se lo había pensado mejor, era aquel. Pero él la guio hacia su habitación y cerró la puerta tras ellos.

Allí de pie, observó cómo Mark se quitaba la chaqueta y cómo sacaba un paquete del bolsillo de su pantalón, paquete que dejó sobre la mesilla de noche.

Todo era tan práctico, incluso superficial, que pensó que ella debía comportarse de la misma manera.

Mark se quitó el jersey y, justo cuando fue a desabrocharse los pantalones, ella se dio la vuelta y trató de bajar la cremallera de su vestido... pero no lo logró.

–¿Tienes problemas? –preguntó él.

–Creo que la cremallera se ha atascado.

–Ven aquí –indicó Mark con voz suave.

–Me siento tan estúpida –comentó ella, percatándose de que él todavía llevaba puestos los pantalones.

–¿Por qué? Después de todo, me voy a divertir desvistiéndote, cariño, mucho más de lo que parece que lo estás haciendo tú –dijo, divertido–. ¿O pretendes que comparta tu falta de placer en lo que está a punto de comenzar? Si eso es lo que quieres, te aseguro que te quedarás decepcionada, ya que voy a saborear cada instante.

Tallie no supo qué contestar y simplemente se quedó allí de pie mientras Mark le bajaba la cremallera del vestido y se lo quitaba. Entonces soportó cómo él analizaba su cuerpo con la mirada, cuerpo solo cubierto por dos pequeñas prendas de lencería.

–Simplemente el verte así, Tallie, hace que todo merezca la pena –dijo Mark antes de abrazarla y besarla.

Lo hizo de una manera cálida, delicada, y ello sorprendió a Tallie, que no había esperado ningún tipo de ternura. Pero ella no iba a responder y simplemente se quedó allí de pie, pasiva.

Él comenzó a acariciarle el cuerpo y ella no pudo evitar la inoportuna respuesta de las terminaciones nerviosas de su cuerpo.

Al sentir cómo se le aceleraba el corazón, se apartó de él.

–No tienes que tratarme como si estuviera hecha de cristal. Sé… sé por qué estamos aquí –dijo.

–Prefieres que sea más directo. Está bien –contestó él, tomándola en brazos y dejándola sobre la cama. Entonces se arrodilló a horcajadas sobre ella.

Se bajó la cremallera del pantalón y metió dos dedos por debajo de las braguitas de Tallie…

–No –espetó ella, apartándolo con las manos–. No puedes… así no… oh, Dios, por favor…

–Sí que podría –contestó él en tono grave–. Disfrutaría y te convencería de que hicieras lo mismo… en las circunstancias adecuadas. Pero tengo que admitir que no en tu primera vez.

Entonces se apartó de ella y se tumbó a su lado. Estuvo un rato en silencio y, a continuación, acercó la mano para acariciarle el pelo y el cuello.

–Tallie… me dijiste que querías esto –dijo.

–Y así es –contestó ella sin mirarlo–. Es solo que…

–Entonces acepta que estamos del mismo lado y trata de confiar en mí. Ahora voy a terminar de desnudarme y a meterme en la cama. Si pretendes continuar, te sugiero que hagas lo mismo.

Tallie se sentó en el borde de la cama y se quedó allí quieta durante unos momentos. Trató de calmarse y de recuperar la valentía. Sintió cómo él se desnudaba…

–Estoy esperando –dijo Mark.

Ella se negó a sí misma la posibilidad de vacilar durante más tiempo y se quitó el sujetador y las braguitas. Se metió a toda prisa debajo de las sábanas y se tumbó mirando al techo.

–Tallie, si decides en algún momento que quieres que nos detengamos, solo tienes que decírmelo –informó él–. Desde mi punto de vista, preferiría que fuera antes que después… y desde luego antes del punto de no retorno. No quiero estar sufriendo durante una semana.

–No… no te voy a pedir que te detengas. Tienes mucha paciencia conmigo, lo sé, y te estoy… muy agradecida.

–Puedo ser más paciente de lo que jamás hayas soñado –dijo él en voz baja–. Ahora, debes comenzar a escuchar lo que te dice tu cuerpo. ¿Lo harás?

–Lo… lo intentaré. De verdad… Mark –contestó ella, dándose la vuelta hacia él. Le acarició un hombro.

Cuando él acercó su cara a ella, Tallie aceptó sus intenciones.

En aquella ocasión el beso de Mark fue más apasionado; exploró la dulzura de su boca y saboreó su delicadeza.

Murmurando de satisfacción, la acercó aún más hacia sí y sus desnudos cuerpos quedaron apoyados el uno en el otro.

Cuando por fin dejó de besarla, a ambos les faltaba el aliento. Mark bajó la mirada y admiró los pechos de ella.

–Exquisitos –dijo con dulzura.

–Son demasiado pequeños –contestó Tallie, apartando la mirada. Estaba ruborizada.

–No –contradijo él–. Son absolutamente adorables, porque puedo hacer esto… –entonces cubrió uno de los pechos con su mano y comenzó a incitar el pezón con su dedo meñique–. Y también esto… –añadió, metiéndose el pezón en la boca y lamiéndolo.

Un torrente de sensaciones se apoderó de Tallie. Le recorrió todo el cuerpo y fue directo al centro de su feminidad. No pudo evitar emitir un gemido.

Mark volvió a besarle la boca mientras continuaba incitando sus pechos con los dedos y la llevaba a un nivel de necesidad casi angustioso.

Tallie le acarició los hombros, el cuello, el pecho, los masculinos pezones, bajo los que sintió la fuerza con la que le latía el corazón. Consciente de la potente dureza masculina que le presionaba los muslos, no supo si sentirse asustada o exultante ante la prueba de que la deseaba.

Mark continuó acariciándola, explorando su cuerpo de tal manera que ella sintió cómo todos los músculos le temblaban bajo el sutil movimiento de aquellas manos. Y donde tocaban sus dedos, tocaba después su boca.

Él le había pedido que escuchara a su cuerpo y lo que su cuerpo le decía, ante su asombro, era cuánto lo deseaba. Y cuando Mark hizo que le diera la espalda para poder darle pequeños besos a lo largo de la columna, sintió cómo su cuerpo se arqueaba y se estremecía. Deseaba más, mucho más, y disfrutó de la sensación de sentir sus pechos tan excitados por los dedos de él.

Pero entonces Mark bajó las manos hacia su trasero, el cual acarició rítmicamente, provocando que ella perdiera el control.

Aquel no era el procedimiento formal que Tallie había pedido para poder aprender, procedimiento que quizá hubiera podido soportar. Estaba perdida, ahogada en sentimientos que no sabía que existían. Estaba asustada por la fuerza de su propia necesidad.

Mark la atrajo hacia sí, le acarició los pechos mientras le besaba la garganta para, a continuación, bajar una mano hacia sus muslos y acariciar su delicada piel.

La estaba volviendo loca de necesidad, ya que la estaba tocando en todas partes menos donde debía... en su parte más íntima, donde más lo deseaba, donde estaba ardiendo de pasión por él, derritiéndose por él...

Por fin, justo cuando pensó que iba a tener que suplicar, Mark cubrió con la mano su entrepierna y acarició la diminuta perla de su feminidad. La penetró con los dedos delicadamente.

–Oh, Dios –dijo ella con una débil voz al sentir su cuerpo inundado de placer. Se arqueó hacia él para que así Mark pudiera profundizar la exploración de la más íntima parte de su ser.

Se percató de que le estaba acariciando con el dedo pulgar la sensible perla de su sexo y de que la estaba excitando con tal maestría que le fue difícil respirar.

Sintió cómo crecía dentro de su cuerpo una sensación que iba más allá de la mera excitación, una inexorable espiral de intensidad que amenazaba los últimos resquicios de control que le quedaban. Estaba aterrorizada, ya que lo que le estaba ocurriendo en aquel momento era demasiado y no podría soportar más.

Trató de pedirle que se detuviera, pero lo único que logró emitir fue un leve gemido que denotaba deseo, no protesta.

Y entonces fue demasiado tarde, ya que un océano de sensaciones se apoderó de su cuerpo casi como una agonía. Sintió cómo los espasmos de un placer irresistible invadían su cuerpo antes de regresar a la realidad, realidad que ya había cambiado para siempre. Entonces, se percató de que Mark la estaba moviendo, colocándola con delicadeza sobre las almohadas.

Al abrir los ojos, vio que él estaba a su lado, apoyado en un hombro mientras la observaba.

–Pensé que me iba a morir –dijo ella.

–Pero aquí estás, viva y estupendamente bien – contestó él, acariciándole la mejilla–. Quizá tus alar-

mistas amigas deberían haberte explicado también…
el increíble poder del orgasmo.

–Quizá no lo conocían –comentó Tallie.

–Tal vez –concedió Mark, que parecía divertido–.
Lo que te hace tener ventaja y, desde luego, no ser
frígida.

–Gracias –dijo ella, avergonzada.

–Me alegro de haber sido de ayuda, pero todavía
no se ha acabado… como debes haberte percatado.

–Sí… sí, desde luego –contestó ella, preguntándose cómo iba a no percatarse cuando él estaba tumbado a su lado desnudo… con la evidencia de ello
claramente expuesta–. Estoy dispuesta.

–Yo creo que no –dijo Mark–. No en este preciso
momento, pero lo estarás pronto.

Entonces comenzó a besarla de nuevo. Durante
un segundo, ella trató de resistirse, pero el cálido y
sensual movimiento de la boca de él era demasiado
tentador como para no abrir los labios…

Inmediatamente la besó más apasionadamente y
ella lo abrazó por el cuello, respondiéndole con su
recién descubierto ardor. Presionó su cuerpo contra
el de él en una abierta invitación. Mark gimió levemente al encontrar con las manos los ansiosos pechos de ella. Le acarició los pezones y la excitó hasta el paroxismo.

Por fin, a regañadientes, dejó de besarla y se
apartó de ella. Tallie protestó y trató de agarrarlo…

–Sí, cariño –dijo él–. Pero primero tengo que
ocuparme de protegerte.

Ella esperó y sintió cómo su cuerpo se derretía
por él. Cuando Mark regresó y se colocó sobre su
cuerpo, lo miró con los ojos como platos. Entonces
él la penetró, despacio, con cuidado, mientras la mi-

raba a la cara para ver si reflejaba dolor o incomodidad.

Durante un instante, Tallie se preparó en espera
de dolor, pero no ocurrió. En vez de dolor y dificultad, lo que obtuvo fue una sensación de complemen-
tariedad, como si hubiera sido creada para aquello...
para aquel hombre.

Lo abrazó por los hombros y sonrió para responder a la pregunta que reflejaban los ojos de él, que
comenzó a hacerle el amor lentamente.

–Mark, ya te lo dije antes; no estoy hecha de cristal, así que no creo que tengas que ser tan... tan paciente... durante más tiempo.

–Tallie, podría hacerte daño.

–No me lo harás.

–No lo sabes.

–Enséñame –susurró ella. Obedeciendo un instinto que apenas comprendía, le abrazó las caderas con
las piernas–. Enséñame.

Mark gimió y alteró el ritmo. Comenzó a moverse más rápida y poderosamente. Ella se aferró a él
mientras gemía y se dejaba llevar por aquella fuerza
sensual y por las intensas sensaciones que se estaban
apoderando de su cuerpo.

Comenzó a moverse para acompasar el ritmo y
oyó cómo la manera de respirar de él cambiaba. Se
percató de que la velocidad a la que estaban haciendo
el amor también había cambiado; se había acelerado
considerablemente y amenazaba con dejarla atrás.

Pero Mark introdujo la mano entre ambos y comenzó a acariciarle de nuevo el punto más sensible
de su cuerpo, provocando que ella alcanzara un frenético éxtasis.

Y, justo cuando estaba en la cúspide del placer,

oyó cómo él gemía profundamente al alcanzar su propio clímax.

Después, se quedó tumbada en los brazos de Mark, que apoyó la cabeza en sus pechos. Sorprendida, pensó que era una mujer, la mujer del señor Benedict. Pero se recordó a sí misma que aquello no era cierto. No podía fingir que lo era. Él simplemente había hecho lo que ella le había pedido y ya había terminado.

Como si le hubiera leído la mente, Mark se apartó de ella, se levantó de la cama y se marchó de la habitación sin decir ni una sola palabra.

Ella se sintió desolada. Se llevó la mano a la boca al sentir cómo se le formaba un nudo en la garganta y cómo le caían las lágrimas por las mejillas. Emitiendo un pequeño sollozo, hundió la cabeza en la almohada.

–¿Tallie? –preguntó él al regresar a la habitación. Suspiró al ver la húmeda cara de ella y volvió a tumbarse a su lado–. Oh, Dios mío, al final te hice daño. Tenía miedo de hacerlo.

–No… no, no me lo hiciste –contestó ella, apoyando la cabeza en el pecho de él mientras este le acariciaba el pelo–. Simplemente estoy siendo… una tonta.

–Probablemente también estés en estado de shock –comentó Mark–. Ahora creo que ambos deberíamos tratar de dormir.

Tallie pensó que le iba a ser muy difícil dormir debido al torbellino de emociones que estaba sintiendo, pero la manera en la que él le acariciaba el pelo era tranquilizadora y quizá si cerraba los ojos…

Cuando Tallie se despertó, la luz del sol se colaba por la ventana. Se sintió muy bien y se dio la vuelta, sonriendo, para mirar a Mark.

Pero en la cama no había nadie más que ella y la ropa del otro lado estaba muy arreglada.

Como si hubiera pasado la noche sola. Como si los inolvidables momentos en el paraíso que había pasado la noche anterior no hubieran existido. Como si hubieran sido un sueño. Pero su cuerpo le expresaba una historia muy diferente.

Se levantó de la cama y se puso su albornoz.

Pensó que tal vez él no quería incomodarla ni hacer que se avergonzara de lo que había ocurrido. Se lo encontró en la cocina, vestido y leyendo el periódico.

–Buenos días –dijo él educadamente–. Si quieres, hay café recién hecho en la cafetera.

Tallie trató de pensar en algo que decir, pero no podía razonar con claridad. Sintió la necesidad de arroparse aún más con el albornoz, como para esconderse de él.

Mark agarró su maletín, se levantó y se dirigió a la puerta.

–Me voy a Bruselas –explicó–. Seguramente esté fuera durante dos o tres días.

Ella no podía hablar, no encontraba nada racional que decir, por lo que simplemente asintió con la cabeza.

Cuando él pasó por su lado y le dirigió una leve sonrisa, pudo oler el aroma de su colonia y de su limpia y cálida piel.

Era la familiar fragancia que recordaba de la noche anterior. Pero en aquel momento le era extraña…

A pesar de ello, y para su vergüenza, sintió cómo todo su cuerpo lo deseaba.

Cuando oyó la puerta principal cerrarse tras él, se dejó caer al suelo, donde se sentó.

Todo lo que le quedaba era volver a la tregua, ya que aquello era lo que le había prometido a él, que no habría expectativas ni exigencias. Y Mark había dejado claro con su comportamiento que era lo que quería.

Nada de lo que había ocurrido durante la maravillosa y salvaje noche anterior iba a suponer ninguna diferencia. Habían estado practicando sexo, no haciendo el amor.

Se sintió enfadada consigo misma. Se levantó y se dirigió al cuarto de baño, donde se dio una larga ducha para olvidar la desastrosa locura que había cometido y la posterior humillación a la que se había visto sometida, humillación que se merecía.

Lloró bajo el agua de la ducha, pero se dijo a sí misma que serían las últimas lágrimas que derramaría. Mantendría las distancias con Mark, tal y como le había prometido. Así lo haría hasta el día en el que se pudiera marchar y no tuviera que volver a verlo.

Tenía que odiarlo. Y sabía cómo conseguirlo... tal vez incluso disfrutara de ello.

Capítulo 10

CONSCIENTE de que estaba temblando ligeramente, Tallie se quedó mirando los folios de papel que salían de la impresora.

Por fin había terminado la escena en la que la pobre y aterrorizada Mariana era violada por Hugo Cantrell en venganza por haber perdido un dinero que había dejado con ella. Probablemente era lo más dramático que había escrito hasta aquel momento, ya que había reflejado en la escena todo el dolor y la amargura que ella misma había sentido tras su noche con Mark y la completa humillación que le había seguido.

Aunque lo que ellos habían hecho juntos no tenía nada que ver con una violación.

Durante un momento había llegado a pensar que lo que habían compartido también había significado algo para Mark… pero se había equivocado completamente.

El problema era que ella no podía haber previsto cómo se iba a sentir en sus brazos. Aunque no le podía echar la culpa a él; todo era culpa suya y su enfado debía tener un solo destinatario… ella misma.

La sensación de pérdida y el dolor que sentía la estaban incluso asustando debido a su intensidad. No sabía cómo iba a reaccionar cuando lo viera de nuevo.

Mark llevaba ya fuera más de tres días y se dijo a sí misma que, cuanto más tiempo estuviera él fuera, mejor, ya que le daba más plazo para recuperarse y lograr ser tan indiferente como él.

Le era fácil decir aquello a la luz del día, pero las noches eran otra historia muy diferente.

No podía quitarse de la cabeza los momentos que habían compartido ni aliviar el hambre que sentía de él. Se despertaba constantemente debido a los agitados sueños que tenía, en los cuales trataba de alcanzarlo, de saborearlo de nuevo...

Durante las anteriores veinticuatro horas había estado en ascuas, esperando en cualquier momento que la puerta principal se abriera y que él entrara en el piso.

Aunque tuvo que reconocer que influía el hecho de que estaba en su despacho... utilizando su impresora sin permiso.

Cuando hubo terminado de imprimir, colocó los folios en la carpeta que llevaba consigo. Ya había escrito más o menos dos tercios del libro y por primera vez no estaba convencida de la dirección que debía seguir la historia.

Había llegado el momento de obtener la segunda opinión profesional que había ofrecido Alice.

–Sí, déjame leerlo –había sido la respuesta de Alice Morgan a la llamada telefónica que había realizado Tallie aquel mismo día–. ¿Puedes traérmelo aquí? Bueno, no estaré durante unas horas, pero puedes dejarlo con mi asistente y yo lo leeré en cuanto pueda.

Mientras metía la carpeta en un sobre y escribía una nota, Tallie pensó que aquello iba a ser como esperar a que se dictara una sentencia. Entonces salió del piso en dirección a la editorial, que tenía su sede en el Soho.

–Oh, sí, señorita Paget –dijo la asistente de Alice al aceptar el sobre, consciente de su contenido.

Tallie no regresó directamente a casa, sino que se dirigió a dar un paseo. Miró los escaparates de algunas tiendas y los carteles que anunciaban obras de teatro. Se imaginó una época en la que no tuviera que contar cada céntimo que tenía.

Sintió hambre y regresó a Albion House. Justo cuando iba a entrar en el edificio, alguien la llamó.

–Tallie, pensé… deseé… que fueras tú.

–¿Justin? –dijo ella al darse la vuelta y verlo. Se esforzó en sonreír–. ¡Qué sorpresa!

–Espero que no haya sido una mala sorpresa –comentó él con voz compungida–. Sé que quizá yo sea la última persona a la que quieres ver, pero creo que tenemos que hablar. Y he traído comida –añadió, levantando una bolsa–. Alitas de pollo. ¿Puedo subir al piso?

Al ver que ella vacilaba, insistió.

–Por favor, Tallie. Debes de estarte preguntando por qué me comporté de una manera tan extraña la otra noche.

–No –se apresuró a contestar ella–. De verdad, yo… yo comprendo.

–¿Sí? ¿Te lo explicó Mark?

–No –contestó ella, ruborizada–. No, él no me dijo nada. No… no fue necesario.

–Supongo que viste mi reacción ante Clive y supusiste el resto –dijo Justin, suspirando.

–Sí –concedió ella–. Algo así –añadió, pensando que no quería mantener aquella conversación.

–Pero seguro que no supusiste todo y por eso tengo que hablar contigo. ¿Me vas a escuchar?

–Sí, supongo que sí –concedió ella de nuevo, pero lo hizo de mala gana.

Justin suspiró mientras la seguía dentro del edificio. Al entrar al piso se dirigieron a la cocina, donde se sentaron a comer. Una vez terminaron con el pollo, ella preparó dos tazas de café y se sentó a escuchar lo que tuviera que decir él.

–Primero, tengo que decirte que, si hubiera tenido la más mínima idea de que Clive iba a estar en Pierre Martin, habríamos ido a otro lugar, pero ni siquiera sabía que estaba de vuelta en Gran Bretaña.

–Quizá también debas decirme por qué parece que él te importa tanto.

–Clive iba a convertirse en mi cuñado –contestó Justin tras una pausa. Su voz reflejaba amargura–. Yo estaba comprometido con su hermana, Katrin. Oficialmente comprometido, con anillo de diamante y todo. Nos habíamos conocido seis meses antes en una fiesta y ella era la mujer más hermosa que yo jamás había visto. Y cuando aceptó casarse conmigo, yo me dije a mí mismo que no me merecía ser tan feliz.

Justin hizo una pausa antes de continuar explicándose.

–Había visto a Clive un par de veces y no me había gustado demasiado, pero me dije a mí mismo que me iba a casar con Katrin, no con su familia. Y, como ellos pasaban la mayor parte del tiempo en un yate en el Caribe, de todas maneras no estarían cerca para molestarnos. No había conocido a su padre hasta aquel momento, pero no suponía un problema. Solo tenía que convencerlo de que amaba a Katrin y de que podía mantenerla económicamente. Estaba hecho… o por lo menos eso pensé yo.

Entonces hizo una pausa para beber café.

–Me sorprendió mucho cuando me dijeron que fuera a Miami para conocer a su padre, pero ya había supuesto, por lo que me había contado Katrin, que su padre era un hombre poderoso y que hacía las cosas a su manera. No permití que me perturbara.

Tallie estaba escuchando atentamente.

–Pero me decepcionó que Katrin no viniera conmigo –continuó él–. Me dijo que iba a ser una conversación de hombres y que su presencia sería superflua. Así que fui en avión a Miami para conocer a Oliver Nelson en uno de esos lujosos hoteles. Parecía amistoso, pero yo podía percibir que me estaba evaluando. Después, mientras cenábamos en su suite, me dijo que quería más que un yerno... quería un socio. Y con mi experiencia en banca y contabilidad, yo era el candidato ideal.

Justin agitó la cabeza.

–Entonces me dijo lo que quería. Lo camufló un poco, pero era blanqueo de dinero y ambos lo sabíamos. Así que le dije que... no. También le dije que seguiría adelante con la boda y que me aseguraría de que Katrin lo viera lo menos posible en el futuro. Él... sonrió y me preguntó quién pensaba yo que había sugerido que ella tuviera una relación conmigo.

–No –impresionada, Tallie puso una mano sobre la de él–. No podía estar hablando en serio.

–Oh, pero sí que hablaba en serio y Katrin lo reconoció cuando, a mi regreso, se lo pregunté. Me dijo que no comprendía dónde estaba el problema, que si yo no quería ser enormemente rico. Aseguró que me habían ofrecido una oportunidad increíble y que mi actitud le parecía... decepcionante. Y, por lo tanto, yo también lo era.

Justin tuvo que hacer otra pausa para tratar de encontrar fuerzas y seguir hablando.

—Cuando fui lo suficientemente estúpido como para decirle que los planes que teníamos me parecían estupendos, ella me miró sin sonreír y me dijo que, a no ser que yo llevara a cabo el acuerdo con su padre, no teníamos futuro. Más tarde, aquella misma noche, se marchó de casa.

—Justin... lo siento tanto —dijo Tallie—. Es... increíble.

—Yo pensé lo mismo, hasta que descubrí que ella se había marchado en el primer avión a Miami para disfrutar junto a su padre de un crucero. Entonces me di cuenta de que había hablado muy en serio.

Justin miró a Tallie y se forzó en sonreír.

—Eso ocurrió... hace casi un año. Desde entonces he estado tratando de enderezar mi vida de nuevo y pensé que estaba teniendo éxito. Conocerte, que me gustaras y que me atrajeras tanto... fue un gran paso para mi recuperación.

—Justin, no tienes por qué decir eso...

—Sí, tengo que hacerlo —interrumpió él—. Porque es la verdad. Dios mío, Tallie, tú debes saber que tenía planes para esa noche. Iba a empezar de nuevo con una chica encantadora.

—¿No me utilizaste para enmascarar tu dolor? —preguntó ella.

—Desde luego que no —contestó él—. Nada de eso. De hecho, estaba tan convencido de que me había curado que te llevé a Pierre Martin.

—Ya veo —comentó ella—. Estuviste allí con Katrin la noche de la inauguración, ¿verdad? Así que fue como una especie de prueba para ti.

Justin asintió con la cabeza.

–Y todo estaba saliendo bien, maravillosamente, hasta que Clive se acercó a la mesa. Pensé que iba a poder soportarlo, pero cuando mencionó una fiesta familiar me destrozó, abrió la herida de nuevo. Una agobiante sensación de que, si levantaba la vista, vería allí a Katrin se apoderó de mí. Sabía que algún día tendría que ocurrir. Pero había pensado que cuando nos encontráramos de nuevo yo sería capaz de soportarlo.

Justin mantuvo silencio durante un momento.

–Pero repentinamente me percaté de que me estaba engañando a mí mismo; no me atrevía a levantar la vista porque no había superado lo de Katrin en absoluto. Ella todavía ocupaba mi corazón. Y me asusté, Tallie. Me aterrorizó la idea de acercarme a la mesa en la que estaban y decirle que haría cualquier maldita cosa que me pidiera su padre con tal de… de… de que ella regresara conmigo.

–¿Y por eso quisiste marcharte? –preguntó Tallie débilmente–. ¿No por las otras cosas que dijo él?

–Apenas escuché al venenoso malnacido –admitió Justin malhumoradamente–. Solo sabía que tenía que salir de allí antes de hacer algo realmente estúpido y destrozar el resto de mi vida.

–Desearía que me hubieras dicho en aquel momento lo que estaba ocurriendo –comentó ella.

–Debería haberlo hecho, pero supongo que estaba demasiado confundido. Y también avergonzado. Por eso he venido hoy… para arreglar las cosas, si es posible. Y para pedirte que me perdones.

–Por supuesto que te perdono –contestó ella–. Aparte de lo que ocurrió, fue una cena estupenda y lo pasamos bien. Así que… ¿amigos?

–Me encantaría –dijo Justin, no dejando que ella

apartara la mano que había puesto sobre la suya–. Tallie, quiero que sepas que si las cosas fueran distintas…

–Sí –concedió ella, apartando la mano con delicadeza–. Eres un tipo encantador, Justin, y sé que llegará un momento en el que estarás preparado para ser feliz de nuevo. Ahora mismo simplemente es demasiado pronto.

Una vez Justin se marchó, ella fue al salón y se echó en el sofá. Se dijo a sí misma que había estado muy equivocada; solo se había preocupado por los groseros comentarios de Clive… comentarios que Justin ni siquiera había oído, comentarios que no le habrían importado aunque lo hubiera hecho.

Pero ella se había apresurado a tomar sus propias conclusiones y había malinterpretado la situación. Pensó que algún día Justin le contaría a Mark la verdad sobre aquella velada en Pierre Martin y Mark pensaría que ella se lo había inventado todo para acostarse con él.

Entonces, se levantó y se dirigió al cuarto de baño, donde preparó la bañera y estuvo dentro durante casi una hora. Al salir, se arropó con el albornoz y se tumbó en la cama. Deseó que a la señora Morgan le gustara lo suficiente el libro como para mostrarlo a alguna editorial y quizá poder conseguirle un poco de dinero. De aquella manera podría mudarse a otra casa antes de que Mark se enterara de la verdad…

Tallie se despertó sobresaltada, pero se dio cuenta inmediatamente de que debía haber estado durmiendo durante solo unos minutos. Aunque al mirar el reloj de la habitación le sorprendió ver que no habían sido minutos, sino horas, lo que habían pasado desde que se había quedado dormida.

Se sentó en la cama y se percató de que el piso estaba en silencio. Pero aun así, instintivamente sabía que no estaba sola. Mark había regresado.

Tenía que enfrentarse a él. Se levantó, se puso unos pantalones vaqueros limpios, una camiseta sin mangas y se dirigió a buscarlo.

Lo encontró en el salón, echado en el sofá con un vaso de whisky en una mano y varios documentos esparcidos sobre la mesa. Al oírla, se levantó educadamente.

—Hola —saludó Tallie—. No te oí llegar.

—Llevo ya un rato en casa. Me alegra no haberte molestado —contestó él inexpresivamente.

Pero ella pudo intuir la tensión que reflejaba su voz. Se dijo a sí misma que mantuviera la calma.

—No estaba trabajando —dijo—. En realidad estaba descansando. He trabajado mucho desde que te has ido.

Mark no contestó, simplemente se quedó mirándola y frunció el ceño.

—Así que quizá pronto vuelvas a tener tu piso para ti solo —continuó, desconcertada—. ¿Qué tal por Bruselas?

—Como siempre —contestó él—. De reunión en reunión.

—Así que ambos hemos estado muy ocupados —comentó ella, señalando los documentos que había sobre la mesa—. Y tú estás tratando de trabajar ahora, así que no te molestaré más tiempo.

Mark esbozó una mueca que parecía indicar que ella no podía distraerle en absoluto.

–¿Has comido? –preguntó Tallie.

–Más tarde voy a salir –contestó él con frialdad, como advirtiéndole de que se estaba excediendo.

–Desde luego –concedió ella, pensando que Sonia, o cualquier otra mujer, le estaría esperando.

Regresó a su dormitorio con el corazón destrozado y herida ante la idea de que él no iba a pasar la noche en su cama... No sabía cómo iba a ser capaz de soportarlo.

Una semana después, Tallie tuvo noticias de Alice Morgan y pensó que aquellos siete días habían sido un infierno.

Desde que Mark había regresado, la tensión entre ambos era casi palpable. Él había decidido trabajar en casa la mayor parte del tiempo, y el único respiro habían sido las visitas de la señora Medland, la señora de la limpieza, una agradable mujer que no tenía nada que ver con el «dragón» que había mencionado Kit.

Las cosas no habrían ido tan mal si hubiera podido trabajar en su libro, pero estaba en blanco y no sabía cómo proseguir.

Salió del piso frecuentemente y exploró Londres andando y en autobús. Por las tardes pasaba la mayor parte del tiempo en casa de Lorna. Pero cuando regresaba al piso cada noche se sentía mortificada al encontrarlo vacío y comenzar a preguntarse con quién iría a acostarse Mark.

Sabía que quizá no estuviera con Sonia, como le había contado Penny en una de sus inesperadas visitas.

–Dicen por ahí que la relación se enfrió hace

tiempo y que ella está enfadada –había dicho Penny–. Recemos para que sea verdad y para que esta vez él haya encontrado a alguien ligeramente humano.

Tallie estaba nerviosa ya que no sabía qué le iría a decir Alice Morgan, pero mientras entraba en las oficinas de la agencia se dijo a sí misma que por lo menos la guiaría un poco.

La señora Morgan la recibió con una sonrisa y con el ofrecimiento de café que ella aceptó.

–Primero… –comenzó a decir la agente– permíteme que te diga que estoy emocionada ante la manera en la que has afrontado todo esto. Hay ciertos aspectos que podrían ser reforzados, pero parece que dominas la historia y describes muy bien las escenas de acción. Estaba disfrutando de la historia y entonces… zas… repentinamente todo se convierte en un desastre.

Alice Morgan agitó la cabeza.

–Tallie, querida, no quiero imponer una política moralista moderna en una historia que se desarrolla hace doscientos años, pero aun así no puedes permitir que el héroe viole a la heroína.

–Pero no lo hace –aclaró Tallie.

–Bueno, no sé cómo lo calificas tú, pero cuando un hombre ata las manos de una mujer y la fuerza repetidamente… cuando la hiere y la humilla de tal manera que, sinceramente, me puso los pelos de punta…

–Sí, pero es Hugo Cantrell quien viola a Mariana –dijo Tallie, levemente desesperada–. Él no es el héroe… es el villano.

–¿El villano? –repitió la señora Morgan con la incredulidad reflejada en la voz–. Oh, pero no puede ser. Es guapísimo y Mariana está ya más o menos enamorada de él. No, él es el héroe y lo ha sido desde que la agarró en la cascada. Por cierto, podías haber escrito mejor aquella escena.

Entonces Alice miró a Tallie detenidamente.

—Prométeme que todavía no tienes en la cabeza la idea de hacer que Mariana termine casándose con William el Pelele.

—William no es ningún pelele —dijo Tallie a la defensiva—. Yo... yo... me doy cuenta de que he descuidado al personaje y de que no ha aparecido mucho en la historia hasta el momento. Él tiene que ser el héroe. Mariana lo ha amado desde que era pequeña y ha recorrido todo ese camino para encontrarlo.

—Desde luego que ha recorrido un largo camino —concedió la señora Morgan—. Pero ha sido un viaje de autodescubrimiento. Y, en el proceso, se ha percatado de a quién pertenece su corazón verdaderamente. Mi querida niña, no me puedo creer que no te dieras cuenta de que esto estaba pasando, pero supongo que el subconsciente puede jugar malas pasadas.

Entonces, Alice hizo una pausa y sonrió.

—No te voy a preguntar qué fantasía privada fue la que te llevó a inventarte el personaje de Hugo, pero estoy muy impresionada. Tengo que decir que has descrito el personaje tan a la perfección que pensé que te habías enamorado tú de él.

—Al contrario —aclaró Tallie—. Creo que es muy malo.

—Bueno, pues muy pocos de tus potenciales lectores estarán de acuerdo contigo —aseguró Alice Morgan—. Y, tanto si lo querías como si no, Hugo se ha convertido en el personaje central del libro y tienes que dejar que continúe siendo así.

Entonces añadió con sentido práctico.

—Además, si es tan malvado… ¿por qué se molestó en salvar a Mariana en la posada, cuando podría haberse escapado él solo por la ventana? No tiene sentido. A no ser que quieras que crea que quería mantenerla a salvo para así poder violarla él mismo, lo que es una estupidez.

—Pero él no es solo un violador —protestó Tallie—. Es un traidor y un desertor, va a asesinar a alguien y lo van a colgar por ello.

—Yo no tengo ninguna objeción a que Hugo mate a nadie… si es para defender a la chica a la que ama —dijo la señora Morgan.

Alice continuó con su defensa del personaje.

—Sobre su deserción del ejército, podrías hacer que fuera uno de los oficiales de Wellington que utilizaban la deserción como tapadera cuando en realidad eran espías militares que se infiltraban en ejércitos enemigos para obtener información de los planes franceses. Mi hermano es historiador militar y me ha dicho que estos soldados eran los verdaderos héroes, ya que realizaban un trabajo muy difícil.

Entonces miró a Tallie y frunció el ceño.

—Cariño, pareces muy afligida. Te has quedado muy pálida. ¿Estás enferma?

—No —contestó Tallie con voz ronca—. Solo estoy… pensando.

—Supongo que también estás preocupada por si tienes que volver a escribir todo el libro. Pero te prometo que no es necesario. Naturalmente, tendrás que cambiar el énfasis en algunas partes para dejar clara la creciente atracción de Mariana hacia Hugo. Y tendrás que transformar la violación en una seducción… con el completo consentimiento de ella.

Alice sonrió.

–Sé que no es la historia que habías pretendido escribir en un principio –continuó–. Pero va a funcionar estupendamente. Te he escrito una nota con todas mis sugerencias para que trabajes sobre ellas. No tienes que seguirlas todas, pero tengo que decirte que Hugo no es prescindible. Tiene que ser el héroe. Si encuentras algún problema, telefonéame. Buena suerte.

Una vez en la calle, Tallie se detuvo durante un momento y respiró el frío aire londinense.

Mark y Hugo. Hugo y Mark.

Recordó lo que le había dicho Alice; que había pensado que ella se había enamorado de él…

Reconoció que en realidad ella misma también lo había pensando, desde el principio, desde que el episodio de Mariana bajo la cascada fuese el resultado de su propia experiencia bajo la ducha, cuando él la había visto por primera vez.

Se preguntó si había estado mintiéndose a sí misma… sobre todo aquella noche.

En aquel momento, sabía que no había querido simplemente un amante, sino que lo había querido a él. Había querido que él le perteneciera a ella, que pensara solo en ella…

TALLIE estuvo retrasando su vuelta al piso tanto como pudo, consciente de que le iba a ser más difícil que nunca ver a Mark ya que había tenido que enfrentarse a sus propios sentimientos y el dolor que ello había creado.

Pero por lo menos tenía una vez más la barrera del trabajo para esconderse tras ella.

Fue a una biblioteca y se sentó a leer y releer las sugerencias de Alice. Convertir a Hugo en el amado de Mariana no le iba a ser tan difícil; todo lo que tenía que hacer era basarse en sus propios sentimientos.

Pero escribir un final feliz para los amantes era otra cosa, ya que estaría intentando satisfacer un sueño que sabía que jamás se cumpliría. Necesitaría toda la fuerza emocional que poseía y ello sería como presionar una herida abierta.

Decidió ocuparse de aquello cuando llegara el momento. Se iba a concentrar en encontrar documentación sobre la guerra de la Independencia española.

Se quedó en la biblioteca hasta que llegó la hora de cierre, momento en el cual había tomado numerosas y útiles notas. La transformación de Hugo iba a ser muy fácil; tendría que proteger a su amada sin revelar su misión secreta, mientras Mariana lo pasaría mal al tratar de seguir siendo fiel a William y de esconder su vergonzosa atracción hacia un hombre que todavía consideraba indigno de su amor.

Tuvo que admitir que Alice Morgan tenía razón y que la historia funcionaría mucho mejor de aquella manera. Se dijo a sí misma que desde aquel momento en adelante iba a tratar la historia como algo de pura ficción... lo que siempre debía haber sido.

Mientras esperaba para cruzar la calle frente a Albion House, vio cómo Mark salía del portal. Andaba con la cabeza agachada e, incluso desde la distancia, pudo percatarse de que parecía muy preocupado, casi perturbado. Observó cómo detenía un taxi, se montaba en él y se alejaba.

Sabía que nunca podría tener a Mark y se dijo a sí misma que lo que necesitaba era marcharse de aquella casa y comenzar una nueva vida, una vida con amigos que no tuvieran nada que ver con aquella etapa. Y, para lograrlo, tenía que ofrecerle a Alice Morgan un libro que pudiera vender.

Cuando se metió en la cama aquella misma noche, Tallie se sintió satisfecha del trabajo que había hecho al regresar al piso, aunque realizar los cambios requeridos no iba a ser muy fácil y llevaría tiempo.

Pero aunque estaba cansada, no se quedó dormida con facilidad. En vez de ello, estuvo dando vueltas en la cama hasta que, a la una de la madrugada, decidió tumbarse boca arriba y observar la oscuridad. Tampoco funcionó y decidió ir a la cocina a prepararse una bebida de leche.

Se levantó y se puso el albornoz. Al abrir la puerta y mirar hacia el pasillo, se percató de que la luz de la cocina estaba encendida.

Pero quizá ella se había olvidado de apagarla cuando se había preparado un sándwich de queso, lo que quizá era la causa de su insomnio.

Al llegar a la puerta de la cocina se detuvo en seco y se quedó impresionada al ver a Mark, también vestido con un albornoz, sacando un cartón de leche de la nevera. No le dio tiempo a marcharse, ya que él la había visto también.

–Tallie –dijo Mark–. ¿Ocurre algo?

–No –contestó ella, entrando en la cocina vacilantemente–. No… no podía dormir, eso es todo.

–Yo tampoco –comentó él, echando leche en un cazo–. Pensé en tomar chocolate caliente. ¿Quieres un poco?

–Oh… sí, gracias –contestó ella, acercándose al armario de la cocina para agarrar el bote de chocolate y dárselo a él.

Pero Mark le indicó que lo dejara sobre la encimera y se dio la vuelta para tomar dos tazas.

Sintiendo un nudo en la garganta, Tallie pensó que era obvio que él no quería tenerla cerca, ni siquiera podía soportar que lo tocara al pasarle algo. Pero no debía dejar que se notara lo mucho que le afectaba, ni siquiera que se había percatado de ello.

–No pensaba que ibas a estar aquí –dijo de la manera más superficial que pudo mientras se sentaba a la mesa.

–Tengo que tomar un avión a primera hora –contestó él–. Tenía que hacer las maletas.

–Sí, claro. ¿Te vas a ir por mucho tiempo?

–Posiblemente –respondió Mark–. Todavía es di-

fícil saber –añadió, sirviendo la leche y el chocolate
en las tazas–. Pero tú sabes cómo ponerte en contacto con los abogados si hay algún problema.

–Es el puente, ¿no es así? –comentó Tallie, alar-
mada–. A pesar de todo, vas a regresar a Buleza.

–Nunca he pretendido no hacerlo –aclaró él, dejando la taza de chocolate de ella sobre la mesa y
apoyándose en la encimera a continuación–. Ahora
no tienes que impresionar a ninguna Veronica, así
que puedes dejar de poner esa cara de preocupación.

–¿Ni siquiera puedo preguntar por qué te estás
poniendo deliberadamente en peligro?

–No es asunto tuyo –contestó él bruscamente–.
Pero, para que lo sepas, mi sentido de supervivencia
está perfectamente. El riesgo es mínimo; si no, no
iría.

Pareció que Mark leyó la pregunta que reflejaban
los ojos de ella y suspiró impaciente.

–El nuevo régimen de Buleza está tratando de hacer amigos y ganar influencia en el exterior. No lo-
grarían nada y perderían demasiado si me hicieran
daño, a mí, o a cualquiera de los demás turistas ex-
tranjeros. Y, en cuanto vea problemas, saldré del país
por la misma ruta que lo hicimos la última vez.

Entonces dejó de hablar y salió de la cocina. Regresó casi inmediatamente con un mapa, el cual colocó sobre la mesa.

–Buleza es un país extremadamente pobre –continuó–. Y la población del norte es la que más sufre,
ya que este río… –dijo, señalando el mapa– el río
Ubilisi, prácticamente divide el país en dos. El puente que tratamos de construir no era la solución a sus
problemas, pero definitivamente era un primer paso.
Tengo que ir a ver si se puede salvar algo del pro-

yecto inicial y si el nuevo gobierno autorizará que construyamos de nuevo. ¿Me comprendes ahora?

–No –contestó Tallie, levantándose–. Pero como tú has dicho, no es asunto mío –entonces agarró su taza–. Creo que me voy a ir a mi habitación y así te dejo en paz.

–Probablemente sea una decisión inteligente –comentó él, mirándola de arriba abajo.

–Buenas noches y… buena suerte –se despidió ella, marchándose a continuación.

El chocolate estaba muy bueno, pero a Tallie le supo muy amargo y solo fue capaz de dar un par de tragos. Solo podía pensar en Mark y en el viaje que iba a realizar.

Él había tratado de hacerle creer que la situación del país estaba mejor, pero no había funcionado, ya que ella había visto en las noticias lo mal que estaban allí las cosas.

Se tumbó en la cama y se quedó mirando al vacío. Se dijo a sí misma que si pasaba lo peor se arrepentiría durante el resto de su vida de no haberle confesado sus sentimientos a Mark por miedo a recibir su desprecio o indiferencia.

Cuando comenzó a amanecer, oyó cómo él andaba por el pasillo y supo lo que tenía que hacer. Se levantó apresuradamente de la cama y abrió la puerta de su habitación. Mark se sobresaltó y se dio la vuelta. Su sorpresa era evidente.

–No quería despertarte. Lo siento –se disculpó él.

–No me has despertado –contestó ella–. Estaba esperando.

–¿Por qué? ¿Para despedirte? –quiso saber Mark, impresionado–. Pensaba que ya nos habíamos despedido.

–No… no quería despedirme. Lo que quería era pedirte que tuvieras cuidado, porque si no… si no regresas… si no te vuelvo a ver nunca más… no seré capaz de soportarlo.

Tallie vio la incredulidad que reflejaba la cara de Mark y prosiguió hablando.

–Siento si eso no es lo que querías oír, o si te he hecho sentir incómodo porque he roto nuestro compromiso. Simplemente necesito decirte… necesito que sepas cómo me siento. Y ahora que ya lo he hecho, no tiene por qué importar nunca más y jamás volveré a hablar del tema… si eso es lo que quieres.

–¿Lo que yo quiero? Dios santo, Tallie, eliges los peores momentos –comentó Mark–. Todo este tiempo perdido… todas esas infernales noches solitarias… y ni una sola palabra… ni una sola señal hasta ahora… cuando yo me tengo que marchar para tomar un maldito avión.

Entonces tiró al suelo su maleta y su maletín y se acercó a ella para abrazarla. La besó y le acarició el cuerpo por debajo del albornoz al hacerlo.

Tallie respondió con fervor; lo abrazó por el cuello y apretó su cuerpo contra el de él.

Cuando por fin Mark dejó de besarla, a ambos les faltaba el aliento.

–Cuando regrese, Natalie Paget, tú y yo vamos a tener una conversación muy seria –dijo él.

–No te vayas –pidió ella, ofreciéndole su boca de nuevo.

Mark le besó los labios y bajó hacia su garganta mientras le acariciaba el pelo.

–Debo marcharme, cariño, y lo sabes –contestó, apartándose de ella de mala gana. Le agarró la mano y se la llevó a la boca–. Duerme en mi cama mientras yo no esté, por favor –susurró.

Entonces se echó para atrás y agarró sus cosas. Ya desde la puerta, se dirigió a ella.

–Regresaré –le dijo, sonriendo–. Así que asegúrate de que estás aquí… esperándome.

–Sí –contestó Tallie–. Te lo prometo.

Después de que él se hubiera ido, ella se quedó durante bastante tiempo mirando la puerta. Pero entonces se dirigió a la habitación de Mark, se quitó el albornoz y se metió entre las sábanas en las que había dormido él. Con la cabeza apoyada en la almohada donde había reposado la mejilla del hombre al que amaba, se quedó profundamente dormida.

Pero no fue siempre tan simple. Había noches en las que la ansiedad se apoderaba de ella y no conseguía conciliar el sueño.

Durante el día, el trabajo la rescataba. Haberse dado cuenta de sus verdaderos sentimientos hacia Mark había logrado que se abriera una nueva dimensión en su mente y le estaba resultando muy fácil escribir.

Según iban pasando las semanas, reflejó en Mariana todos los sentimientos que sentía ella misma. Hugo se había convertido en su amante y ella comprendía que estuviera apartado de su lado, ya que estaba al servicio de Wellington.

Pero también tenía que ocuparse de William, el antiguo héroe del libro. Así que cuando por fin Mariana alcanzaba su objetivo y llegaba a los acantonamientos británicos, Tallie disfrutó al hacerle ser una mala persona, un mojigato no merecedor de su amor.

No como Hugo, quien la quería por lo que ella era.

También había previsto el final del libro, en el cual Hugo se enfrentaba a un pelotón de fusilamiento por haber matado a un miembro del ejército, un joven oficial que él había descubierto era espía de Bonaparte. Ello significó hacer pasar a Mariana por la agonía de ver a su amado enfrentarse a sus ejecutores con mucho orgullo antes de caer al suelo.

Pero ninguna de las balas le hirió ya que, bajo órdenes de Wellington, habían sido manipuladas con substancias menos letales.

Aunque eso era algo que Mariana solo descubrió al entrar en la posada y ver a Hugo allí esperándola para regresar con ella a Inglaterra.

Tallie sonrió y lloró al mismo tiempo al escribir cómo ambos se echaban uno en brazos del otro... aunque ella tendría que esperar por su propio final feliz. No parecía que Mark fuera a regresar en poco tiempo.

Ante su sorpresa, él solía telefonearla con frecuencia, aunque eran llamadas breves y nada románticas. Pero con solo oír su voz a Tallie se le saltaban las lágrimas de alegría. Solía llamarla tarde, como si estuviera esperando un momento en el que supiera que ella estaría arropada en su cama.

Alice Morgan había revisado el libro y le había dicho que lo iba a mandar a varias editoriales. Entonces, mientras Tallie todavía estaba emocionada por ello, la dejó impresionada al preguntarle de qué iba a tratar su próximo libro.

—Quien sea quien lo compre lo querrá saber antes de ofrecerte un contrato —había dicho Alice—. Y casi seguro que estarán buscando otra aventura romántica. Así que comienza a pensar, querida, y rápido.

Una tarde, mientras llegaba al piso desde la biblioteca, donde había ido para recabar información para su nueva novela, la señora Medland estaba preparándose para marcharse.

–Tiene usted una visita, señorita Paget –informó en voz baja, gesticulando hacia el salón–. Le dije que no había nadie en casa, pero me contestó que esperaría y no aceptaba un no por respuesta.

Tallie pensó que sería Penny, pero le extrañó que la señora Medland no se lo hubiera dicho.

No estaba preparada para encontrar a Sonia Randall echada en el sofá.

–Así que… –dijo ella– aquí tenemos a la incipiente escritora. Aunque eso ya no es muy preciso… He oído por ahí que has terminado tu libro y que ya se está moviendo por las editoriales. Debes de estar muy contenta contigo misma.

–Buenas tardes –dijo Tallie, acercándose–. Me… me temo que Mark todavía está de viaje.

–Sí –concedió Sonia–. Jugando de nuevo a ser el buen samaritano en África. Pero he venido a verte a ti.

–Oh –dijo Tallie, sintiéndose enferma–. Entonces te puedo ofrecer café, o quizá té.

–Eres la perfecta anfitriona, pero yo hubiera pensado que agua y leche hubiera sido más apropiado… viniendo de ti. De todas maneras ahora me doy cuenta de que nunca se sabe.

–No sé por qué estás aquí –espetó Tallie, levantando la barbilla–. Pero no tengo por qué soportar tus groserías. Por favor, márchate.

Entonces Tallie se dio la vuelta. Pero Sonia se dirigió a ella de manera imperativa.

–Creo que será mejor que te sientes y escuches,

chica. No he venido aquí a mantener una reunión social y tengo mucho que decir… aunque no te va a gustar nada.

Tallie se sentó en el borde del sofá que había frente a Sonia.

—Si me vas a decir que Alder House no me va a hacer ninguna oferta, no supone ninguna sorpresa para mí. Dejaste claro que no estarías interesada y así se lo hice saber a la señora Morgan.

—Desde luego que no tengo ningún interés comercial en tus garabatos, pero tengo que admitir que siento cierta curiosidad… teniendo en cuenta que compartimos tanto en otros aspectos.

—Yo no lo creo —negó Tallie.

—Oh, no seas tímida. He echado un vistazo mientras la señora de la limpieza estaba en la cocina y me he percatado de que la habitación de invitados ahora es un despacho. También he visto que había cosas tuyas en la habitación de Mark.

—Lo… lo siento —se disculpó Tallie, que no pudo evitar sentir pena por aquella mujer… aunque le caía muy mal.

—¿Por qué? No me sorprende. Fue bastante obvio en aquella cena que tuvimos que él estaba planeando acostarse contigo. A no ser que su amigo Justin lo hiciera primero. Pero a Mark le gustan los retos y yo aposté por él.

—¿Quieres decir… que no te importa? —preguntó Tallie, impresionada.

—¿Qué es lo que tendría que importarme? A Mark le gusta variar de compañera de cama, siempre lo he sabido, y tú debes de haber sido toda una novedad. Pero debo reconocer que, aunque a veces le gusta jugar duro, el hecho de que parece que tú compartes sus gustos realmente me ha sorprendido –comentó Sonia, riéndose–. Habría dicho que eras demasiado remilgada para esos juegos.

–No sé de qué estás hablando –dijo Tallie.

–Entonces permíteme que te refresque la memoria –Sonia hurgó en su bolso y sacó una gran carpeta–. Después de todo, está aquí, en blanco y negro –entonces dejó la carpeta sobre la mesa–. O debería decir con todo detalle. Dime una cosa… ¿el atarte fue idea de Mark o tuya?

Horrorizada, Tallie se quedó mirando la carpeta al reconocerla. Era la copia original de su libro… en la que seguía apareciendo la escena de la violación. Alice Morgan había prometido que la iba a destruir, pero allí estaba.

–¿De dónde la has sacado?

–De la oficina de tu agente. Según parece era la última copia y la leí con total fascinación, sobre todo el último capítulo. ¿Sabe Mark que su más inusual tendencia sexual va a aparecer publicada en un libro, o le vas a sorprender?

–Me lo inventé –espetó Tallie–. Me lo inventé todo, absolutamente todo.

–Todo no, querida –contradijo Sonia–. Tu descripción del carácter de Cantrell es como describir a Mark, incluidas esas características cicatrices suyas. ¿Por qué no iba a ser el resto cierto?

–Porque tú más que nadie debías saber que no lo es. Mark nunca… no podría… no haría…

–Yo solo sé que no me lo hizo a mí, pero claro, tampoco me veía como a una víctima y quizá eso suponga una diferencia –contestó Sonia, sonriendo.

–Eres mala, completamente despreciable –dijo Tallie en voz baja.

–Y supongo que tú eres Blancanieves... claro que ella nunca se vio enfrentada a una demanda por difamación.

–¿De qué estás hablando? –exigió saber Tallie.

–De la reacción de Mark cuando esta basura... –contestó Sonia, señalando la carpeta– se haga pública.

–Pero nunca se publicará –explicó Tallie, desesperada–. Volví a escribir la historia y ahora es completamente diferente. Hugo Cantrell es el héroe y eliminé ese capítulo.

–¿Eliminado? –se burló Sonia–. ¿Cuando yo lo he leído y otras personas también pueden hacerlo? No lo creo.

–Pero no lo va a leer nadie más –contradijo Tallie–. Esta es la única copia.

–Quizá antes lo fuera –contestó Sonia–. Pero ya no, porque conozco varios periódicos a los cuales les encantaría poder por fin echar basura sobre el gran Mark Benedict.

–¿Sobre Mark? –preguntó Tallie, perpleja–. ¿Por qué debería importarles él?

–Parece que Mark te ha estado ocultando cosas. Admito que este piso no es la clase de casa en la que esperarías que viviera un multimillonario, pero perteneció a su madre y él le tiene mucho cariño. ¡Dios sabrá por qué! No hace alarde del dinero y le gusta que le vean como un colaborador más en todas las empresas que tiene, no solo como el director. No le gusta comparecer ante la prensa y se negó en redondo a realizar ninguna entrevista cuando sacó a sus hombres de Buleza. No fue muy educado

Sonia hizo entonces una pausa.

–Imagínate cómo se sentirá cuando se entere de

que es el centro de un escándalo sexual… el hombre increíblemente rico que violó a su cocinera, la inocente virgen que amparó en su casa. Y cómo ella se vengó revelando en detalle su terrible experiencia en un periódico barato...

–Pero no hay nada de verdad en todo eso –dijo Tallie fríamente–. Y yo lo diré.

–Tú ya has dicho muchas cosas, niña –comentó Sonia, riéndose–. Todo está aquí escrito y, aunque Mark pueda hacer que sus poderosos abogados trabajen para impedir que los periódicos publiquen la historia, se publicará… tengo una amiga que se encargará de que así sea. El daño estará hecho, ya que siempre habrá alguien que lo crea.

Impresionada, Tallie estaba escuchando todo aquello sin poder creérselo.

–Me pregunto qué te dirá Mark… y qué hará –continuó Sonia–. Has invadido su preciada privacidad, has acabado con su reputación y le has hecho parecer ridículo… y eso nunca te lo perdonará. Así que supongo que te demandará y ninguna editorial publicará la otra versión que has escrito ya que tiemblan con solo oír la palabra «difamación».

Entonces suspiró, satisfecha.

–Así que, mi querida Natalie, yo diría que tu pequeño romance se ha terminado… así como tu carrera. ¿Qué te parece?

Capítulo 12

QUIERES retirar el libro? —repitió una horrorizada Alice Morgan—. ¿Por qué?

—He llegado a esa conclusión —contestó Tallie, que se había puesto el conjunto que le había comprado Mark porque sabía que aquella era una entrevista muy importante—. Me he percatado de que no quiero seguir con la idea de ser escritora. No habrá más libros y no puedo ofrecer el primero bajo falsas pretensiones.

—Pero estabas tan animada —dijo la señora Morgan—. Y tienes mucho talento. ¿Estás segura de que no estás simplemente sintiendo una sensación de decepción ahora que has terminado el libro? ¿O tal vez estás preocupada por si a nadie le gusta? Si es eso, permíteme decirte que estás muy equivocada. Ya hay dos editoriales interesadas y una tercera que me va a telefonear esta tarde. Incluso quizá haya que subastarlo.

—Entonces detén todo… por favor. No… no puedo dejar que eso ocurra —insistió Tallie.

—Desearía que me dijeras cuál es el problema. Quizá podríamos solucionarlo juntas —sugirió Alice, suspirando.

Tallie pensó que ella también desearía contárselo, pero no podía. Aquel era el acuerdo al que se había

visto obligada a llegar con Sonia Randall y, en bene-
ficio de Mark, debía respetarlo. Debía olvidarse de
su carrera como escritora y salir de la vida de él para
siempre… si no quería que se le ridiculizara en los
periódicos.

De todas maneras Mark no iba a querer tener
nada que ver con ella nunca más, ya que no había
podido convencer a Sonia de que no le enseñara la
vergonzosa escena que había escrito. Y él la odiaría
por ello.

–He cambiado de idea, eso es todo –le dijo a Alice–. He decidido encontrar un trabajo normal en vez
de perder mi tiempo satisfaciendo mis fantasías de
adolescente.

–Parece como si estuvieras repitiendo lo que te
ha dicho alguien. ¿Es eso lo que ha ocurrido? –quiso
saber la señora Morgan.

–Quizá he descubierto lo duro que es el trabajo
de escritora y me he percatado de que no es para mí
–contestó Tallie, forzándose en sonreír.

–Yo no lo creo… sobre todo no después de que fueras capaz de hacer tantas variaciones en la historia del
libro después de que habláramos. Pero está claro que
algo te ha impresionado mucho.

En ese momento la señora Morgan hizo una pausa.

–No obstante, te aconsejo que no tomes decisiones apresuradas y que te tranquilices. Mientras tanto,
yo paralizaré todo el proceso durante un tiempo. ¿Te
parece bien?

–¿Porque crees que voy a cambiar de idea? –preguntó Tallie, negando con la cabeza–. No lo haré. De
hecho, me marcho de Londres. Hoy mismo.

–En ese caso todo lo que puedo hacer es desearte

suerte –dijo la señora Morgan, levantándose–. Pero me gustaría que confiaras en mí, querida.

Tallie murmuró algo incoherente y se dirigió hacia la puerta. Ya no podía confiar en nadie más.

Ni siquiera le había preguntado a Alice por qué la versión original no había sido destruida como habían acordado. Sabía lo que había ocurrido; la asistente de la señora Morgan se había puesto enferma y la sustituía una nerviosa chica que estaba un poco perdida.

Antes de marcharse del piso, dejó dinero para contribuir al pago de las facturas. También dejó una nota en la que simplemente se disculpaba. *Lo siento*, fue todo lo que escribió.

Entonces, telefoneó a su madre para decirle que regresaba a casa. Dejó un mensaje en el contestador automático de Lorna, pero no se despidió de nadie más.

Cuando por fin se sentó en el tren, se quedó mirando el paisaje mientras los recuerdos comenzaban a perseguirla. Se dijo a sí misma que Mark la odiaría por haberse marchado de aquella manera, pero seguramente la reemplazaría con facilidad.

Ni siquiera había respondido a las últimas llamadas telefónicas de él porque no podía soportar oír su voz sabiendo que ya no lo volvería a ver nunca más.

–Has adelgazado, cariño –dijo la señora Paget.

–Siempre dices lo mismo –contestó Tallie, esbozando una mueca.

–Porque siempre es verdad, pero en cuanto empieces a comer bien de nuevo recuperarás la figura. También necesitas ropa nueva –continuó su madre–. Haré que papá te dé el dinero de tu cumpleaños antes de tiempo e iremos de compras. La ropa que tienes es para tirar.

–Me voy a quedar con mis faldas y blusas de trabajo, ya que las necesitaré para cuando encuentre uno.

–Bueno, para eso no hay prisa –decretó la señora Paget–. En cuanto te vi bajar del tren, me percaté de que tenías los ojos muy tristes. Lo que necesitas es descansar, cariño, y eso es lo que vas a hacer. Nunca he pensado que vivir en Londres fuera saludable –añadió antes de marcharse a preparar la cena.

Tallie se sintió muy decepcionada al darse cuenta de que sus intentos de fingir alegría estaban fallando.

Se dijo a sí misma que era esencial que comenzara a trabajar pronto para así distraerse y evitar pensar en lo que no debía.

En el trayecto desde la estación a la casa, su madre le había comentado que había visto a la madre de David Ackland en el supermercado, lo que indicaba que podía esperar una llamada telefónica del muchacho. Y aquello suponía otro problema más que sumar a su lista.

Se preguntó por qué tenía que amar tanto a Mark; la estaba destrozando tener que alejarse de él.

Los días pasaron. Comenzaron las lluvias y ya se sentía el frío del otoño por las mañanas. A pesar del tiempo, o quizá porque iba en consonancia con su estado de ánimo, Tallie pasaba mucho rato fuera de casa, dándole a los perros paseos cada vez más largos.

Sus padres le habían preguntado qué había ocurrido para que abandonara su carrera de escritora, pero ella simplemente les había contestado que las cosas no habían funcionado.

Mandó varios currículum, pero no le sorprendió cuando no le contestaron de ningún trabajo, ya que su falta de entusiasmo era obvia.

Incluso pensó en considerar la propuesta de su padre de que realizara algún tipo de estudio superior. Era una idea sensata, pero su problema consistía en que no podía pensar más allá del día siguiente y, por lo tanto, era incapaz de pensar en su futuro.

Finalmente consiguió trabajo por las tardes como camarera en un pub del pueblo que tenía un restaurante muy popular, lo que conllevaba la ventaja de mantener las persistentes llamadas telefónicas de David Ackland a raya.

Llevaba ya en su casa quince días cuando llegó un gran sobre de color crema.

—¡Dios mío! —exclamó la señora Paget—. Tu prima Josie se va a comprometer… y nada menos que con Gareth Hampton, aquel muchacho tan engreído. No tenía ni idea de que se conocieran. De hecho, hubo un momento en el que me preocupó que te estuvieras enamorando de él.

—Bueno, ya no es así. Y todos nos podemos equivocar alguna vez —comentó Tallie—. Supongo que va a celebrarse una gran fiesta, ¿verdad?

—Sí —contestó su madre—. Y Guy y tú estáis invitados a asistir junto con vuestras respectivas parejas. ¿Por qué no le pides a David que vaya contigo? ¡Es un chico tan encantador!

—O podría no ir —sugirió Tallie al levantarse de la mesa de la cocina—. Ya hablaremos de ello más tarde. Parece que ha dejado de llover, así que sacaré a pasear a los perros.

No fue un paseo muy agradable y finalmente comenzó a llover de nuevo. Regresó a su casa empapa-

da y, al entrar por la puerta trasera, vio cómo los perros corrían hacia la parte delantera de la casa. Los
oyó ladrar alegremente.

–Tallie, ha venido alguien a verte –le dijo su madre cuando entró en la cocina–. Llegó hace unos minutos, así que le dije que esperara en el salón, pero
parece que Mickey y Finn le han encontrado. Será
mejor que vayas a rescatarlo mientras yo preparo
café. Pregúntale si le apetece un bollito caliente con
mantequilla y mermelada.

Tallie pensó que sin duda era David Ackland y
que debía ser agradable, pero firme. Aunque al entrar al salón y ver quién la estaba esperando, se le
quedó la boca seca y se mareó.

–Mark… tú…

–Exactamente.

–Me alegra que estés bien –se apresuró a decir
ella–. ¿Vas… vas a construir tu puente?

–No bajo el régimen actual. Lo que tiene planeado el nuevo presidente es un palacio.

–Debes de estar muy decepcionado –comentó Tallie, respirando profundamente–. ¿Qué… qué haces
aquí?

–He venido a buscarte –contestó él–. Ya te dije
que teníamos que mantener una conversación muy
seria cuando regresara, ¿te acuerdas?

–Sí –contestó ella–. Pero las circunstancias han
cambiado.

–Ya me doy cuenta –comentó Mark, a quien los
perros todavía estaban saludando.

–Los perros han estado en el río –dijo entonces
Tallie estúpidamente.

–Parece que tú fuiste con ellos. Quizá deberías ir
a secarte y a cambiarte antes de que hablemos.

–Si salgo de esta habitación, quizá no tenga el coraje de regresar –se sinceró ella, levantando la barbilla–. Preferiría que me dijeras lo que tienes que decir… para que me entere de lo peor.

–De lo peor –repitió Mark–. Esa es una elección de palabras interesante.

–Me doy cuenta de lo enfadado que debes estar y acepto que yo tengo la culpa. Completamente. Y estoy muy avergonzada –dijo Tallie, mirando al suelo–. Supongo que todavía sigo siendo una niña. Una niña estúpida y destructiva que rompe en mil pedazos algo preciado. Si pudiera volver atrás en el tiempo y no escribir aquellas cosas horribles, lo haría.

Entonces hizo una pausa.

–Pero no puedo hacerlo y supongo que me puedes demandar por difamación. Sonia leyó lo que yo había escrito y me está amenazando con enseñárselo a otras personas. Pero… oh, Dios, Mark… mis padres no saben nada de esto. No… no pude decírselo y, si termino en los tribunales, se morirán del disgusto. Si tengo que pagar una indemnización, no podré hacerlo.

–Bueno, yo no me preocuparía demasiado por todo eso –comentó Mark con calma–. Creo que todavía se considera responsable al marido por las deudas de su esposa y para mí pagar una indemnización es algo sin importancia.

Tallie sintió cómo se mareaba aún más. Se acercó al sofá, se sentó y se quedó mirando a Mark.

–¿De… de qué estás hablando?

–Del matrimonio –contestó él–. Debes haber oído hablar de él. Intercambio de anillos… hasta que la muerte nos separe… un hogar… bebés…

–Pero tú no quieres casarte conmigo –dijo ella con voz temblorosa–. No puedes.

–¿Por qué no? –quiso saber él.

–Porque podrías tener a quien quisieras. Tu… tu señorita Randall me dijo que eras multimillonario.

–Sí –concedió Mark–. Aunque no estaba planeando comprarte y conozco mucha gente que es más rica que yo –añadió–. Te los puedo presentar y puedes comparar.

–Oh, no bromees –pidió ella.

–Tallie… –comenzó a decir él con mucha paciencia– esta es la seria conversación de la que te hablé antes de marcharme a Buleza. Te estoy pidiendo que te cases conmigo.

–Pero tú no te comprometes –dijo Tallie casi gimiendo–. Me lo dijo Penny.

–Elige una iglesia, un día y ya verás –contestó Mark–. Le puedes pedir a Penny que sea tu dama de honor. ¿Podrías ahora prestar atención a lo que yo te diga? ¿Por favor?

Entonces hizo una pausa y continuó hablando a continuación.

–Admito que el matrimonio no estaba entre mis prioridades cuando te conocí. No hasta que hicimos el amor y me desperté al amanecer contigo en mis brazos. Observé cómo dormías; sonreías ligeramente y supe que así era como quería despertarme durante el resto de mi vida, contigo… mi esposa… a mi lado.

Tallie estaba escuchando con atención.

–Durante unos momentos fui completamente feliz… hasta que recordé que tú no sentías lo mismo. Para ti yo solo era el tonto al cual le habías pedido que te librara del inconveniente de ser virgen. Habías dejado muy claro que aquella sería la única noche que pasaríamos juntos. En aquel momento me percaté de que me había enamorado de una chica que no me amaba.

–Pero cuando yo fui a buscarte al día siguiente te comportaste de una manera muy fría –susurró ella–. Apenas me miraste ni me hablaste.

–Estaba aterrorizado. Rezaba para que tú sonrieras de nuevo y vinieras a mí. O para que, por lo menos, me tendieras una mano –explicó Mark–. Pero todo lo que hiciste fue quedarte en la puerta sin hablar. Me miraste como si yo fuera una bomba a punto de explotar. Y, cuando pasé por tu lado, casi te agachas. Me quedé destrozado. Solo podía pensar que no me amabas... y que nunca ibas a hacerlo.

Mark hizo otra pausa.

–Y entonces estuvo el asunto de Justin, desde luego.

–¿Justin? –repitió Tallie–. Pero no ocurrió nada entre nosotros. Lo sabías.

–Pero vi cómo se marchaba él –comentó Mark–. El día que regresé. Estaba pagando al taxista cuando Justin salió del bloque... y pensé que había... que había estado contigo, que te había convencido de que le perdonaras y que tú habías decidido que después de todo él era el hombre que querías. Pensé que yo había sido solo un ensayo y él la función principal. Sentí ganas de darle una paliza, por lo que me monté de nuevo en el taxi y le pedí al taxista que condujera... a donde fuera.

Mark continuó explicando su versión de los hechos.

–Cuando regresé al piso, este estaba impregnado del aroma del aceite que utilizas para el baño. Abrí tu puerta y te vi dormida sobre la cama, vestida solo con aquel maldito albornoz. Mi imaginación comenzó a volar. En todo en lo que podía pensar era en vosotros dos... juntos... compartiendo el placer que nosotros conocimos. Pensé que tú habías sido mía y que te había perdido, cuando lo que debía haber hecho era luchar por ti.

Entonces agitó la cabeza.

–No sabía que podía sentir tanta violencia hacia uno de mis mejores amigos. Los celos son una cosa terrible.

–¿Tú… celoso? –preguntó ella con la incredulidad reflejada en la voz.

–A mí también me dejó impresionado, así como el percatarme de que estaba enamorado –comentó él–. Dime una cosa… ¿quién es el «pobre David»?

–Un muchacho del pueblo, ¿por qué?

–Porque cuando tu madre contestó a la puerta y yo pregunté por ti, se quedó mirándome y dijo; «pobre David».

–Mi madre me ha pedido que te pregunte si, aparte del café, quieres un bollito caliente.

–Preferiría veinticuatro horas de aislamiento total… y que tú estuvieras sin ropa. Pero, por ahora, me conformaré con comida y bebida. Gracias.

–Se lo diré a mi madre –dijo Tallie, levantándose y acercándose a la puerta.

–No vayas a huir de nuevo –pidió él–. Me acabas de dar la peor semana de mi vida.

Cuando llegó a la cocina, Tallie vio que su madre no había preparado nada y que estaba leyendo un libro.

–¿Al final no preparaste café para el señor Benedict?

–Lo prepararé en unos minutos –dijo su madre, levantándose de la silla–. Pensé que no querrías que os interrumpiera.

–Estuve cuidando su piso mientras él estaba en África –explicó Tallie–. Tenía… tenía que hacerme algunas preguntas.

–Pues ha venido hasta muy lejos para preguntarte –comentó la señora Paget afablemente–. Él también parece tan abatido como lo has estado tú desde que llegaste —entonces hizo una pausa—. Cuando lleve la bandeja, llamaré a la puerta.

Tallie regresó al salón, cerró la puerta y se apoyó contra ella.

—Mark, no me puedo casar contigo.

—¿Te lo ha prohibido tu madre?

—En absoluto —contestó Tallie amargamente—. Simplemente es… imposible, eso es todo. No puede suceder.

—¿Porque no me amas?

—Sabes que eso no es cierto; me he sentido solo en parte viva desde que me marché de Londres. ¿Pero cómo puedes quererme… después de lo que hice?

—Tú no has hecho nada.

—Quieres decir que Sonia Randall no te ha enseñado el primer borrador del libro en el que yo…

—¿En el que me describías como la personificación del demonio? —terminó de decir Mark por ella—. Sí, lo leí. Y disfruté de tu descripción de mí como villano hasta aquella última escena que, tengo que admitir, me impresionó. Me percaté de que debiste escribirle después de que hiciéramos el amor y me pregunté si te había disgustado de alguna manera.

—Mark…

—Y entonces… —prosiguió él— recordé que cuando me estaba distanciando de ti para protegerme a mí mismo, pude haberte hecho mucho daño. Representarme como un completo malnacido podía ser tu manera de defenderte. Pensé que debiste estar muy asustada para romper la promesa que me hiciste de esperarme y huir como hiciste.

—Ella… —comenzó a decir Tallie— la señora Randall, me dijo unas cosas espantosas. Tenía miedo de que realmente le fuera a pedir a su amiga periodista que escribiera historias haciendo creer que realmente me habías violado... y que el libro era mi venganza. Me odiarías para siempre.

–Cariño, jamás podría odiarte, hicieras lo que hicieras –dijo Mark–. Y la única opinión que me importa sobre mí es la tuya –añadió, sonriendo–. Pero me alegró ver que me compensaste en el segundo borrador.

–¿También lo has leído? –preguntó ella, impresionada.

–Desde luego –contestó él, sonriendo aún más–. Me gustó la escena de la cascada; me recordó que todavía tenemos que darnos juntos una ducha. Y eso podemos hacerlo muy pronto...

Tallie se ruborizó.

–¿Pero cómo conseguiste el libro? –quiso saber–. No había ninguna copia en el piso.

–Me lo dio Alice Morgan. Por cierto, la reacción que tuvo cuando yo entré en su despacho fue incluso más interesante que la de tu madre. Se sentó en su silla y rio hasta que se le saltaron las lágrimas.

–¿Fuiste a ver a la señora Morgan? –preguntó Tallie, impresionada.

–Ella era mi última esperanza –contestó Mark–. Nadie más sabía dónde te habías ido. Incluso fui a ver a Justin para comprobar si estabas con él. Tras dejarme claras algunas cosas, él me sugirió que fuera a ver a tu agente. Cuando Alice se calmó y pudo hablar, me comentó que tu libro...

–Ya no se va a vender. Sonia...

–Sonia no es ningún problema –interrumpió él–. No si valora su trabajo. Y tu libro se va a vender, cariño mío. Le dije a la señora Morgan que, como tu futuro marido, autorizaba que la publicación del libro siguiera adelante. La soborné para que me diera la dirección de tu casa con la promesa de que será la madrina de nuestro primer hijo…

En ese momento, la señora Paget llamó a la puerta y entró con una bandeja de café. Miró a ambos.

—Señor Benedict, parece que ha hecho llorar a mi hija. Por su bien espero que sean lágrimas de felicidad.

—Pretendo asegurarme de que así sea, señora Paget, durante el resto de nuestra vida en común. Y mi nombre es Mark —contestó él en voz baja.

—Mi marido tenía que realizar una operación esta mañana, pero regresará a la hora de comer. Quizá puedas quedarte y acompañarnos —sugirió la señora Paget, dirigiéndose a la puerta—. He preparado un estofado… para una comida familiar —añadió antes de marcharse.

—Creo que te librarás de las amonestaciones de mi madre… te lo digo por si realmente estás convencido de que me deseas —comentó una temblorosa Tallie.

—Te deseo… y siempre te desearé —aseguró Mark—. De hecho, tengo que esforzarme mucho en mantener las manos apartadas de ti debido a las potenciales interrupciones que podemos sufrir. Pero mucho más importante que eso es que te amo y necesito que compartas mi vida conmigo.

Entonces le tendió los brazos a Tallie, la cual se acercó para que la abrazara. Lo miró y sonrió.

—Oh, amor mío, amor mío —dijo ella en voz baja—. Por favor, llévame a casa.

Como Mariana, levantó la boca para que la besara y se rindió completamente ante él.

Bianca.

Amarte, respetarte… ¿y poseerte?

Cesare Sabatino no tenía intención de casarse, pero siempre había pensado que cualquier mujer le habría dado un entusiasmado "sí, quiero". Por eso, su sorpresa fue mayúscula cuando Lizzie Whitaker lo rechazó.

Para poner sus manos en la isla mediterránea que había heredado de su madre, Cesare debería casarse con la inocente Lizzie… y asegurarse un heredero. Afortunadamente, el formidable italiano era famoso por sus poderes de convicción. Con Lizzie desesperada por salvar la hacienda familiar, solo era una cuestión de tiempo que se rindiese y descubriese los muchos y placenteros beneficios de llevar el anillo del magnate en el dedo.

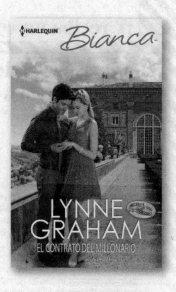

El contrato del millonario

Lynne Graham

Acepte 2 de nuestras mejores novelas de amor GRATIS

¡Y reciba un regalo sorpresa!

Oferta especial de tiempo limitado

Rellene el cupón y envíelo a

Harlequin Reader Service®

3010 Walden Ave.

P.O. Box 1867

Buffalo, N.Y. 14240-1867

¡Sí! Por favor, envíenme 2 novelas de amor de Harlequin (1 Bianca® y 1 Deseo®) gratis, más el regalo sorpresa. Luego remítanme 4 novelas nuevas todos los meses, las cuales recibiré mucho antes de que aparezcan en librerías, y factúrenme al bajo precio de $3,24 cada una, más $0,25 por envío e impuesto de ventas, si corresponde*. Este es el precio total, y es un ahorro de casi el 20% sobre el precio de portada. ¡Una oferta excelente! Entiendo que el hecho de aceptar estos libros y el regalo no me obliga en forma alguna a la compra de libros adicionales. Y también que puedo devolver cualquier envío y cancelar en cualquier momento. Aún si decido no comprar ningún otro libro de Harlequin, los 2 libros gratis y el regalo sorpresa son míos para siempre.

416 LBN DU7N

Nombre y apellido	(Por favor, letra de molde)	
Dirección	Apartamento No.	
Ciudad	Estado	Zona postal

Esta oferta se limita a un pedido por hogar y no está disponible para los subscriptores actuales de Deseo® y Bianca®.

*Los términos y precios quedan sujetos a cambios sin aviso previo. Impuestos de ventas aplican en N.Y.

SPN-03   ©2003 Harlequin Enterprises Limited

LOS DESEOS DE CHANCE

SARAH M. ANDERSON

Chance McDaniel lo había tenido todo muy difícil desde que su mejor amigo lo había traicionado. El escándalo ya había estallado cuando apareció en escena Gabriella del Toro, la hermana de su amigo. La suerte de Chance estaba a punto de cambiar. Deseaba a aquella mujer bella e inocente y, de repente, seducirla se convirtió en su prioridad.

Gabriella, que había crecido sobreprotegida y siempre había querido más, vio en aquel rico ranchero la oportunidad de ser libre. ¿Sería capaz de evitar la telaraña de engaños tejida por su propia familia?

*¿Conseguiría Gabriella todo
lo que siempre había soñado?*

¡YA EN TU PUNTO DE VENTA!

Bianca.

**Su mutuo deseo podría haber rivalizado en intensidad
con el sol de La Toscana**

Para Dario Olivero, Alyse
Gregory era simplemente
un medio para vengarse de
su hermanastro. Pero Aly-
se también era la clave que
iba a permitirle obtener la
aceptación familiar que
siempre había anhelado y,
consciente de las dificultades en que se encontraba,
decidió utilizarla.

Alyse no esperaba una
proposición de matrimonio,
pero aquel sexy italiano podía hacerse cargo de las
deudas de su familia si
aceptaba el matrimonio de
conveniencia que le proponía... Su cabeza le decía
que no debía hacerlo, pero
su cuerpo ansiaba otra
cosa.

Venganza en La Toscana

Kate Walker